2

ज्ञान गरिमा के
68 वर्ष

भारतीय
ज्ञानपीठ

णाणं पयासयं

वीर निर्वाण 2470 भारतीय ज्ञानपीठ ई.सन् 1944

हादसा

(कहानी-संग्रह)

हादसा

राजनारायण बोहरे

भारतीय ज्ञानपीठ

लोकोदय ग्रन्थमाला : ग्रन्थांक 1167
ग्रन्थमाला सम्पादक
रवीन्द्र कालिया
सह-सम्पादक
गुलाबचन्द्र जैन

ISBN 978-93-263-5106-5

हादसा
(कहानी-संग्रह)
राजनारायण बोहरे

प्रथम संस्करण : 2013
मूल्य : 130 **रुपये**

प्रकाशक : **भारतीय ज्ञानपीठ**
18, इन्स्टीट्यूशनल एरिया, लोदी रोड, नयी दिल्ली-110 003

मुद्रक : विकास कम्प्यूटर ऐंड प्रिंटर्स, नोएडा

आवरण : अवधेष मिश्र
आवरण-सज्जा : ज्ञानपीठ कला प्रभाग

HAADASA
(Hindi Short-Stories)
by Rajnarayan Bohare

Published by
Bharatiya Jnanpith
18, Institutional Area, Lodi Road
New Delhi-110 003
e-mail : jnanpith@satyam.net.in, sales@jnanpith.net
website : www.jnanpith.net

First Edition : 2013
Price : Rs. 130

अनुक्रम

1. हादसा 7
2. चम्पा महाराज, चेलम्मा और प्रेम कथा 13
3. बाज़ार वेब 31
4. एक बार फिर 42
5. विडम्बना 47
6. निगरानी 54
7. बदलाहट 71
8. पूजा 76
9. विश्वास 84
10. ज़मीन का आदमी 90
11. मुहिम 107

हादसा

लोग कई दिनों से उसके इन्तजार में थे।

लोकसभा चुनाव के लिए नामांकन फॉर्म भरने का सिलसिला पिछले तीन दिनों से जारी था, और उसका कोई अता-पता नहीं था।

यूँ वह रोज ही हमें दिख जाता था, कभी तेज कदमों से चलता, कभी किसी अधिकारी से भिड़ता हुआ, तो कभी किसी नेता को तीखी बातें सुनाता हुआ,...संक्षेप में कहें कि चुनाव की गहमागहगी के बाद पाँच साल में जितने भी दिन होते, वह हर दिन बेमतलब ही कस्बे की सड़कें नापता दिखता हमें। रानीपुर टेरीकॉट का सफारी सूट पहने, पाँव में हवाई-चप्पल उलझाये वह दिमागी रूप से हमेशा मसरूफ दिखता। हर वक्त अपनी बगल में दबी एक काली डायरी के पन्ने फड़फड़ाता जाने क्या-कुछ नोट करता रहता। लेकिन इन दिनों तो वह गधे के सिर से सींग की तरह नदारद था।

कस्बे के लोग सन् अस्सी के आम चुनाव से उसे पूरे उत्साह से हरेक चुनाव लड़ता देख रहे हैं। बीते वर्षों के हर लोकसभा और विधानसभा चुनाव में यहाँ का मतपत्र उसके नाम से विभूषित होता आया है। यह अलग बात है कि हमारे देश के महाविद्यालयों की स्नातक कक्षाओं में पढ़ाये जाने वाले संविधान के मुताबिक तो इस अवधि में मात्र चार-पाँच चुनाव होने थे, लेकिन राजनीतिज्ञों की पारस्परिक पटेबाजी, असली-नकली आन्दोलनों और घोटालों के चलते हमारा प्रदेश छह-सात चुनाव झेल चुका है, इस अवधि में।

हर चुनाव में वह हम पचास लोगों से पचास रुपये प्रति व्यक्ति चन्दा लेता और बाकायदा रसीद जारी करता। एकत्रित हुए चन्दे में से वह पाँच सौ रुपया जमानत की फीस भरता और शेष दो हजार रुपया अपनी चुनावी यात्राओं के लिए सुरक्षित रखता। बस इतने-से खर्च का बजट रहा है सदा से उसके पास, न इससे ज्यादा और न इससे कम। चुनाव आयोग बहुत खुश रहता होगा उससे।

हर बार नया चुनाव-चिह्न मिलता रहा है उसको। उस चिह्न को वह आटे की लोई बनाकर हार्डबोर्ड में चिपका लेता और अपनी साइकिल पर टाँगकर घूमता

रहता। प्रचार के दिनों में निहत्था वह होता, उसकी साइकिल होती और समूचा चुनाव क्षेत्र होता, यानी बैनर-पोस्टर नहीं, चुनाव कार्यालय नहीं, चुनावी सभाएँ नहीं। एकला चलो की तर्ज पर लोकतन्त्र का रक्षक बना, रात-दिन दौरे करता वह अकेला। साथ में भुने हुए चने या गेहूँ के आटे की पंजीरी होती, जिसे वह भूख लगने पर फास्ट-फूड की तरह गपागप गड़पता। अपनी काली डायरी साथ रखता था वह उन दिनों और इस डायरी में चुनाव क्षेत्र की खास-खास समस्याओं को नोट करके रखता।

गहरे ताँबई रंग चमकती-सी खाल, दुबला बदन, सरकंडे से खड़े सिर के बाल और आँखों के इर्द-गिर्द गहरे काले गड्ढे उसके चेहरे को असामान्य बना देते। जाने उसकी अजूबी-सी शक्ल-सूरत की बनावट है या उसकी चितवन की कोई विशेषता कि वह हरदम बेचैन-सा दिखाई देता है। जब भी मिलेगा, नजरें नहीं मिलाएगा, गहरी काली आँखों में एक उदासी-सी पाले रहेगा, इधर-उधर ताकता आधी-अधूरी-सी बेतरतीब बात करेगा। दुनिया-जहान की चिन्तायें सीने में पाले रहेगा, जिन्हें आपसे शेयर करने का प्रयास भी करेगा, फिर यकायक खिसक लेगा, बिना कुछ कहे। लोग हक्के-बक्के से एक-दूसरे का मुँह ताकते रह जाएँगे, पर वह तो यह जा और वह जा।

उसकी चुनावी सभाओं में प्रायः पच्चीस आदमी से ज्यादा इकट्ठा नहीं होते हैं। हाँ, जब लोगों को मजे लेना होते हैं तो बाक़ायदा तख्त और माईक का इन्तजाम कराके उससे भाषण देने का आग्रह किया जाता है। सच मानिए, उसकी ऐसी चुनावी-सभाओं में हजार-दो-हजार की भीड़ जुट जाना आम बात है। उसके भाषण सूत्रात्मक रहते हैं, जिन्हें सुनकर लोग हँसी-खेल में कंठस्थ कर लेते हैं, फिर दूसरों को सुनाते रहते हैं।

''प्यारे मतदाताओ, आपने पिछली बार गलती की, मुझे नहीं जिताया, इसका नतीजा देख लिया। आपकी चुनी हुई सरकार साल भर में ही गिर गयी। कोई बात नहीं, अब आप गलती न करना, मैं फिर आपसे वोट माँगता हूँ, इस बार मुझे ही जिताना।''

''यदि आपने मुझे विधायक बना दिया, तो मैं वादा करता हूँ कि एक एम्बुलेंस आप लोगों की बहू-बिटिया की डिलिवरी के लिए हमेशा तैयार रहेगी।''

''यदि मैं जीता तो हर गाँव में संडास और पेशाबघर बनवाना मेरा पहला काम होगा।''

''हर गाँव में छायादार खलिहान बनवाना चाहते हैं, तो मुझे ही वोट दीजिए!''

''इस कस्बे की राजनीति को क्राइम, कास्टिज्म और करप्शन से मुक्ति दिलाना चाहते हैं तो मुझे वोट दीजिए।''

सड़कछाप आदमी के ऐसे अकादमिक विचार सुन लोग उसे शेखचिल्ली समझते थे, उस पर हँसते थे।

एक बार ऐसी ही सभा में उसने देश के प्रधानमन्त्री पर भ्रष्टाचार के आरोप लगा दिये। उसी रात किसी अज्ञात व्यक्ति ने उस पर हमला कर दिया था। कस्बे के पत्रकारों ने उसका मामला हाथों-हाथ लिया, कलेक्टर और एस. पी. परेशान हो उठे। उसको श्रेष्ठतम चिकित्सा मुहैया कराई गयी और आनन-फानन में उसे एक-तीन का सुरक्षा गार्ड दे दिया था।

अब साहब, गार्ड मिले या कमांडो, वह अपनी औकात जानता था सो उसे कोई फर्क नहीं पड़ा। उसकी अपनी चुनावी दिनचर्या पहले की तरह चलती रही। यानी तड़के जगना, गाँव बाहर जाकर दिशा मैदान से निवृत्त होना, लौटकर किसी पड़ोसी के घर चाय का सरूटा भरना और फिर चने की पोटली लेकर क्षेत्र में निकल जाना। असली मुसीबत थी गार्ड की। दूसरी जगह बॉडीगॉर्ड बन कर जाते तो, खूब मजे में रहते, यहाँ ऐसे फटेहाल आदमी से फकत चाय की भी आशा न थी। यूँ तो उसके साथ रहना ही कम कष्टकर न था उनके लिए, ऊपर से तालाब किनारे जाकर इत्मीनान से मल-त्याग कर रहे उसके चारों ओर सुरक्षा घेरा बनाकर खड़े रहना तो तौबा, तौबा। पर ड्यूटी तो ड्यूटी थी जनाब, सो चेहरे पर बेबसी लिये वे लोग, उसके इर्द-गिर्द रहने को मजबूर थे।

चुनाव अधिकारियों से लेकर चुनाव आयोग तक वह हर चुनाव में सैकड़ों शिकायतें फाइल करता। उन पर गौर किया जाये या नहीं उसे इसका मलाल न रहता।

उसे भोला-सा विस्मय होता कि हर चुनाव में पोलिंग-बूथों पर उसका अभिकर्ता बनने के लिए जितने युवक हर बार उससे सम्पर्क करते हैं, उसे आखिर उतने वोट भी क्यों नहीं मिल पाते। सचमुच एजेंटों की फौज लगातार बढ़ती थी उसके चुनाव में, पर वोट नहीं।

हालाँकि एक बार तो ऐसे समीकरण बने थे कि नेताओं से उकताये लोगों ने उसको वोट दिया। वह दूसरे स्थान पर रहा। बाल-सुलभ उत्साह से अपने आर्थिक सहयोगियों के पास आकर 'मतपत्र लेखा' दिखाते हुए बोला—"देखो मेरा जनाधार बढ़ रहा है। अगली बार सबकुछ ठीक रहा तो मैं ही जीत रहा हूँ।"

लोग उस भोले और ईमानदार आदमी का विश्वास न तोड़ते। उससे कैसे कहते कि ज्यादा खुश मत हो, क्योंकि यूँ तो इसी प्रकार एक जगह नेताओं से उकताये लोगों ने किन्नर तक को वोट दे दिये हैं और आज उस क्षेत्र का प्रतिनिधित्व एक किन्नर कर रहा है। इसका मतलब जनाधार बढ़ना नहीं है।

वह स्टेशनरी की दुकान से खूब सारे काग़ज़ खरीदता, लिफ़ाफ़े खरीदता और दर्जनों बॉल पेन भी। कोई आदमी इतनी स्टेशनरी का सबब पूछता तो बताता कि

वह कस्बे की समस्याओं के बारे में मुख्यमन्त्री और प्रधानमन्त्री को पत्र लिखता रहता है।

कोई उत्सुक तमाशबीन अगर आगे पूछता कि क्या कोई हल निकलता है? तो उत्तर में वह प्रायः कहता, "इतने भ्रष्टाचार और गुंडागर्दी के बाद भी हमारे देश में अभी न्यायपालिका जीवित है; हमारे देश के प्रशासन का समूचा तन्त्र अभी भी विश्वास के काबिल है। ये क्या कम बात है कि देश का कोई भी नागरिक किसी भी बड़ी अदालत में जाकर बिना एक धेला खर्च किये जनहित याचिका पेश कर सकता है, कोई भी नागरिक किसी भी पद का चुनाव लड़ सकता है। मैं खुद अगली बार राष्ट्रपति का चुनाव लड़ने जा रहा हूँ।"

लोग उसके प्रति सहानुभूति रखते और उसके भोले विश्वासों की लम्बी उम्र के लिए प्रार्थनाएँ करते। आखिर अधिकांश नागरिकों की मान्यताओं को ही तो शब्द देता था वह देश और गणतन्त्र के प्रति उनका विश्वास ही तो मजबूत करता था वह।

उसके घर की बड़ी कमजोर हालत थी। उसकी माँ आसपास के घरों में झाड़ू-बर्तन करके दो जून की रोटी कमाती। गाहे-बगाहे वह खुद गाँव के बाहर से कनस्तरों में पानी भरकर पूरे बाज़ार में बेचता, पर प्रायः निठल्ला ही घूमता रहता। साल में कभी कभार कोई दोस्त-यार मउरानीपुर टेरीकोट का कपड़ा लाकर दे देता तो अपने एक शुभचिन्तक दर्जी से बिना मजदूरी के वह सफारी सूट सिला लेता। दो-चार साल में जब कहीं बाहर जाना होता तो कस्बे के अपने शुभचिन्तकों से पूरे हक के साथ बेहिचक आने-जाने का खर्चा माँग लाता था वह। यह धौंस अलग कि— मैं आप लोगों के हित बचाने के लिए ही तो राजनीति में हूँ, नहीं तो चैन से घर बैठकर आराम न करता!

पिछली बार उसका नामांकन फॉर्म निरस्त किया जाने लगा तो वह खूब चीखा-चिल्लाया। अन्ततः उसकी बात तो मान ली गयी, पर पहली बार उसे लगा कि वह एक निर्दलीय उम्मीदवार है, इस कारण उसे चुनाव अधिकारी पर्याप्त सम्मान नहीं दे रहे हैं। यार-दोस्तों के पास आकर वह यही दर्द बयान करता रहा था—अब तो पार्टियों की बपौती हो गयी है चुनाव। अगर कोई प्रत्याशी निर्दलीय रूप में चुनाव लड़ रहा है तो उसका कोई मूल्य नहीं है। पार्टी का आदमी है तो ही उसकी प्रतिष्ठा है, तो ही चुनाव प्रक्रिया पर प्रभाव डाल सकता है उसका होना न होना। अपने देश के लिए एक गलत शुरूआत है यह। आम आदमी की कीमत गिरनी शुरू हो गयी है अब।

पिछले विधानसभा चुनावों में वह बुरी तरह पिटा भी था। दरअसल चुनाव के दिन दूर गाँव के एक पोलिंग-बूथ पर जब वह दौरे पर था तो उसने देखा कि जीप में भर के आये बीस-पच्चीस गुंडों ने पूरा बूथ घेर लिया है। उनका विरोध करने वह आगे बढ़ा तो दो गुंडों ने उसकी अच्छी-खासी मरम्मत कर दी थी। उस मतदान-

केन्द्र के सारे वोटों पर सत्ताधारी पार्टी के प्रतिनिधि के निशान पर सीलें छपने लगी थीं। बाद में अखबारों से लेकर चुनावी अधिकारियों तक उसने आपत्ति दर्ज कराई, लेकिन उसकी किसी ने न सुनी। अब हाईकोर्ट में रिट दायर करना उस जैसे साधनहीन व्यक्ति के लिए तो सम्भव था नहीं, सो वह थक-हारकर चुप बैठ गया था।

पिछले तीन दिन में कस्बे के दर्जनों लोग आपस में जब भी मिले परस्पर यही पूछते रहे हैं कि इस बार उसने फॉर्म क्यों नहीं भरा। लेकिन जवाब किसी के पास न था, अन्त में चार-पाँच लोगों ने उसी शाम घर जाकर उससे मिलना तय किया।

वह बीमार था शायद।

देखा कि तख्त पर एक फटा-सा कम्बल लपेटे बैठा है। अपने घर इतने लोगों को आया देखकर पहले वह विस्मित हुआ, फिर मुस्कुराया और आगे बढ़कर उन सबका स्वागत किया। उसने तख्त पर पड़े फटे-पुराने कपड़े हटाये। उन सबको बड़े सम्मान से वहाँ बिठाया और खुद खड़ा रहा। लोगों ने उसके घर का मुआयना किया। घर क्या था, रियासत के जमाने की घुड़साल के इस कमरे में ही पूरी गृहस्थी थी उसकी, यानी—एल्युमिनियम के पाँच-सात बरतन, फटे-पुराने रजाई-गद्दे और अलगनी पर झूलते उसके और माँ के जीर्ण-शीर्ण कपड़े। जब तक उसकी माँ ने मेहमानों के लिए चाय बनने नहीं रख दी, वह अपनी चिर-परिचित बेचैनी की मुद्रा में खड़ा ही रहा, फिर कुछ निश्चिन्त-सा होकर मेहमानों के पास आकर बैठा तो उनमें से एक बुजुर्ग ने उससे बातचीत शुरू की, "क्या भैया, तुम इस बार चुनाव नहीं लड़ रहे हो क्या?"

उसने साफ शब्दों में बताया कि वह अब चुनाव नहीं लड़ेगा।

बुजुर्ग ने फिर कहा कि कहाँ तो तुम इस बार राष्ट्रपति का चुनाव लड़ने का हौसला बाँध रहे थे और कहाँ लोकसभा चुनाव की हिम्मत नहीं कर पा रहे?

"एक आम आदमी के लिए बहुत महँगा हो गया है अब चुनाव," दर्द भरी आवाज में वह कह रहा था, "आप ही बताओ कि जमानत के लिए पाँच सौ रुपये की जगह दस हजार रुपये क्यों कर दिये गये हैं? इतने सारे रुपये जमानत में भरना अब किस गरीब-गुरबा के वश की बात है? पचास रुपये के हिसाब से कितने लोगों से चन्दा करने जाऊँगा मैं...? फिर दूसरे खर्चे भी तो जुटाने पड़ेंगे न! किसी पार्टी से मुझ जैसे फक्कड़ को टिकट तो मिलने से रहा, सो स्वतन्त्र ही लड़ना होगा और फिर अब तो निर्दलीय की जान की भी कोई कीमत नहीं चुनाव में। मुझे कहीं भी कोई मार डाले, किसे क्या फर्क पड़ेगा? चुनाव अपनी जगह होते रहेंगे।"

उसकी आवाज यकायक फुसफुसाहट के रूप में मन्दी हो गयी, वह बोला,

"आप नहीं जानते बाबूजी, ये सब पैसेवालों के षड्यन्त्र हैं, वे कहाँ से सहन करेंगे कि कोई सड़कछाप आदमी चुनाव लड़े और ऊपर पहुँचे। ये नेता लोग क्यों चाहेंगे कि कोई गरीब आदमी किसी सड़ी-सी चीज के लिए इस देश की सबसे बड़ी अदालत में अपनी गाँठ से बिना एक धेला लगाये हक की लड़ाई के पक्ष में खड़ा हो जाये, जनता के हित के लिए अपनी आवाज़ बुलन्द करे।"

सबने देखा, यह कहते वक्त वह किन्हीं अनाम लोगों से डर-सा रहा है। लगा वह दिमागी रूप से कुछ खिसक गया है अब अपनी जगह से।

बुजुर्ग सज्जन ने औपचारिकतावश उसे आश्वस्त किया "तुम पैसों की चिन्ता मत करो, बहुत चाहने वाले हैं तुम्हारे। पैसों का तो बन्दोबस्त हो जाएगा कैसे-न-कैसे।"

फीकी-सी हँसी हँसा वह, "ये तो आपकी कृपा है बाबूजी। पर मेरा मन सचमुच खट्टा हो गया है।"

"क्यों?"

लोगों ने देखा कि इस क्यों शब्द का जवाब देने में उसे बड़ी परेशानी हो रही है, शरीर काँप-सा रहा था उसका। होंठ फड़क रहे थे और हाथ की मुट्ठियाँ भींच ली थी उसने, फिर बड़े कड़वे स्वर में बोला था "दरअसल मेरा इस पूरे तन्त्र से विश्वास उठ गया है।"

सुनकर स्तब्ध हो गये सब। लगा कि मन-मस्तिष्क में एक भीषण विस्फोट हुआ है, और रह-रहकर एक गड़गड़ाहट-सी गूँजने लगी है। जैसे ट्विन पर लगातार हमले हो रहे हों। उन सबका भी मस्तिष्क साथ छोड़ रहा था और मन में एक अजीब-सी घबराहट पैदा हो रही थी। एक अनाम-सा भय उन सबके मन को जकड़ रहा था। यदि ब्लडप्रेशर नापने की मशीन पास में होती तो उन सबका रक्तचाप निश्चित ही 140/240 होता।

फिर उनसे बैठते नहीं बना वहाँ। वह अपनी उत्सुक और प्रश्नाकुल भोली दृष्टि से बेध रहा था उन सबको। वह शायद किसी के कुछ बोलने की उम्मीद कर रहा था। पर उनमें साहस ही कहाँ बचा था!

उससे नजरें न मिलाते हुए बुजुर्ग सज्जन ने उसके कन्धे हौले-से थपथपाये और वे सब वहाँ से मायूस हो लौट आये—यानी इस बार के मतपत्र में उसका नाम नहीं होगा।

इस हादसे के बाद से बहुत बेचैन हो चुके हैं कस्बे के वे सब लोग! क्योंकि हो सकता है कि किसी और को ये बात बहुत छोटी लगे, पर हम सबको भारतीय लोकतन्त्र के इतिहास में यह सबसे बड़ा हादसा ही लगता है।

एक आम आदमी का हमारे समूचे तन्त्र से विश्वास उठ जाना भारतीय लोकतन्त्र का सबसे बड़ा हादसा है। आप क्या सोचते हैं इस विषय में?

चम्पा महाराज, चेलम्मा और प्रेम-कथा

चम्पा महाराज की नजरों में लूले कक्का महाऐबी हैं। ऐब करने का मौका तलाशते रहते हैं हरदम। एक ही गुनताड़ा लगाते रहेंगे कि कौन-सी विषैली बात कह देवें कि सुनने वाला एकदम तिलमिला उठे। उन्हें देख के पण्डित चम्पाप्रसाद को गिद्ध याद आया...गिद्ध से जुड़ी, रामायण की एक अर्धाली वे गुनगुना उठे—"गीध अधम खल आमिष भोगी"

दालान में महुआखेड़ी के पुजारी वाला प्रसंग चल रहा था। चम्पाप्रसाद जोर से बोलते हुए देवचन्द को गरिया रहे थे। वे इस तरह उत्तेजित थे, मानो इस वक्त पुजारी देवचन्द परिषद के इजलास में मुजरिम बने खुद मौजूद हों और अदालत की लांछना सुन रहे हों। सब जानते हैं कि पिछले दिनों देवचन्द अपने गाँव की एक औरत को लेकर कहीं भाग गये, आसपास के तमाम गाँववालों के पास ले-देकर इन दिनों यही रोमांचक प्रसंग तो ताल ठोकता रहता है।

लूले कक्का ने पण्डित जी से जुहार की, और तख्त के बगल में बिछे डोरिया पर अपनी वैशाखी रखके बैठ गये। पुजारी देवचन्द के बहाने रामायण में बताये गये कर्मकांडी ब्राह्मणों के आचरण और नियम बखानते चम्पाप्रसाद उन्हें देखकर एक पल को रुके, फिर आगे शुरू हो गये ...तो मैं कह रहा था कि—सोचिय बिप्र जो वेद बिहीना... यानी वह ब्राह्मण सोचने योग्य है जो कि वेद के रास्ते पर नहीं चलता। अब वेद के बनाये रास्ते तो थोड़े से ही हैं भैया, कि मारग चलते छुआछूत का ध्यान धरो, खान-पान में शुद्धता का ख्याल रखो। हो सके तो पात्र-कुपात्र से बातचीत का भी विचार रहे। जित्ती बार घर से बाहर निकलो हर बार घर लौट के स्नान करो।

यह सुनकर मन ही मन लूले कक्का बोले, "तुम तो सहस्त्रमुख हो चम्पाप्रसाद,

कब क्या कहोगे, कोई ठिकाना नहीं! अभी हाल यदि हरिजनों के उद्धार की कोई बात होगी जिसमें तुम्हें लाभ पहुँचता हो तो तुम तुरन्त ही रामायण में से शबरी और निषाद का उदाहरण देकर तुलसीदास और रामचन्द्र को हरिजनोद्धारक बता दोगे।''

उधर चम्पाप्रसाद कह रहे थे, ''हर ब्राह्मण को रसोई-घर में जाने वाली हर चीज अमनिया कर लेना चाहिए, माने जल से पवित्र कर लो। रोटी का आटा घर की चक्की का पिसा हुआ होना चाहिए। पीने का पानी घर के कुआँ या पाताली नल से लेने का विधान है।''

''आपके यहाँ तभी तो चूल्हे की लकड़ी भी धो के जलाई जाती है न महाराज,'' परमा खवास अपनी जानकारी प्रकट करता हुआ पुलकित था।

चम्पाप्रसाद को यह सुनकर बहुत अच्छा लगा। पर लूले कक्का सदा की तरह बीच में ताल ठोक बैठे, ''आजकल तो हरेक के रसोईघर में गैस के चूल्हे चल पड़े हैं न महाराज, उनमें गैस की टंकी जुड़ी रहती है। अब भला आप ही कहो कि गैस की शुद्धि-अशुद्धि को कौन जाँच सकता है!''

खेता भोई को लूले कक्का की बात में दरार निकालने का उम्दा मौका हाथ लगा। वह तो उन पर चढ़ ही बैठा, ''वाह रे लूले कक्का, वैसे तो दुनिया भर की जानकारी अपने खीसा में डार के घूमते फिरते हो, और तुम्हें इतनी-सी बात पता नहीं कि गैस की टंकी में कोई गन्दी चीज नहीं, पेट्रोल से बनी गैस भरी रहती है और सब जानते हैं कि पेट्रोल तो धरती मैया की कोख से पैदा होने वाली कुदरती चीज है। दुनिया में इससे ज्यादा शुद्ध चीज और क्या होगी?''

लूले कक्का ने पैंतरा बदला, ''खेता भैया, तुम्हें शायद पता नहीं है कि गोबर से भी गैस बनती है, और दारी इस जीभ को आग लगे भैया कि ये बात भी सोलहों आना सच्ची है कि अब तो आदमी के गू से भी गैस बनने लगी है।''

''कक्का तुम भी...'' रतना ने घिनाते हुए मुँह बनाया।

''सच्ची कह रहे, हमने तो अपनी आँखन से देखा कि अगल-बगल के कित्तेई गाँवन में बड़े-बड़े धर्मात्मा औरा कर्मकांडी लोगों के घर में बायो-गैस की मशीन लग गयी है। हाँ, ये बात अलग है कि आपत्तिकाल में पढ़े-लिखे विद्वानों को ऐसी बातों की चिन्ता करने की फुरसत कहाँ धरी है। धर्म पर जैसा आपत्तिकाल इन दिनों है, सृष्टि के निर्माण से अब तक कभी नहीं रहा। विश्वास न हो तो चम्पा महाराज से पूछ लो। शास्त्रों में लिखा है आपात काले मर्यादा नास्ति। माने आपत्ति के दिन में मर्यादा की चिन्ता मत करो।''

वे एक पल को रुके, फिर गहरी नजरों से चम्पाप्रसाद को भीतर तक बेधते हुए बोले, ''आज भिनुसारे जब हम टहलने निकले, तो तुम्हारे बड़े भैया कालकाप्रसाद अस्पताल के पास वाली सड़क पर चेलम्मा नर्स की गलबहियाँ डाले टहलते मिले

थे। हमें लगता है कि कालका भैया पिछली रात वहीं सोये थे। बल्कि...अब आज की क्या कहें, हमने खुद देखा है कि वे रोज वहीं रुकते हैं। चम्पा भैया एक दिना जाके देख तो लो कि वा आग लगी नर्स कौन बिरादरी की है। कल को कहीं ऐसा न हो कि कालकाप्रसाद के संग-संग पूरे गाँव की नाक काट ले जाये!''

चम्पाप्रसाद ऐसे समय बड़ी पसोपेश में पड़ जाते हैं, जब वे किसी जिजमान के यहाँ कथा भागवत बाँचते-बाँचते पवित्रता, वैदिक आचरण और हिन्दू समाज की वर्ण परम्परा की तारीफ कर रहे हों और अचानक कोई जिजमान उनके भैया कालकाप्रसाद के आचरण के बारे में कुछ पूछने लगे। यही इस समय हुआ। लूले कक्का ने रंग में भंग कर दिया। चम्पाप्रसाद भीतर ही भीतर तिलमिला उठे, पर प्रकट में चुप रहे। लूले कक्का जैसे खोजी आदमी को सिरजाना ठीक नहीं है। दुष्टों को दूर से ही नमस्कार कर लो, शास्त्र भी ऐसा ही कहते हैं—दुर्जन दूरतः परिहरेत।

सबको घूरती नजरों से लूले कक्का ने पाया कि दालान में चम्पाप्रसाद के तीनों पार्षद मौजूद थे—परमा खवास, खेता भोई और रतना परजापत, यानी चम्पाप्रसाद की पूरी परिषद। उनके होंठ फड़क उठे—यही परिषद तो गाँव में फसाद की जड़ है; यही परिषद चम्पाप्रसाद को बलशाली बनाती है। गाँव के निरक्षर मजदूरों के हितू और सखा हैं वे। चम्पाप्रसाद जैसे लोगों के खिलाफ माहौल तैयार करने का आन्दोलन चलाते रहते हैं। ऐसे नवधनाढ्य ब्राह्मण-बनिया और ठकुरास के लोग भले ही उन्हें लाख बुरा कहें, पर बाकी सारा गाँव उनकी तारीफ करता अघाता नहीं। वे सवर्णों की बात पर कान नहीं देते। शोषितों, दलितों और स्त्रियों के हित की बात करना उन्हें ईमान और सत्य की चर्चा करने जैसे लगता है।

लूले कक्का ने देखा कि महफिल फीकी हो चली है। वे यही चाहते थे कि खुद मस्त बने रहो और अपने मिथ्या अहंकार, पाखंडी और बौद्धिक साम्राज्य में आकण्ठ डूबे, खाये-अघाये इन लोगों में कुछ बेचैनी पैदा हो, वह हो चली थी, सो उन्होंने अपनी बैसाखी सँभाली और उठके सब पंचों को नमस्कार कहते हुए मूँछों में मुस्कराते वहाँ से चल पड़े। उनका उद्देश्य हल हो गया था।

लूले कक्का की ठक्क-ठक्क अब अपने प्रिय क्षेत्र हरिजन टोले की ओर बढ़ने लगी थी, जहाँ बैठे दर्जनों लोग उनका इन्तजार कर रहे होंगे।

इधर बड़ी देर तक उनकी बैसाखी की वही ठक्क-ठक्क दालान के शान्त हो गये वातावरण में भी गूँजती रही। तीनों नहीं समझ पा रहे थे कि बात का टूटा छोर कहाँ से पकड़ें और बातचीत फिर से चल पड़े, लेकिन किसी को कुछ नहीं सूझा, चम्पाप्रसाद को भी नहीं, सो उदास होते परिषद के लोग एक-एक करके वहाँ से खिसकने लगे। संवदिया की भूमिका निभा के लूले कक्का तो चले गये, लेकिन चम्पाप्रसाद तो जैसे अपने तख्त पर कीलित-से होकर रह गये थे।

...अब कालका भैया से खुली बात करना बहुत जरूरी है, कि दादा ये रंग-ढंग छोड़ो, घर की बदनामी हो रही है। पचास साल की वानप्रस्थी उमर में तुम्हें ऐसे ऐल-फैल सूझ रहे हैं। कल पचास दिक्कतें आ जाएँगी। मेरी बच्ची सयानी हो रही है, कल उसकी सगाई करने जाएँगे तो लड़केवाले यही उलाहना ठोक देंगे कि लड़की के ताऊ तो ऐसा-वैसा करते फिरते हैं। शादी-ब्याह की चर्चा करते वक्त ब्राह्मणों में वैसे ही सात पीढ़ी तक की खोज-खबर ली जाती है। वर्णसंकर और दशा ब्राह्मणों को तो देहरी से टिटकार के भगा दिया जाता है। सोचते-सोचते चम्पाप्रसाद को अपना माथा भारी-सा होकर आगे झुकता सा महसूस हुआ। वे तख्त पर पाँव पसारकर पूरी तरह लेट गये।

जाने कब बिटिया उन्हें अकेला बैठा देख गयी थी और उनकी रोज की चाय का बखत था, सो वह चाय बना लायी। पीतल के गिलास को कटोरी से ढककर वह तख्त के पायताने रख गयी थी। गुमसुम चम्पाप्रसाद बैठ गये, चाय का गिलास उठाया फिर फूँक-फूँककर जोर-जोर से सरूटा भरने लगे।

...बड़े भैया की खबरें सुन-सुन के कान पक गये हैं। अब तो पानी सिर के ऊपर निकलने वाला है। जल्दी ही कुछ करना पड़ेगा। लेकिन ये 'कुछ' क्या करेंगे...? यही तय नहीं कर पा रहे है वे। कदाचित, आज अम्मा जीवित होती, तो उनसे परामर्श करते। कालका भैया को डाँट दिलवा देते। इस गाँव में और पुरा-पड़ोस में भी कोई ऐसा बुज़ुर्ग नहीं बचा है जिससे सलाह लें। जिससे कहेंगे, वही जुबान पकड़ लेगा। घर-घर जाके कह देगा कि दुबे महाराज के यहाँ फूट पड़ गयी है, बात-बात में छुआछूत और जाति-पाँति की दुहाई देने वाले चम्पाप्रसाद के निज बड़े भाई को किसी पवित्रता-अपवित्रता का लिहाज नहीं है। हंस जैसे बेदाग कुल-खानदान का सयाना पक्षी, गन्दी तलैया में किलोल कर रहा है।

वैसे तो सचाई ये है कि आज अम्मा भी जिन्दा होतीं तो कुछ न कर पातीं। आज जो स्थिति आयी है, उसके लिए पूरी तरह से अम्मा ही दोषी हैं।

पन्द्रह साल के ही हो पाये थे कालका भैया, कि सगाई के लिए आमखेड़े के ज्वालाप्रसाद आ गये थे। इर्द-गिर्द के गाँवों में ज्वालाप्रसाद का चौधरी खानदान खूब बजीता खानदान था। सात पीढ़ी से उनके कुल में न कोई ऐब था, न किसी तरह का दाग। सो अम्मा भैरा के गिर पड़ीं। किसी जान-पहचान वाले से कुछ पूछने की जरूरत भी न समझीं, न आमखेड़ेवाले रिश्तेदारों से सलाह ली। यहाँ तक कि पिताजी के पास बैठकर दो पल की चर्चा तक न की और खुद-मुख्तार हो के रिश्ता तय कर दिया।

ज्वालाप्रसाद उसी दिन नारियल-रुपया देकर चले गये तो अम्मा ने दूसरे

दिन ही नाई के हाथ शगुन की धोती और पोलका (साड़ी-ब्लाउज़) भेज दिये थे। सम्बन्ध पक्का हो गया। अम्मा बहुत खुश थीं।

आठवीं पास करते-करते कालका भैया की शादी हो गयी। बहू उमर में छोटी थी, सो उन दिनों के रिवाज के मुताबिक बहू की विदाई नहीं हुई। जब दसवाँ पास किया था कालका प्रसाद ने, तब उनका गौना हुआ। अबकी बार बहू साथ में आयी थी। चमकीली चुनर ओढ़े, लाल-सिन्दूरी साड़ी में लिपटी गोरी-भूरी बहू के मेहँदी रचे हाथ--पाँव देख-देख कर दूसरे किशोर रोमांचित हो रहे थे, कालकाप्रसाद का तो हाल ही खराब था! वे अपनी दुल्हन को देखने, उससे बतियाने, उससे मिलने को बड़े उतावले थे।

आमखेड़ा से सुबह छिरियाँ-बेरा विदा कराके वे लोग चले थे और टीकाटीक दोपहरी होते अपने घर आ गये थे। मर्द लोग दालान में बैठ के सुस्ता रहे थे और अम्मा मेहमानों की पहुनई के किस्से सुन रही थीं, कि मुन्नी जिज्जी ने उबलते दूध के उफान में ठंडे पानी की कटोरी उड़ेल दी। वह कह रही थीं—भौजी तो निराट पागल है।

यह सुनकर स्तब्ध हो गये थे सबके सब। अम्मा उठीं और लपकती हुई भीतर गयीं। दो-पल बहू से बातचीत कीं फिर माथा ठोकती बाहर निकली थीं—नासपीटे ज्वालाप्रसाद ने धोखा दे दिया। मीठी-मीठी बातें करके सिर्रन मोड़ी ब्याह दी धुआँ लगे ने। हर बाप को अपनी लड़की के अनुरूप वर देखना चाहिए, लेकिन इस काले मन वाले ने अपनी लड़की के लच्छन नहीं देखे। मेरे हीरा-से लड़के को ठग लिया कपटी ने।

अम्मा लगातार बड़बड़ा रही थीं—देखा होगा कि घर में साठ बीघा की जोत है, विरासत में गाँव के डाकघर का काम है। हजारों में एक दिखे ऐसा लम्बा-लछारा लड़का है। सो राख भये ज्वाला की नीयत डोल गयी और मेरे घर को बर्बाद कर डाला। नाम मिट जाएगा ठठरी बाँधे का।

मुन्नी जिज्जी ने समझाया, अम्मा तनिक धीरे बोलो। बात घर में दबी रहे, चिल्लाओगी तो बाहर के लोग सुनेंगे। और बाहर के लोगों का क्या है, सब हँसने के मीत है!

अम्मा चुप रह गयी थीं।

गप्पो खवासन बड़ी सयानी औरत थी। अम्मा ने चुपचाप उसे बुलवाया। घर की बात घर में रखने के लिए आस-औलाद की सौगन्ध देकर उसे बहू के पास भेजा। तीन-चार दिन तक दुल्हन से बातें करती गप्पो उसकी मालिश करने के बहाने पूरे शरीर पर हाथ फेर आयी थी। उसने अम्मा को बताया कि बहू ही देह में लुगाइयों जैसा कुछ नहीं है। उसकी तो सपाट मैदान-सी मर्दों जैसी छाती है। सख्त हाथ-पाँव में बड़े-बड़े रोम और कड़क-चामड़े की जाँघवाली ये दुल्हन

आदमी-बइयर के आपसी सम्बन्धों के बारे में कुछ भी नहीं जानती। गप्पो तो चली गयी पर अम्मा का जियरा सुलग उठा था।

उसने फिर भी हिम्मत नहीं हारी थी।

एक दिन पड़ोस में गारी के बुलौआ का बहाना कर वे मुन्नी और चम्पा को साथ ले गयी थीं, ताकि घर पर अकेले बचे कालका और बहू की आपस में कोई बातचीत शुरू हो सके।

दस मिनिट बाद ही बाखर में से बहू के रोने-चीखने की आवाजें आने लगीं तो किसी ने जाकर अम्मा को खबर की थी। अम्मा मन ही मन अनुमान लगाती लौट आयी थीं कि घर में क्या हुआ होगा।

घर आ के बहू को पुचकार के उसने चुप कराया और झेंपते खड़े कालका को बाहर जाने का इशारा किया था।

अम्मा ने बहू को सुदमती करने के लिए गाँव भर के गौड़-घटोइया, देई-देवता मनाने शुरू कर दिये थे। एक सयाने को बुला के झाड़ा भी दिलाया था। पर सब बेकार रहा। चम्पा को याद है कि पहले की तरह भौजी बावरी-सी बनी सिर खोले, पल्लू लटकाये कभी भी अपने कमरे से बाहर चली आतीं। वे कभी आँगन की मोरी पर बिना लिहाज धोती उठाके पेशाब को बैठ जातीं। कभी घर भर में समय-बेसमय झाड़ू लगाने लगतीं, तो कभी धुले-अनधुले कपड़े उठाके पानी में भिगो देतीं और कुटानी से कूट-कूट कर उनका मलीदा बना देतीं।

वे दिन बड़ी मुश्किल के दिन थे।

भौजी की बात गाँव में फैलने लगी थी। अम्मा शर्म-संकोच में डूबी हुई घर में बन्द रहने लगी थीं। गाँव में कुछ औरतों का कुटनी का ही जन्म होता है न, सो उनमें से कोई किसी न किसी बहाने घर में चली आतीं और सुर्र-फूँ निकालने का यत्न करतीं। अम्मा कुछ न कहतीं। भौजी की बात यूँ ही टाल जातीं। पर ऐसी बातें छिपाये नहीं छिपतीं, सो एक मुँह से दूसरे, फिर तीसरे होती हुई कालका की बहू के पागलपन की बातें घर-घर में पहुँच गयी थीं।

घर के दूसरे सदस्य भी परेशान थे। मुन्नी जिज्जी आपसी चर्चा में भौजी की बात उठने के डर से अपनी सहेलियों के पास जाने का साहस नहीं कर पातीं थीं और चम्पाप्रसाद पढ़ाई के बहाने कस्बे में ही बने रहते, गाँव में नहीं लौटते थे। पिताजी तो सदा के इकल-मिजाजी रहे, न ऊधो का लेना न माधो का देना। सो उन्हें कोई दिक्कत न थी। वे अपने डाकघर के काम में लगातार व्यस्त रहते। कालका भैया तो सबसे ज्यादा दुखी व परेशान थे।

सावन का महीना आया। आमखेड़ा से कालका भैया के साले अपनी बहन

को लिवाने आये तो अम्मा ने उनकी खूब आवभगत की और भौजी को विदा करके हमेशा के लिए अपने हाथ झटकार लिये।

महीनों बीते। आमखेड़ा से एक दो कहनातें आयीं। तीसरी बार ज्वालाप्रसाद खुद आये। पर अम्मा नहीं मानीं। वे सिर्रन बहू को अपने घर में रखने को तैयार नहीं हुईं। भौजी मायके में ही जिन्दगी बिताने लगीं।

चाय का खाली गिलास उठाने पंडिताइन खुद आयी थीं। पति को टोकना चाह रही थीं पर पंडित जी को गम्भीर बना देखके कुछ बोलने का साहस नहीं हुआ। सो चुपचाप लौट गयीं। इस वक्त चम्पाप्रसाद भी चाह रहे थे कि रोक के कमला (पत्नी) से कुछ मशविरा करें। लेकिन वे पुरानी यादों में डूब उतरा रहे थे, सो मन नहीं हुआ कि अतीत के गुनगुने जल में से ऊपर उछरें और वर्तमान की कड़क धूप में अपनी देह तपाएँ। आदमी का अतीत कैसा भी क्यों न हो, वह सदैव ही अच्छा और स्मरणीय लगता है उसे। वर्तमान में रहके विकल्प चुनने के खतरे-ही-खतरे हैं, लेकिन अतीत में कोई विकल्प नहीं होता।

दसवीं पास करते-करते चम्पाप्रसाद की भी शादी कर दी थी अम्मा ने। इसके पहले उन्होंने मुन्नी-जिज्जी का ब्याह करके उन्हें ससुराल विदा कर दिया था।

चम्पाप्रसाद की बहू घर में आयी, तो कालका भैया का आँगन में प्रवेश निषेध हो गया। वे दालान या पौर में ही बैठे रहते या फिर पिताजी के साथ डाकघर का काम निपटाते रहते। चम्पाप्रसाद जब भी पत्नी के साथ होते एक अजीब-सा अपराध बोध उन्हें घेर लेता। वे भारी संकोच में रहते। घर में बिना घरवाली वाला ब्याहा-थ्याहा बड़ा भाई बैठा था और छोटा जवानी का सुख भोग रहा था। कालका भैया का ध्यान खेती में लगने लगा था और वे भुरहरा-बेला खेत-टगर में निकल जाते फिर रात गये तक उधर ही रहते।

ऐसे में ही एक दिन अचानक पिताजी सोते के सोते रह गये। घर पर आफत टूट पड़ी थी। अम्मा का धीरज एक बार फिर काम आया। उन्होंने तेरही होने के पहले ही कालका प्रसाद को डाकघर का काम सँभलवा दिया। डाकखाने के बड़े अफसरों को दरख्वास्त भेजी गयी कि पिता की जगह पुत्र को डाकघर का काम दे दिया जाये। बाद में कालकाप्रसाद के नाम का रुक्का भी आ गया था, तो अम्मा ने चैन की साँस ली थी। चम्पाप्रसाद की पढ़ाई छुड़ा के वापस बुलाया और अम्मा ने उन्हें घर-द्वार सँभालने की जिम्मेदारी सौप दी थी। सब कुछ ठीक-ठाक चलने लगा था। गाँव के एक मात्र पूजास्थल राम-जानकी मन्दिर की सेवा-पूजा भी पंचों ने कालकाप्रसाद को सौंप दी, तो उनकी दिनचर्या सुबह से शाम तक एकदम तंग और कसी-कसी-सी हो गयी थी।

कार्तिक का महीना आया तो गाँव भर की औरतें 'कतक्यारी' बन गयीं और

कार्तिक नहान का व्रत ले बैठीं। हर दिन सुबह पाँच बजे औरतों के ठट्ठ के ठट्ठ कुआँ–तालाब की तरफ चल पड़ते। नहाने के बाद भीगे कपड़ों में ही स्त्रियाँ मूर्ति के आसपास गोल बनाके बैठ जातीं फिर देर तक भगवान को पूजती रहतीं। वे आसपस में चुहल बाजियाँ भी करतीं। इतनी स्त्रियों की सुरक्षा के लिए एकाध मर्द बहुत जरूरी था, सो सब महिलाओं ने परस्पर घोका–विचारी करके पुजारी कालकाप्रसाद से थराई–विनती करी और उन्हें नहाने के बखत साथ चलने को राजी कर लिया।

चम्पाप्रसाद अनुमान लगा सकते हैं कि बाहर से वैराग्य का प्रदर्शन करते कालका भैया का मन कैसे स्थिर रह पाता होगा, जब सिर्फ एक वस्त्र बदन पर लपेटे, अपने अंग–अंग से पानी टपकाती, कनखियों से कालका को देखती, आँखों में सुखानुभूति भरे अर्धनग्न महिलाएँ पूजा का बहाना करती हुई गीले कपड़ों में देर तक उनके सामने चुहल करती होंगी, या जब कोई कतक्यारी अपनी सखी के कान में फुसफुसाती होगी कि 'रात को कुत्ता छू गया सो मेरा तो धरम भिरस्ट हो गया, मैं पूजा कैसे करूँ गुइयाँ' या 'कल मेरे ऊपर छिपकली गिर पड़ी जो हर बार चौथ–पाँचें को गिरती थी, सो आज मैं पूजा नहीं कर पाऊँगी।' साधारण बात है कि 'कुत्ता' और 'छिपकली' के प्रतीकार्थ कालका भैया खूब समझते होंगे।

सुबह के स्नान में कतक्यारियों के सखा बने कालका भैया दोपहर के दूसरे स्नान के बाद लौटती उन्हीं सखियों का रास्ता छेंक लेते—

प्यारी यहाँ दधिदान लगे, मम घाट यहाँ तुम जानत नाहीं।
दै दधिदान खौं जाव घरै, बस और यहाँ कछु लागत नाहीं।।

सखियाँ कहतीं—

इकली छेड़ी वन मैं आय श्याम तूने कैसी ठानी रे...।
कंस राजा ते करूँ पुकार, मुसक बँधवाय दिवाऊँ मार,
तेरी ठकुराई देय निकार,
जुलम करे नहीं डरे हरे तू नारि विरानी रे...। इकली छेड़ी...

कालका भैया झूम कर गाते—

कंस का खसम लगे तेरो, वो तनहा कहा मेरो,
काउ दिन मार करूँ ढेरो,
करूँ कंस निरवंश मिटा दऊँ नाम निसानी रे...।

कालका भैया को सैकड़ों कवित्त, सवैया, लावनी और दोहे मुखाग्र थे, जबकि सखियाँ अपने हाथ में किताबें लेकर मुकाबला करतीं। लेकिन अन्त में

कालका भैया की ही जीत होती और सखियों को प्रचलित रिवाज के मुताबिक उन्हें थोड़ा-थोड़ा धन और माखन-मिश्री देना पड़ता।

तीसरे पहर उजले सफेद धोती-कुर्ता में सजे-धजे, इत्र से महकते कालका भैया मन्दिर में बैठ के प्रेमसागर की कथा कहते।

कृष्णचरित्र की गाथाएँ सुनाते-सुनाते कालका भैया कथारस में गहरे डूब जाते और कथा में चल रहे हर प्रसंग, हर दृश्य और हर भाव का बारीक-बारीक वर्णन करते। उन्हें सारी ब्रजलीलाएँ अपने समक्ष साकार होती दिखतीं। गाँव वृन्दावन लगने लगता और स्त्रियाँ गोपी। कालका भैया को भ्रम होता कि वे कान्हा बन गये हैं, और वे कुछ ऐसी-वैसी हरकत कर डालते।

शुरू-शुरू में मजाक मान के किसी ने कुछ न कहा, पर रोज-रोज वही हरकत देख एक महिला ने घर जाके शिकायत कर दी, तो उस दिन लखन नौगरैया उलाहना लेकर अम्मा के पास आ गये थे।

अम्मा ने उन्हें समझा-बुझा के वापस भेजा, तो अगले दिन पंचमसिंह दाऊ आ धमके थे। अब कर्री बीध गयी थी, पटक्का होना था। अम्मा ने उनसे थरायी विनती कर क्षमा माँगी और कालकाप्रसाद को तत्काल ही कथा-भागवत के कार्य से बेदखल कर चम्पाप्रसाद को उनका चार्ज दिला दिया था। चम्पाप्रसाद ने निरपेक्षभाव से कथा सुनानी शुरू कर दी थी। कुछ ही दिनों में उन्हें अनुभव होने लगा कि सखियों को इस रूखी-सूखी कथा में मजा नहीं आ रहा है। वे कथा में दो अर्थ वाले संवाद नहीं जोड़ते थे, न रासलीला प्रसंग को लम्बा खींचते थे। दरअसल उनके घर में नवयौवना, सुन्दर, सुघड़ दुलहन थी, सो उन्हें फुरसत ही नहीं थी कि गाँव की किसी भौजी को नजर भर के देखें।

साठ बीघा खेतों की भरपूर फसल, कालका भैया की डाकघर की तनख्वाह और पुरोहिताई-चढ़ौती से इतनी आमदनी हो जाती कि अल्लै-पल्लै पैसा बरसता। उनके घर के लोग कभी भी ज्यादा खर्चीले नहीं रहे। सब मोटा खाते,मोटा पहनते। सो टाइम-बेटाइम घर में पैसा बना रहता। अड़ोस-पड़ोस में जिसे जरूरत होती, अपना काम चलाने को रुपया माँग ले जाता। मान-सम्मान और ज्यादा बढ़ गया। अब वे कंगला ब्राह्मण न थे, बल्कि गाँव के इज्जतदार बौहरे हो गये थे।

धन और प्रतिष्ठा बढ़ी, तो ब्राह्मण समाज की बिरादरी-पंचायतों में वे पंच बनाये जाने लगे। गाँव की ग्रामीण पंचायतों में भी वे सर्वमान्य पंच बन गये। ज्यों-ज्यों इज्जत मिली, त्यों-त्यों वे छुआछूत और ब्राह्मणी संस्कारों के प्रति कठोर होते चले गये। इस प्रतिष्ठा और मान-सम्मान ने उनके मन पर ऐसा असर छोड़ा कि वे कालका भैया के दूसरे ब्याह की बात तक नहीं सोच पाये। दरअसल कालका भैया को अब इस उमर में कोई कुँवारी लड़की तो देता नहीं, हाँ कोई विधवा

या परित्यक्ता ब्राह्मणी मिल पाती। ऐसी औरत ले आने से चम्पाप्रसाद की नजर में अपने खानदान की सारी इज्जत धूल में मिल जाती।

अम्मा के पास जब-तब कालका भैया की बदचलनी की शिकायतें आतीं तो अम्मा उन्हें खूब डाँटतीं और वे चुप बने सुनते रहते। पर बाद में वे बेशर्म और उग्र होने लगे। एक बार खेती के मईदार (हलवाहे) नत्था की परित्यक्ता बहन झुमकी से उनके सम्बन्ध बने और अम्मा ने उनको रोका तो उन्होंने अम्मा को खूब खरी-खोटी सुनायी थी। उनका तर्क था कि अम्मा सिर्फ चम्पाप्रसाद और उसके बच्चों की फिकर करती हैं, कालकाप्रसाद की उन्हें कोई चिन्ता नहीं है। इसी तरह जब एक बाल विधवा गाँव के स्कूल में मास्टरनी बनकर आयी और कालका भैया का उससे परिचय बढ़ गया, उनका स्कूल में ज्यादा आना-जाना होने लगा, तब अम्मा ने उन्हें टोका तो कालका भैया ऐसे ही बिफर पड़े थे। दरअसल खेती-पाती सँभालने का हुनर तो घर में सिर्फ उन्हीं के पास था। चम्पाप्रसाद तो ऊपर-ऊपर उठा-धराई करते थे। इसलिए सब लोग कालका प्रसाद से दबते भी थे।

अभी साल भर पहले की बात है। उस रात अम्मा को अचानक हैजा हुआ, तो उन्हें तुरन्त ही मोटर सायकिल पर बिठा के कस्बे तक भागे गये। सारा घर परेशान हो उठा। इंजेक्शन लगे। बोतलें चढ़ीं। पर अम्मा बच नहीं पायीं। घर पर गाज-सी गिर गयी। सब लोग बुरी तरह टूट गये।

सबसे ज्यादा सदमा कालका भैया को लगा। उन पर ऐसा असर हुआ कि वे काम-वासना से एक बार फिर वैरागी से हो गये। उनका ध्यान पूरी तरह से खेती में लगने लगा। एक-एक करके चार कुएँ खुदवाये और पूरी ज़मीन पटवारी की बही में सिंचित रकबा के रूप में दर्ज हो गयी। बैल की तरह वे खेत टगर में घूमते रहते और फसल के सीजन में धन-धान्य से घर भर देते। हाँ, ठसके से रहने का नया शौक चर्राया था उन्हें। सफेद उजली कमीज-पाजामा पहनकर पावों में वे चमड़े के पम्प-शू पहन लेते। सिर में महकौआ तेल चुपड़ कर प्रायः गाँव के बस स्टैंड पर सुबह ही जा बैठते, फिर साँझ ढले वहाँ से लौटते।

एक बार फिर सब कुछ ठीक हो गया था।

छह महीना पहले गाँव में नया सरकारी अस्पताल खुला और दक्षिण भारत की एक नर्स उसमें मुस्तकिल बहाल होकर रहने के लिए आ गयी थी।

पता लगा कि यह नर्स केरल की रहने वाली है और इसका नाम चेलम्मा है। गाँव की औरतें कई दिनों तक चटखारे लेकर नर्स के नाम का उच्चारण करने की कोशिश करती रही थीं।

चम्पाप्रसाद ने चेलम्मा की सराहना सुनी थी कि इतने दूर से अकेली चली आयी चेलम्मा सचमुच बड़ी निडर और समझदार औरत है। उसकी तत्परता का

ये हाल था कि गाँव में से रात-बिरात जब भी बुलौआ पहुँचता, वह तुरन्त ही अपने कन्धे पर सरकारी बैग लादकर हाथ में टॉर्च ले, तेज कदम रखती फटाक से गाँव में आ धमकती। गाँव में किसी की जचगी होती या किसी दुल्हन के पहली बार पाँव भारी होने की खबर फैलती, चेलम्मा सदा ही वहाँ मौजूद मिलती। धीरे-धीरे गाँव भर में वह इतनी लोकप्रिय हो गयी कि लोग उसे घर का सदस्य मानने लगे।

चर्चा सुनी तो एक दिन चम्पाप्रसाद भी टहलते हुए अस्पताल जा पहुँचे थे। अस्पताल के चौकीदार ने नर्स को उनका परिचय दिया तो चेलम्मा ने उनके प्रति खूब आदर प्रकट किया और सिर पर पल्लू लेकर बैठ गयी। उन्हें सुखद विस्मय था कि देश के किसी भी कोने की महिला क्यों न हो, सब एक-सी होती हैं—वही शालीनता, वही लज्जा और वही सौहार्द। देखने में साँवली, दुबली और सूखे से चेहरे की चेलम्मा की उम्र मुश्किल से तीस वर्ष दिखती थी। रहन-सहन में वह बड़ी साफ और गरिमामय महिला दिखती थी। उसका अटपटा हिन्दी बोलना अच्छा लगता था। वह खूब पढ़ी-लिखी थी और दुनियादारी की बातें अच्छे से समझती थी। उस दिन मन ही मन चेलम्मा की तारीफ करते वहाँ से लौटे थे।

उन्हीं दिनों की बात है। अचानक कालका भैया को पूरे बदन में खुजली का रोग फूट निकला। ऐसा भयानक कि वे बेहाल हो उठे। हाथ की उँगलियों के जोड़ से शुरू हुई छोटी-छोटी पीली फुंसियाँ जाँघों-रानों और जहाँ जगह मिली, बढ़ती चली गयी। खुजली टाँगों में फैली तो चलना मुश्किल हो गया, लुंगी बाँधे वे टाँगें चौड़ी करके चलते थे तो बड़ी तकलीफ होती थी। काँयफर को तेल में मिलाके उनने कई दिन लगाया, चिरौंजी और मिश्री कई दिनों तक भसकी पर ठीक न हुए। पहले तो हिचकते रहे, फिर एक दिन अस्पताल जाकर कालका भैया ने खुजली की दवा माँगी, तो नर्स चेलम्मा ने बिना किसी लिहाज के अपने हाथों कालका भैया के शरीर पर नीली-सी दवा पोत दी थी। उसके दबंग-बेलिहाज आचरण, समर्पित सेवाभाव और खुलेपन पर कालका भैया भावाभिभूत हो उठे थे।

चम्पाप्रसाद को ठीक से याद है कि कालका भैया तब से रोज ही अस्पताल पहुँचने लगे। शरीर की बीमारी तो कब की ठीक हो चुकी थी, पर शायद दिल की बीमारी लग गयी थी कालका भैया को। फिर तो घर से प्राय: दालें-दफारें, गेंहू-चना यानी फसल पर जो भी चीज पैदा हो, झोलों में भर-भर के चेलम्मा के पास पहुँचने लगी। चम्पाप्रसाद यह सब देखके जानबूझकर चुप रहते।

चेलम्मा पढ़ी-लिखी खुद-मुख्तार औरत है। उसने जो भी किया होगा अच्छी तरह से सोच समझ के किया होगा, उस पर कोई दबाब नहीं डाल सकते

कालका भैया, न बेवकूफ बना सकते हैं उसे। हालाँकि दूर देश की इस अकेली औरत के वास्ते लड़ने-तकरार करने को कोई नहीं आने वाला है। यह सब उन्होंने खूब सोचा है। चलो अच्छा है, इस बहाने कुछ दिन बड़े भैया का मन बहलता रहे। क्या हर्ज है।

कई रातों से बड़े भैया के घर न लौटने पर इसी लिए उन्होंने कुछ नहीं कहा है। पर आज जिस तरह से लूले कक्का ने उन्हें उलाहना दिया, उससे लगता है कि अब गाँववालों के पेट में दर्द हो उठा है।

बेटी की आवाज से वे चौंके। वह याद दिला रही थी कि दोपहर के दो बज गये हैं और उन्होंने अभी तक न नहाया-धोया न पूजा करी।

उदास से वे उठे और अपनी धोती-बनियान लेकर बाखर के पिछवाड़े वाले हैंडपम्प पर जा पहुँचे।

सिर पर ठंडा पानी गिरा तो सारे बदन में एक फुरहरी सी आ गयी। अभ्यस्त भाव से उन्होंने हनुमान चालीसा बोलना शुरू कर दिया—जय हनुमान ज्ञान गुण सागर...

पाठ पूरा होते ही उन्होंने धुले कपड़े पहन लिये थे और पीतल का लोटा माँज के शुद्ध पानी से भर लिया था। बाखर में रखी अज्ञात देवताओं की अस्पष्ट-सी प्रतिमाओं पर जल ढार के उन्होंने सूरज भगवान की ओर मुँह उठाया और लोटे को थोड़ा ऊँचा उठाके तुलसाने में जलधार गिरानी शुरू कर दी—ऊँ तापत्राय हरं दिव्यं परमानन्द लक्षणम्। तापत्राय विमोक्षायतवाध्यं कल्पयाभ्यहम्।

अटारी के नीचे वाले मढ़ा में बने पूजा के स्थान पर अगरबत्ती जलाके वे पूजा करने बैठे तो लाख जतन करने पर भी ध्यान में मन न लगा। न वे जप कर सके, न विष्णु सहस्रनाम का पाठ। सन्ध्यावन्दन तो वैसे भी सम्भव न था। वे यूँ ही आँख मूँद के वहाँ बैठे रहे।

सहसा एक पुरानी बात उनके मस्तिष्क में कौंध उठी। लूले कक्का से जुड़ी बात!

...बूढ़े पुराने सच कह गये हैं कि किसी के बारे में कुछ कहने से पहले दस बार सोचना चाहिए। लूले कक्का ब्राह्मण हैं और उनके मामले में चम्पाप्रसाद से यही गलती हो गयी।...दरअसल कक्का का छोटा बेटा प्रकाश पैंतीस साल का होकर अनब्याहा बैठा था। कारण सिर्फ इतना कि लूले कक्का की बैठक दलितों में थी। दरअसल वे शुरू से दलितों के हितचिन्तक रहे और वहीं उठते बैठते रहे। सो कौन ब्राह्मण उनके यहाँ ब्याह करता? प्रकाश ने एक बाल-विधवा दलित लड़की से सम्बन्ध जोड़े तो बामनों की पंचायत बैठी थी। पंच की हैसियत से चम्पाप्रसाद ने प्रकाश के खिलाफ फैसला दिया था और तब से लूले कक्का का

गाँव भर में हुक्का पानी बन्द है। वे खुद ही मन मार के किसी के भी घर चले जाते हैं, पर कोई भी उन्हें दिल से आदर नहीं देता।

आज लूले कक्का पूरे गाँव में चर्चा फैला देंगे कि कालका दुबे ने अस्पताल की मदरासी नर्स को रखैल बना लिया है, और पखवारे भर से उसी के क्वार्टर में रात रुकते हैं। कल यही बात ब्राह्मण बिरादरी में जाएगी तो मुँह दिखाने काबिल नहीं बचेंगे वे। उन्होंने जिन आरोपियों के खिलाफ फैसला किया है, वे अब आकर मुँह पर उलाहना ठोकेंगे। बरतन के मुँह पर तो ढक्कन हो सकता है, पर आदमी के मुँह पर कोई ढकना नहीं होता। किस-किस का मुँह रोकते फिरेंगे वे!

मुन्नी जिज्जी की ससुराल तक भी बदनामी पहुँचेगी तो बहनोई और उनके पिता की कहलान आ जाएगी। चम्पाप्रसाद की खुद की ससुराल में यह प्रसंग नमक-मिर्च लगाके पहुँचेगा तो कितनी शर्मिन्दगी उठाना पड़ेगी। घर में जवान होती लड़की है। लड़की के पीठ का लड़का भी सयाना है। वे दोनों सुनेंगे तो गाँव में लोगों से कैसे आँख मिला पाएँगे। अपने बाप से भी कैसे नजर मिला सकेंगे।

तो? ...तो क्या समाधान है इस समस्या का?

...समाधान कहो, रास्ता कहो अब हल तो एक ही है कि कालका भैया को खुली साफ जुबान से समझा दिया जाए कि तुरन्त बन्द करो अब अपने ये ऐल-फैल। तिलांजलि दो अपने कुकर्मों को। तुम्हारे कुकर्मों की वजह से आज पूरे खानदान की नाक कट रही है। जिस जात-कुजात से रिश्ता बनाके बैठ गये हो, छोड़ो उसे!

कालका भैया यदि चम्पाप्रसाद की बात न समझें तो उन पर रिश्तेदारों का दबाब बनाएँगे। मुन्नी जिज्जी के ससुर को बुला लेंगे, उनसे कहलाएँगे।

न होगा तो मामा को बुला लेंगे। उनका कहना तो मानेंगे कालका प्रसाद। जिसका भी कहा मानें, उसी से कहलाएँगे। किसी भी तरह अब ये सम्बन्ध खत्म करवाना है उन्हें।

चम्पाप्रसाद ने अनेक धर्मग्रन्थ पढ़ रखे हैं। उन्होंने अध्ययन किया है कि जब किसी व्यक्ति पर वासना का भूत चढ़ता है, तो वो किसी की नहीं मानता। बुढ़ापे में उठी वासना की आग तो वैसे भी ज्यादा भड़कती है, इसके कितने ही उदाहरण हैं ग्रन्थों में। भीष्म के पिता शान्तनु इसी उम्र में मछुआरे की लड़की पर मोहित हुए थे, और इसी अवस्था में पहुँचकर राजा ययाति भी देवलोक की अप्सरा के वशीभूत हो गये थे। वे तो इस कदर दीवाने हुए कि अपने बेटे की जवानी तक उधार ले ली थी उनने।

सहसा उनके विचारों के अश्व रुके...कहीं कालका भैया इस बात पर अड़ गये और चेलम्मा से सम्बन्ध नहीं तोड़े, तो? तो...? तो...? तो...?

इस एक अक्षर के प्रश्न की अभेद्य दीवार को भेदने के लिए दो-तीन रास्ते

सूझते हैं उन्हें।

...एक तो यही कि बदचलनी के अपराध में ब्राह्मणों की बिरादरी से बहिष्कृत करवा सकते हैं वे कालकाप्रसाद को। ताकि भूत-प्रेत की तरह ताउम्र अकेले जिएँ। रखे रहें और निहारते रहें, उस काली-कलूटी औरत को।

...दूसरा यह भी कि पूरे गाँव के लोगों को भड़का कर थू-थू भी करा सकते हैं वे, अपने बड़े भैया की। गली-गली में लोगों के उलाहने सुनेंगे, तो सारी अकल ठिकाने आ जाएगी।

...एक रास्ता यह भी है कि अस्पताल और डाकघर के बड़े अफसरों के पास जाकर चम्पाप्रसाद खुद शिकायत कर सकते हैं। नौकरी ही खतरे में होगी तो दोनों की मस्ती क्षण भर में काफूर हो जाएगी।

नर्स को यहाँ से दूर कहीं तबादले पर भी फिंकवा सकते हैं वे, थोड़े प्रयत्न से, ...और तबादला न हो पाये तो उसके हाथ-पाँव भी तुड़वाये जा सकते हैं। उनके ये इगड़े-बिगड़े चेले कब काम आएँगे भला! ज्यादा तीन-पाँच करेंगे तो कालका भैया को भी सबक सिखाया जा सकता है। ज़मीन जायदाद के लिए तो महाभारत जैसे युद्ध हो गये हैं भाई-भाई के बीच। शास्त्र कहते हैं कि ऐसे युद्ध ही तो धर्मयुद्ध कहलाते हैं।

नये-नये उपाय तलाशती उनकी बुद्धि के सामने फिर एक प्रश्नचिह्न उठा—कालका भैया आखिर उनके बड़े भाई हैं, हर रास्ते की काट सोच लेंगे। उन पर बिरादरी और गाँव के प्रतिबन्धों का भला क्या असर होगा? वैसे भी सुबह पाँच बजे से रात दस बजे तक खेत-टगर में समय काटने वाले कालका भैया को इन गाँववालों, जाति वालों और सरकारी अफसरों का भला क्या डर? उन्हें क्या मूसर बदलना है किसी से! किसी से अपनी सन्तान थोड़े ब्याहने जाना है। निःसन्तान रंड-संड आदमी। आज मरे कल तीसरा। डरता-हिचकता वो हैं जिसके पास गँवाने के लिए, खोने के लिए कुछ हो। इनके पास कुछ है ही नहीं, तो खोएँगे क्या? क्या बिगड़ेगा उनका?

हाँ, सचमुच कालका भैया का कुछ भी नहीं बिगड़ेगा, यह सोचकर चम्पाप्रसाद बेचैन हो उठे। कालका भैया कल को ये भी कह सकते हैं कि चलो मैं छोड़ देता हूँ तुम्हारा घर! मेरा हिस्सा-पटा कर दो इसी वक्त!

हिस्सा-पटा!

हाँ सचमुच वे अपना हिस्सा तो माँग ही सकते हैं। हिस्सा माने आधी जायदाद, माने कुल जायदाद में से तीस बीघा ज़मीन, दो कुआँ, दो भैंसें, तीन बैल और आधी बाखर। अर्थात् घर का सब कुछ आधा-आधा। यदि आधा धन चला गया तो क्या बचना है! बहुत कमजोर होके रह जाएँगे चम्पाप्रसाद। कुछ भी तो शेष नहीं रहेगा।

जिस ज़मीन जायदाद के जोर पर उछल रहे हैं, वही न बची तो क्या इज्जत रह जाएगी? कानी-बूची जायदाद क्या माथे से ठोकेंगे वे!

कहाँ तो इस बरस ट्रैक्टर उठाने का मीजान लगा रहे थे और कहाँ अब मौजूदा चीजें बचाने के लाले पड़ गये हैं। तीस बीघा ज़मीन में तो कोई भी बैंक वाला ट्रैक्टर का कर्जा नहीं देगा। सारे अरमान अधूरे रह जाएँगे।

घर से ऊँचा-पूरा भाई चला गया तो हिम्मत ही टूट जाएगी उनकी। फिर कैसे सँभालेंगे वे अपनी कच्ची गृहस्थी? गाँव के लोग तो वैसे ही दुश्मन हैं। वे सब ऐसे ही मौके की तलाश में रहते हैं। अकेला देख के चढ़ ही बैठेंगे चम्पाप्रसाद पर।

...और अगर अपने हिस्से की खेती सँभालने की जिम्मेदारी चम्पाप्रसाद पर आन पड़ी तो कैसे सँभालेंगे वे अपनी खेती? उनने अपनी ज़िन्दगी में खेती करी ही नहीं है कभी। खेती तो बिगड़ ही जाएगी अनाड़ी हाथों में पड़ के। खेती बिगड़ी तो सब कुछ बिगड़ा। फिर भरी-पूरी गृहस्थी का साथ है, आधी-अधूरी फसल में क्या नहाएँगे, क्या निचोड़ेंगे! उधर कालका भैया और उस कल्लो चेलम्मा के मजे होंगे। तीस बीघा खेत में दक्ष-सुघड़ हाथों से पैदा की गयी अल्लै-पल्लै फसल, दो-दो तनख्वाहें और खर्च के नाम पर सुखे-पुछे दो जने। रईसी ठाठ होंगे उनके तो।

चम्पाप्रसाद को कालका भैया का जीवन बड़ा सुखी दिखा। उनने मन ही मन अपनी जीवन शैली से कालका भैया की शैली की तुलना की तो एक ईर्ष्या-सी हो आयी। उन्हें बस एक पत्नी की ही तो कसर रही जिन्दगी में, इस कमी की क्षतिपूर्ति दर्जनों जगह से करते रहे हैं। घाट-घाट का पानी पिया है कालका भैया ने, हर बिरादरी, हर नस्ल और हर उम्र की बछिया पर हाथ फेरा है। चम्पाप्रसाद हैं कि अपनी पत्नी के खूँटे से बँधे बैठे रहे शुरू से। पंडिताइन की मोटी थुल-थुल देह पहली थी, ...और वही शायद आखिरी रहेगी। उन्हें जजमानी-पुरोहिताई में ऐसी-ऐसी औरतें देखने को मिली हैं कि उनके आगे इन्द्र के दरबार की अप्सरा भी फीकी लगें। संगमरमर से तराशे नाक-नक्श और सुघड़ देह वाली युवतियाँ जिन्हें देखकर ही अच्छे-अच्छों का मन विचलित हो जाए। पर वे कभी विचलित नहीं हुए। या यों कहो कि उनके भाग्य में पर नारी को भोगना लिखा ही न था। सो वे लँगोट के पक्के बने रहे।

चम्पाप्रसाद को लगा कि मन कुछ बैठ-सा रहा है।

उन्हें अपने भाई पर एक बार फिर झुँझलाहट हो आयी। ये कालका भैया भी खूब हैं! अरे दिल भी लगाना था तो किसी ब्राह्मणी से लगाते। आज इतनी बात बढ़ गयी थी तो मन मार के उस औरत को घर में ले आते। देखो तो, इस बदसूरत जात-कुजात, अनजान मजहब की, कहाँ की औरत से नेह लगाया है

कालका भैया ने।

उनने गहरी साँस खींचते हुए सोचा—कदाचित यही औरत ब्राह्मणी होती, चाहे उत्तरी न सही दक्षिण भारतीय ब्राह्मण होती। तो भी वे कुछ सोचते। सोचते क्या, खुशी-खुशी तैयार हो जाते। इधर घर की जायदाद बची रहती, उधर नर्स की तनख्वाह के नये करारे पाँच हजार रुपये के नोटों की गड्डी हर माह घर में आने लगती।

उनकी आँखों के आगे पाँच हजार रुपये की गड्डी तैरने लगी।

उन्हें लगा कि उनके मन में इतनी देर से उठ रहा बवंडर कुछ ज्यादा ही तेज हो चला है।

प्रतिकूल और आपदाग्रस्त स्थितियों में सदा से चम्पाप्रसाद का मस्तिष्क कुछ तेज ही चलता रहा है। वे अपनी बिरादरी में चतुर दिमाग के माने जाते हैं। खुद की विलक्षण और शरारती क्षमताओं पर उन्हें भी खूब गर्व है। गहरी नींद में भी उन्हें अहसास रहता है कि वे समाज की सर्वोच्च बिरादरी में हैं। लोगों को सही गलत बतलाना उनका खानदानी अधिकार है, जो हर ब्राह्मण बच्चे को स्वतः ही जन्मजात मिलता है।

वे अनायास चेते। मन के किसी कोने से एक स्वर उभरा, ...यह क्या क्षेत्रवाद और जातिवाद का सबसे बड़ा समर्थक रहा उन जैसा व्यक्ति ऐसा उदार कैसे हो सकता है? ...उन जैसा कर्मकांडी-वेदपाठी व्यक्ति ऐसा सोचने लगेगा तो समाज के दूसरे लोगों का क्या होगा? यह तो पाप है, घोर पाप। ऐसा सोचने का दंड मिलेगा उन्हें।

एक पल मस्तिष्क शून्य रहा फिर मन ने तर्क गढ़ा। कलियुग में सोचने मात्र से कभी पाप नहीं लगता, पुण्य जरूर लगता है। तुलसी बाबा कह गये हैं—कलिकर एक पुनीत प्रतापा, मनसा पुण्य होइ नहीं पापा। समाज के दूसरे लोगों की चिन्ता करने से भला उनका कैसे काम चलेगा? ये भौतिक जमाना है। रुपया-पैसा ही सबकुछ है इस युग में। सम्पत्ति बचा लेना सबसे बड़ी सफलता होगी इस जमाने में। वैसे भी छोटी जाति की लड़की लेना तो सदा से अधिकार रहा है बड़ी जाति वालों का। कृष्ण द्वैपायन व्यास की प्रिया भला कोई उच्च वर्ण से थी क्या? मनुस्मृति में कहा गया है कि स्त्री की कोई जाति नहीं होती। जिस बिरादरी का व्यक्ति कन्यादान करे, लड़की का गोत्र वही होता है। जिस खानदान में ब्याही जाए उसी जाति की कुलवधू कहलाती है। चम्पाप्रसाद को याद आया कि समाज में हजारों साल पुरानी कहावत है—'राजा घर आयी रानी कहाई, पंडित घर आयी पंडितानी कहाई।' स्त्री तो समाज की गूँगी गाय है। न उसकी अनुमति लेना, न जाति पूछना, यह पुरातन रीति है इस देश की।

पूजा पर बैठे-बैठे ही चम्पा प्रसाद ने अनुभव किया कि उन्होंने आज क्या-

क्या नहीं सोच लिया। कभी-कभार आत्मनिरीक्षण करने पर वे अपने आप को बड़ा सीधा, सौम्य और नीतिवान पाते हैं। लेकिन आज उन्हें स्वयं पर विस्मय था कि आदमी को खुद पता नहीं होता कि उसके अवचेतन मन में परिवार, समाज और बिरादरी से क्या-क्या अवधारणा जम जाती हैं। गाँव में लूले कक्का और उनके सहयोगी लोग अब तक जो धूर्त, चालाक और गुरु घंटाल की उपाधियाँ देते रहे वे शायद सच्ची थीं। उन्हें ताज्जुब था कि इन उपाधियों को याद करके उन्हें जरा भी लज्जा और हीन भावना अनुभव नहीं हो रही है—बल्कि गर्व-सा लग रहा है।

वे चैतन्य हो गये। मन ही मन उन्होंने एक निर्णय लिया कि उन्होंने जो सोचा है 'कदाचित यही औरत उत्तरी न सही, दक्षिण भारतीय ब्राह्मण होती तो वे कुछ सोचते' यह कल्पना हवाई नहीं है। उसे सच भी किया जा सकता है।

हो सकता है चेलम्मा सचमुच दक्षिण भारतीय ब्राह्मण बिरादरी यानी नम्बूदरी या आयंगर ब्राह्मण हो...। अब तक उससे जाति पूछी ही किसने है? चम्पा प्रसाद ने मन ही मन सोचा। एकाएक उन्होंने बड़ा भीष्म निर्णय लिया जो न उनके पहले किसी ने लिया था, न उनके खानदान में शायद कोई ले पाये। चेलम्मा अब इस घर में जरूर आएगी। वह अगर ब्राह्मण जाति की ना भी हो तो क्या फर्क पड़ता है। वैसे भी भविष्य में उसकी असली जाति का पता किसे लगना है। अभी उसी से कहला देंगे कि वह केरल के नम्बूदरी ब्राह्मण खानदान की कन्या है। फिर क्या है, गाँव में मन्दिर में जाकर विधि विधान से कालका भैया की सप्तपदी करा देंगे, गाँव वालों को खीर-पूरी के साथ पचबन्नी मिठाई की पंगत जिमा देंगे सो वे भी चुप। ब्राह्मण समाज के अध्यक्ष को बुलाकर कहेंगे—पंडित जी आप जो कान्य-कुब्ज, जिझौतिया, सनाढ्य और भार्गव जैसे उपभेद समाप्त करने की बात करते हैं हम उससे सहमत हैं और अपने घर में ही यह दिखाने को तैयार हैं। हम तो उपभेद खत्म करने से भी दो कदम आगे जाकर दक्षिण भारतीय ब्राह्मण की लड़की घर में ला रहे हैं। चलो कन्यादान आप ही कर दो।

चेलम्मा से कहके केरल के रहने वालों में से इधर आसपास कहीं कोई परिवार होंगे तो उन्हें न्योता भेज देंगे। विवाह संस्कार को 'दक्षिणी विवाह पद्धति' से सम्पन्न करा देंगे। मलयाली स्त्रियाँ इस अवसर पर कितनी भलीं लगेंगी जब वे मलयाली में एक स्वर होके विवाह-गीत गाएँगी।

विवाह करने के निर्णय के साथ ही उनके मन का सारा द्वन्द्व धूल के अन्धड़ की तरह एकाएक मन्दा पड़ता हुआ शान्त हो गया—चलो जायदाद बची रह गयी तो जाति और समाज भी सम्मान देगा।

अपने इष्ट देव के सामने उन्होंने सिर झुकाकर प्रणाम किया। उठे और उतावली में आँगन में चले आये।

दिन ढल रहा था पर उन्हें न भूख थी न प्यास। कुछ देर बाद ही वे धुले-चमकदार धोती-कुर्ता पहनकर नये पम्पशू पाँव में उलझाये घर से बाहर निकल पड़े थे।

बाहर दरवाजे के आगे नौहरे में भैंसें और गाएँ बँधी थीं। उन्हें देखकर चम्पाप्रसाद को एकाएक लाड़-सा उमड़ आया। वे उनके पास गये और पुचकारने लगे। उनने सींग की जड़, कान और गर्दन को खुजलाया। ढोर के गले में नीचे लटकी नर्म खाल की झालर सहलाते हुए उनका मन मोह में डूबने उतराने लगा।

कुछ देर बाद ही वे अपने खेतों के बीच से गुजर रहे थे। यहाँ से वहाँ तक भरपूर जवानी से लदी गेंहूँ की सुनहरी फसल खड़ी थी। चारों ओर जैसे सोना ही सोना बिखरा पड़ा हो। फसल देखकर उनकी आँखों की चमक और ज्यादा बढ़ गयी— इस साल बीघा पीछे छह क्विंटल से कम क्या झरेगा!

अस्पताल जाने वाले रास्ते पर मुड़ते हुए वे एक कुशल संवाद लेखक की तरह ऐसे वाक्य रच रहे थे, जो चेलम्मा के मुँह से बुलवाये जाने पर न तो बनावटी लगें और न अस्वाभाविक।

अब न उन्हें बैचेनी थी और न कोई भय। बल्कि एक अजीब-सी उत्तेजना थी। उनकी चाल को देखकर यह उत्तेजना सहज ही समझ में आ जाती थी।

बाज़ार वेब

एकबारगी मैं तो पहचान ही नहीं पाया उन्हें।

कहाँ वो अन्नपूर्णा भाभी का चिर-परिचित नितान्त घरेलू व्यक्तित्व और कहाँ आज उनका ये अति आधुनिक रूप! चोटी से पाँव तक वे बदली-बदली-सी लग रही थीं।

वे कस्बे के नये खुले इस फास्टफूड कॉर्नर से जिस व्यक्ति के साथ निकल रही थीं, वह सोसाइटी का कोई भला आदमी नहीं कहा जा सकता था। मुझे तो ऐसा लगा कि सिर्फ संग-साथ वाली बात नहीं, यहाँ कुछ दूसरा ही मामला है, क्योंकि वे बात-बेबात उस भले आदमी से सट-सट जा रही थीं, जैसे उसे पूरी तरह रिझाना चाहती हों!

आज उन्होंने बनने-सँवरने में कोई कोर-कसर नहीं छोड़ रखी थी। उनके चमक छोड़ते गोरे बदन पर 'सबकुछ दिखता है' नुमा कपड़े सरसरा रहे थे। हल्की शिफॉन की मेहँदी कलर की साड़ी से मैच करता लो कट ब्लाउज, इसी रंग की बिन्दी और कलाई भर चूड़ियाँ, पाँव में मेहँदी कलर की ही चौड़े पट्टे की डिजानदार चप्पलें और ताज्जुब तो ये कि हाथ के पर्स का भी वही रंग। मैंने उन्हें गौर से देखा तो ठगा-सा खड़ा रह गया।

मैं ऐसी जगह खड़ा था, जहाँ से होकर उन्हें निकलना था। मुझे यहाँ पाकर वे कोई संकोच अनुभव न करें, इसलिए मैं वहाँ से हटा और पीसीओ-बूथ की ओट में आ गया।

यह संयोग ही था कि वे दोनों पीसीओ-बूथ में प्रविष्ट हो गये। वे कह रही थीं, ''आप गलत अर्थ मत लगाइए, किसी के यहाँ जाने से पहले आजकल फोन कर लेना ठीक रहता है। पता नहीं वे फुरसत में हैं या नहीं, या फिर उन्हें कहीं बाहर जाना हो, या ये भी हो सकता है कि वे बाहर ही चले गये हों।''

उनके साथ वाले व्यक्ति ने निरपेक्ष भाव से कहा था, ''अरे मैं कहाँ बुरा मान रहा हूँ, आपका कहना दुरुस्त है मैडम!''

बूथ में फोन डॉयल करने तक सन्नाटा रहा, फिर कुछ देर बाद आवाज गूँजी—''हेलो सिमरनपुर से! पटेल साहब हैं क्या? मैं मनीराम बोल रहा हूँ। जरा बात कराइए उनसे।''

''हेलो पटेल साहब, मैंने कहा था न, मैं आज मिलने आ रहा हूँ। उन्हें साथ ला रहा हूँ।''

कुछ देर बाद वे लोग बाहर आये। मनीराम ने जेब से चाबी निकालकर अपनी बाइक स्टार्ट की और पीछे देखने लगा। अन्नपूर्णा भाभी अपनेपन की भीतरी खुशी से मुस्कुराती हुई लपक के मनीराम के पीछे बैठ गयीं। गियर डाल के मनीराम ने गाड़ी आगे बढ़ायी तो वे मनीराम पर लद-सी गयीं।

मैं निराश-सा वहाँ से मुड़ा और बीमा ऑफिस की ओर चल पड़ा।

अगले दिन मेरा मन न माना तो मैं सुबह-सुबह उनके घर जा धमका।

उनके सरकारी क्वार्टर के बाहर, बाउंड्रीवाल पर पुरानी नाम-पट्टिका की जगह पीतल की नयी चमकदार नेम-प्लेट लग चुकी थी—भरत वर्मा, क्षेत्रीय आधिकारी।

दरवाजा वर्माजी ने खोला, मुझे देखकर वे थोड़ा चौंके, ''क्यों साहब, प्रीमियम ड्यू हो गया क्या?''

हमेशा बनियान-पजामा पहने रहने वाले वर्माजी को आज मैंने अच्छी क्वालिटी के गाउन में सजा-धजा देखा तो मुझे काफी बदलाव महसूस हुआ। लेकिन गौर किया तो मैंने उनके पैंतालीस वर्षीय बदन को वैसा ही दुबला और कमजोर पाया। वही गरदन के पास से झाँकती कॉलर बोन, कपोलों पर मांस से ज्यादा हाड़ दर्शाता सूखा-सा चेहरा और वे ही खपच्चियों से लटके दुबले लम्बी अँगुलियों वाले हड़ियल हाथ। उन्हें आश्वस्त करता हुआ मैं बोला, ''नहीं वर्मा जी, प्रीमियम तो तीन महीने बाद है! मैं तो बस यूँ ही...।''

''कोई बात नहीं, स्वागतम्! ...आइए न!''

मैं प्रसन्न मन से भीतर घुसा और सोफा की सिंगल सीट पर पसरकर बैठ गया। वर्माजी मेरे ऐन सामने बैठे फिर मुस्कुराते हुए बोले, ''और सुनाइए, आपकी प्रोग्रेस कैसी है? अब तक 'डी एम क्लब' के मेम्बर बने या नहीं?''

''हाँ, वो तो मैं दो बरस पहले ही बन गया था, अपनी ब्रांच का पहला करोड़पति ऐजेंट हूँ मैं।'' बताते हुए मैं पुलकित था, पर भीतर ही भीतर सोच रहा था कि पहले कभी किसी बात में रुचि न लेने वाले वर्माजी आज बड़े व्यावहारिक दिख रहे हैं। ऐसा क्यों है?

तभी भीतर से अन्नपूर्णा भाभी की 'कौन हैं जी' मीठी आवाज आयी तो मेरा दिल उछलकर हलक में आ गया, मेरी निगाहें बैठक कक्ष के भीतरी दरवाजे पर टिक गयीं।

सुआपंखी रंग की ज़मीन पर गहरे काले रंग की छींट वाला, सूती कपड़े का ढीला-ढाला गाउन पहने, दोनों हाथ पीछे करके जूड़ा बाँधती वह जब नमूदार हुईं, तो मैं ठगा-सा उन्हें देखता ही रह गया। इस अस्त-व्यस्त दशा में भी वे गजब की जम रहीं थीं।

मुझे देखकर वह गहरे-से मुस्करायीं और हाथ जोड़कर बोलीं, "अरे गुप्ताजी आप आये हैं! बड़ी उमर है आपकी! मैं कल ही इनसे कह रही थी कि एक दिन आपसे मिलना है। आप न आते तो मैं आज ही आपके पास आ रही थी।"

हमें बतियाता देख, यकायक वर्माजी चुपचाप खिसक गये।

और अब जाने क्यों मैं खुद को सहज नहीं पा रहा था।

मुझे सोच में पड़ा देख वे तपाक से बोलीं, "अरे अमर, किस टेंशन में फँसे हुए हो यार!"

"कहाँ... ? मैं किसी टेंशन में नहीं हूँ।" कहता हुआ मैं मुस्कुराने की व्यर्थ सी कोशिश करने लगा, "आपके बच्चे नहीं दिख रहे आज।"

"वे दोनों स्कूल गये हैं," कहते हुए वे मुझसे पूछने लगीं, "आपने बीमा एजेंसी लेते वक्त ग्राहक को डील करने का कोई खास कोर्स किया था क्या?"

"नहीं तो, बस पन्द्रह दिन का ओरिएंटेशन प्रोग्राम हुआ था, मंडल कार्यालय में! क्यों कोई खास बात?"

मुझे लगा, आज कोई ख़ास बात है, इसी वजह से वे इतना अपनत्व दिखा रही हैं। वे इस तरह धाराप्रवाह ढंग से मुझसे बतियाने में जुट गयीं कि मैं उन्हें ठीक ढंग से देख ही नहीं पा रहा था क्योंकि मुझे घूरती हुईं वे लगातार बोलती जा रही थीं।

वर्माजी चाय बहुत अच्छी बनाने लगे थे।

बिस्कुट कुतरते समय वे गहरे आत्मविश्वास में डूबी थीं, मैं उनके व्यवहार पर क्षण-क्षण चकित था। बीमा की किस्त लेने मैं हर छह माह में इनके यहाँ आता रहा हूँ। बीच में नयी लाँच की गयी पॉलिसी लेने के लिए उनको पटाने भी मैं अक्सर आ जाता था, पर वे इतनी खुलकर कभी नहीं मिलीं। प्राय: वर्माजी से भेंट होती थी, वे बीच में कभी-कभार बैठक में आती थीं तो नमस्कार करके तुरन्त भीतर चली जाती थीं।

मेरी निगाह उनके मोहक चेहरे और ढील-ढाले गाउन में से उभरते उनके आकर्षक बदन को ताकने का लोभ संवरण नहीं कर पा रही थी और अब अपने को ताके जाने का ज्ञान होने के बाद वे मुझसे नज़रें नहीं मिला रही थीं, छत को बेवजह घूर रहीं थीं और खुद को ठीक से ताकने का मौका दे रही थीं।

शाम को कार्यालय से लौटकर मैं बाथरूम से बाहर ही आया था कि पत्नी ने आँखें चमकाते हुए कहा, ''जाओ, बैठक में एक स्मार्ट सुन्दर-सी महिला आपसे मिलना चाहती है।''

मैं समझ गया कि वे ही होंगी।

पाँच मिनट में ही बाहर जाने वाले कपड़े पहन, सेंट का छिड़काव कर मैं बैठक में था।

''नमस्ते! सॉरी, मुझे देर हो गयी।'' आवाज में ढेर-सी मुलायमियत लाकर मैं अदब से झुकते हुए बोला।

''नमस्ते, नमस्ते!'' वे चहकीं।

''अरे शुभा! भाभी जी को चाय पिलाओ और देखना, जरा बिस्कुट वगैरह लेती आना।'' मैंने भीतर की ओर मुँह करके पत्नी से इल्तिज़ा की।

''अरे रहने दीजिए, गुप्ता जी। मेरे रिसोर्स परसन आने वाले हैं, उन्हें चाय पिला देना आप।''

''रिसोर्स परसन माने?''

''माने मुझे काम सिखाने वाले! मेरे अपलाइनर!''

''आप कोई काम करने लगी हैं क्या इन दिनों?''

''आपको पता नहीं, मैंने पिछले महीने से एक बिजनेस शुरू किया है। आपको जानकारी होगी कि कुछ ऐसी मल्टीनेशनल कम्पनियाँ हैं, जो विज्ञापन में फिजूलखर्ची नहीं करतीं बल्कि अपना नेटवर्क डेवलप करके और अपने एजेंट नियुक्त करके सीधे ग्राहकों तक अपनी वस्तुएँ पहुँचाती हैं।''

''हूँ!'' मैंने गम्भीर होते हुए उनकी बात में रुचि प्रदर्शित की।

वे बोलीं—''मैंने अभी तक ज्यादा काम नहीं किया, इसलिए मैं ज्यादा नहीं बता सकती, बस मेरे रिसोर्स परसन आ रहे हैं। वे आपको विस्तार से सारी बातें समझाएँगे।''

शुभा चाय लेकर आयी तो उन्होंने उठकर उससे नमस्ते की और बोलीं, ''आप भी बैठिए भाभी जी, दरअसल मैं जिस काम से आयी हूँ, वो आप दोनों पति-पत्नी मिलके ज्यादा अच्छी तरह से कर सकेंगे।''

...अब मेरी भौंहों में बल पड़ गये थे।

झिझकती-सी शुभा बैठ तो गयी पर उसकी निगाहें ज़मीन से चिपक गयी थीं। यकायक मुझे लगा कि शुभा तो मेरी इज्जत खराब करे दे रही है। इसे इतना संकोची नहीं होना चाहिए कि एक औरत के सामने भी नयी दुल्हन-सी शरमाये।

हमारी चाय खत्म ही हुई थी कि उनके वे रिसोर्स परसन आ गये। मैंने उनका स्वागत किया और अपना परिचय दिया।

"मैं अभी आती हूँ" कहती हुई शुभा पीछा छुड़ाकर भागी और भीतर पहुँचकर बर्तन बजाकर मुझे अन्दर आने का इशारा करने लगी।

मैं भीतर पहुँचा, तो वह झल्ला रही थी, "कौन है ये सयानी मलन्दे बाई!"

हँसते हुए मैं बोला, "तुम काहे जल रही हो? बेचारी वो तुम्हें क्या सयानापन दिखा रही है? वो अपना कोई प्रॉडक्ट बेचने आयी है।"

"हमें नहीं खरीदनी उसकी कोई चीज। उससे कहो अपने खसम के साथ उठे और कहीं दूसरी जगह जाकर नैन मटक्का करे! और जो मर्जी हो बेचे, चाहे गिरवी रखे।"

मैं शरारतन मुस्कुराया, "अरे यार, हजार-दो हजार रुपये देकर इतनी कमसिन और खूबसूरत औरत के साथ बैठने का मौका मिल जाये तो महँगा नहीं है।"

शुभा की आँखें अंगारा हो गयी थीं, वह जलते स्वर में बोली, "कहे दे रही हूँ, मैं अभी बैठक में जाकर उसे घर से बाहर निकाल दूँगी।"

मुझे लगा कि खेल बिगड़ रहा है सो समझौते के स्वर में उससे कहा, "यार तुम भी बिना पढ़ी-लिखी औरतों की तरह बेकार की बातें करने लगती हो। वो क्या हमारी जेब में हाथ डालकर रुपया निकाल लेगी। अब कोई अपना माल दिखाये, तो लो, मत लो, देखना तो चाहिए। अपने घर में हर सामान भरा पड़ा है, हमको क्या खरीदना है? वो जो बताएगी, देख लेते हैं। बेचारी को निराश काहे करती हो?"

मैं बैठक में जाकर बैठ गया और रिसोर्स परसन से बात करने के बहाने मुस्कुराते हुए पूछने लगा, "आप कहाँ रहते हैं मनीराम जी।"

"मैं घाटीपुरा में रहता हूँ, उधर हाई स्कूल की पुरानी इमारत है न, उसके पीछे हमारा पुराना मकान है।"

"अच्छा उधर, जहाँ दरोगा संग्रामसिंह रहते हैं।"

"आप उन्हें जानते हैं! वे मेरे चाचा हैं।"

अब हमें बात करने को एक विषय मिल गया था, सो हम पूरी दिलचस्पी के साथ दारोगा संग्रामसिंह और अपने हाई स्कूल के जमाने की करने लगे थे। हालाँकि यह विषय अन्नपूर्णा भाभी को बोर कर सकता था, पर ऐसा नहीं दिख रहा था, बल्कि वे बड़े प्रसन्न भाव से मनीरामजी को देखते हुए अपनी आँखें फैला कर इस तरह सुनने लगीं, मानो वे इस विषय से बहुत गहराई से जुड़ी हों।

इसके बाद वे प्रसन्न मन गुनगुनाती-सी उठीं और घर के अन्दर चली गयीं। कुछ देर बाद वे लौटीं, तो उनके साथ आँखों में उलझन का भाव लिये शुभा भी थी।

मनीराम जी ने उठकर मेरी श्रीमती जी का अभिवादन किया और बोले, "भाभीजी मैं जम्बो कम्पनी का एजेन्ट मनीराम हूँ। माफी चाहूँगा कि मैं आपके मूल्यवान समय में से दस मिनट ले रहा हूँ। आपको अच्छा लगे तो आप मेरे बिजनेस प्रपोजल पर विचार करें और न जमे तो कोई बात नहीं।"

मुझे सम्बोधित करते हुए अब मनीराम की आवाज में मखमली अन्दाज आ गया था—"सर कभी आपने सोचा कि आप दूसरों से कुछ हटकर यानी अलग हैं। दरअसल आपको अपनी योग्यता के अनुरूप जॉब नहीं मिला है। इसलिए आप अपने वर्तमान व्यवसाय से पूरी तरह सन्तुष्ट नहीं होंगे...मन में कहीं न कहीं यह चाह रहती होगी यानी एक सपना होगा आपका भी कि आपके पास खूब सारा पैसा हो! ...बड़ा-सा बँगला हो! ...शानदार कार हो! ...भाभी के पास ढेर सारे जेवर हों! ...आपके बच्चे अच्छे स्कूल में पढ़ने जाएँ! आप लोग भी फॉरेन टूर पर जाएँ! ...यानी आपके पास वे सारी सुख-सुविधाएँ हों जो एक आदमी के जीवन को चैन से गुजारने के लिए जरूरी हैं। लेकिन आप लोग मन-मसोसकर रह जाते हैं, क्योंकि आपके सामने वैकल्पिक रूप में अपनी इतनी बड़ी इच्छाएँ पूरी करने के लिए कोई साधन नहीं हैं। छोटी-मोटी एजेन्सी या नौकरी से यह काम कभी पूरे नहीं होंगे—हैं न! एम आय राईट?"

मैंने सहमति से सिर हिलाया—"आप बिलकुल सही कह रहे हैं।"

"अपने सपने पूरे करने के लिए आपको कम-से-कम पचास हजार रुपये महीना आमदनी चाहिए और पचास हजार रुपये के मुनाफे के लिए आप अगर कोई बिजनेस करेंगे तो उसमें पच्चीस लाख रुपये की पूँजी लगाना पड़ेगी...ठीक है न! अब पच्चीस लाख रुपये की रिस्क, फिर नौकर-चाकर, दुकान-गोदाम...कितने सारे झंझट हैं! लेकिन मैं आपको ऐसा बिजनेस बताने आया हूँ, जो आप बिना पूँजी और बिना रिस्क के शुरू कर सकते हैं और जितनी मेहनत करेंगे, उतना ज्यादा कमाएँगे।"

"हमें बेचना क्या है?" मुझे उलझन हो रही थी।

"आप तो सिर्फ नेटवर्किंग करेंगे जनाब, सीधे कुछ नहीं बेचेंगे।" मनीराम ने उसी मुस्तैदी के साथ कहा, "अब वो जमाना नहीं रहा जब दुकान खोलकर बैठना पड़ता था। आप जिन लोगों को डिस्ट्रीब्यूटर बनाएँगे, वे जम्बो कम्पनी के प्रॉडक्ट बेचेंगे और घर बैठे मुनाफा आपको मिलेगा।"

"लेकिन इसमें मेरी क्या भूमिका होगी?" शुभा अब तक मनीराम का जाल नहीं समझ पा रही थी।

"आपकी वजह से ही तो गुप्ताजी के डाउनलाइनर्स की फैमिली को इस बिजनेस और इन प्रॉडक्ट्स में विश्वास होगा। हमारी सोसायटी में ये माना जाता है कि आदमी तो ब्लफ दे सकता है, औरत नहीं! सो आपकी मौजूदगी ग्राहक के मन में इस मान्यता को फोर्स के साथ अमल में लाएगी। इसका आपको व्यक्तिगत लाभ भी होगा, क्योंकि इस काम के लिए आप दोनों के एक साथ जाने-आने से एक बहुत बड़े सर्कल में आपकी सोशल-रिलेशनशिप बनेगी। जम्बो कम्पनी की फैमिली बड़ी रिच है। इसके लिए ऊँचे-ऊँचे आई.ए.एस. अफसर और बड़े-बड़े बिजनेसमैन तक काम

करते हैं। उन लोगों के एक्सपीरियंस, बिजनेस के टिप्स, आर्ट-ऑफ-लिविंग और थिंकिंग, आपकी लाइफ-स्टाइल बदल देगी।''

मनीराम द्वारा दिखाए गये सपने का जादू हम लोगों पर असर करने लगा था। हम दोनों उसके चेहरे को मन्त्रमुग्ध-सा होकर ताकने लगे थे, यह अनुभव करके वर्मा भाभी अब मनीराम की तरफ बड़े गर्व से देखने लगीं। मनीराम अपने प्रॉडक्टस की क्वालिटी के बारे में बताता रहा।

''यह टूथपेस्ट एक सौ दो रुपये का है, और ये नाइटक्रीम एक सौ बीस रुपये की है।''

मैंने हस्तक्षेप किया, ''बाय द वे, आपको नहीं लगता ये चीजें कुछ ज्यादा महँगी हैं? हमारी सोसायटी में कितने लोग ऐसे होंगे, जो ये चीजें अफोर्ड कर सकेंगे!''

''हाँ, थोड़ी कॉस्टली! बट एक्चुअली, जनरल प्रॉडक्ट की तुलना में हमारे प्रॉडक्ट तीन गुना ज्यादा सेवा देते हैं। एक बार उपयोग करने पर कंज्यूमर सैटिसफाय हो जाता है। फॉर एग्जाम्पल देखें, जनरल पेस्ट की एक इंच लम्बी ट्यूब जितना काम करती है, इस पेस्ट का चने बराबर हिस्सा ही उससे ज्यादा काम कर देता है... ।...मतलब ये कि सही मायने में ये चीजें महँगी नहीं हैं।''

''आप कह रहे हैं कि आपका बनाया हुआ चना बराबर पेस्ट वो काम कर जाता है जो बाजार में मिलने वाले जनरल पेस्ट का एक इंच लम्बा टुकड़ा नहीं कर पाता। इसका मतलब ये भी तो हो सकता है कि इस पेस्ट में ज्यादा कैमिकल मिला दिये जाते हों, जो शरीर के लिए नुकसानदायक हों।'' मेरा मन लगातार प्रश्न पैदा कर रहा था और मेरी जुबान उन्हें मनीराम की ओर मिसाइलों की तरह दाग रही थी।

''गुप्ताजी, हमारे यहाँ कंज्यूमर अवेयरनेस अब भी उतनी ज्यादा नहीं है, जितनी अमेरिका या दूसरे यूरोपीय देशों में है। यह माल भी यूरोप में बनाया गया है, इसलिए मैं दावा करता हूँ कि उसमें मानव शरीर के लिए नुकसान देने वाला कोई रसायन शामिल नहीं होता।''

''इसकी शुरूआत कैसे करना पड़ती है?'' मुझे लगा कि प्रश्नों के बजाय मनीराम के सामने सीधा समर्पण कर दिया जाए तो शायद इस बहस का अन्त हो जाएगा।

''हमारी एक किट चार हजार छह सौ रुपये की है, इसमें हमारा हर प्रॉडक्ट छोटी मात्रा में शामिल है।'' मनीराम ने गम्भीरता से बताया।

''तो ठीक है, आप एक पैकेट हमारे यहाँ रख जाइए।'' शुभा बिना हिचक बोली तो मैं चौंक गया। उसका इतनी जल्दी इस योजना से सहमत होना मुझे विस्मित कर रहा था।

“देखिए, पहले मैं आपको गाइड-लाइन समझा रहा हूँ! आपको सबसे पहले घर में बैठकर एक सूची बना लेनी है, जिसमें आप उन लोगों के नाम लिखेंगे जिनसे आपका धन्धा हो सकता है। इस सूची में आप फ्रैंड, मायने दोस्त भी, पर हमारे इस फ्रैंड में अंग्रेजी के फ्रैंड की स्पेलिंग का हर हिज्जा होता है। फ्रैंड के पूरे हिज्जे हैं—Friend! इसके हर हिज्जे में आपके इर्द-गिर्द का हर वो आदमी आ जाता है जो किसी न किसी कारण से आपसे जुड़ा हुआ है। एफ मायने फ्रैंड एंड फैमिली-दोस्त और परिवार के लोग। आर का अर्थ है रिलेटिव्स मायने रिश्तेदार। आई मायने इनर परसन, आपके वे परिचित जो आपके अति निकट हैं। ई मायने इम्प्लाई यानी कि कर्मचारी गण। एन मायने नेबर यानी आपके पड़ोसी, और डी यानी कि आपके डिपार्टमेंटल कुलीग्स। इस तरह आप यदि अपने आसपास के सब लोगों की सूची बना लेंगे तो आपके हाथ में उन सम्भावित लोगों के नाम होंगे जो कि आपके काम में मददगार हो सकते हैं। इसमें से तमाम लोग ऐसे होंगे जो वितरक बन सकते हैं और तमाम लोग ऐसे हो सकते हैं, जो सिर्फ़ अपने दैनिक उपयोग वाली दुकान बदल देंगे, यानी वे पुरानी दुकान की जगह आपसे सामान लेंगे।”

“जाओ शुभा, चाय ले आओ, आगे की चर्चा हम चाय के बाद करेंगे। मनीराम जी ने हमको मन्त्र पढ़कर मोहित-सा कर दिया है, शायद चाय उस जादू को तोड़ेगी।” मैंने शुभा से चिरौरी की तो वह प्रसन्न मन से उठी और भीतर चली गयी। अन्नपूर्णा भाभी भी झट से उठीं और वे उसके पीछे-पीछे भीतर जा पहुँचीं।

मनीराम ने बैग में से निकालकर एक ऑडियो वाली कैसेट निकाली और कहा, “इसे सुनकर आपको ग्राहक भर डील करने की टेकनिक ही नहीं, इस तरह का काम करने वाले उन तमाम लोगों के विचार सुनने को मिलेंगे, पहले जिनमें से हर कोई या तो छोटा-मोटा दुकानदार था, या फिर छोटी-मोटी नौकरी करके अपना गुजारा किया करता था और वे सब इस कम्पनी को ज्वॉइन करने के बाद आज हर महीने लाखों में खेल रहे हैं।”

फिर उसने वह सिस्टम समझाया जिसे अपनाकर हम भी लाखों में खेल सकते थे। उसने बताया कि हमको पहले ऐसे आठ लोगों को टॉरगेट बनाकर काम शुरू करना है, जो एक्टिव हों और उनमें से हरेक आदमी आठ-आठ वितरक बना सके। उन चौंसठ का लक्ष्य होगा प्रत्येक के लिए आठ-आठ वितरक बनाना।

मनीराम की बातें बड़ी आकर्षक थीं, तथ्य बड़े मोहक थे, और आँकड़े भी प्रामाणिक पर वह ऐसा प्लान था जिस पर हजारों-लाखों में शायद कोई एक चल पाता होगा।

उस दिन हम लोगों ने विचार करने का समय माँगा और किसी तरह उन दोनों से मुक्ति पायी।

आठ दिन बाद वर्मा भाभी एकाएक मेरे ऑफिस में आ धमकी। मैं उस दिन अपने डेवलपमेंट ऑफिसर के पास बैठा था।

उन्हें बैठाकर मैंने मुस्कराते हुए उनसे पूछा, ''कहिए भाभीजी, क्या हुकुम है?''

''अपन लोग बाहर चलकर चाय पिएँ तो कैसा रहे!''

मैं तपाक से तैयार हो गया। मोटरसाइकिल स्टार्ट हुई तो अन्नपूर्णा भाभी फुर्ती से लपकी और एक अभ्यस्त महिला सवार की तरह इत्मीनान से सटकर मेरे पीछे बैठ गयीं। अब उनका चेहरा मेरे कान के पास था, इतने पास, कि उनके बालों में लगे सुगन्धित तेल और चेहरे पर लगायी गयी क्रीम की खुशबू मेरे नासा पुटों में प्रवेश कर रही थी। उनके दायें हाथ ने मेरी कमर के गिर्द घेरा कसा तो मुझे लगा कि मेरी बाइक ज़मीन पर नहीं चल रही, आहिस्ता से ज़मीन से ऊपर उठी है और हम आसमान में कुलाँचें भरने लगे हैं।

हर्बल चाय पीते हुए भाभी ने बताया कि दिल्ली में जम्बो कम्पनी का एक दिवसीय सेमिनार है, इसमें जिस वितरक को जाना हो वो सोलह सौ रुपये का टिकट लेकर शामिल हो सकता है। पता लगा कि वे खुद के साथ मेरा भी टिकट ले आयीं हैं। मैं ना-नुकर करने वाला था कि वे बड़ी आजिजी से बोलीं, ''दरअसल मनीराम जी के घर में गमी हो गयी है, सो वे नहीं जा पा रहे, इस कारण आपसे इसरार करने आयी हूँ कि आप मेरे साथ चलें।''

...अब भला मैं मना भी कैसे कर सकता था!

उन्हें विदा कर कार्यालय में लौटा, तो मेरे मस्तिष्क में पुराना मुहावरा गूँज रहा था। अन्धे के हाथ बटेर।

मैंने अपनी ज़िन्दगी में अब तक बटेर नहीं देखी थी, आँख मूँदकर मैं बटेर की कल्पना करने लगा। जब भी मैं अपने स्मृति-फलक पर बटेर की छवि सृजित करने की कोशिश करता, मुझे हर बार वर्मा भाभी की सूरत याद आती, और मैं अनाम व मीठी-सी अनुभूतियों से भर उठता।

घर पहुँचा, तो शुभा चाय पकड़ाते हुए बड़े प्रसन्न मन से सुना रही थी, ''पता है, आज अपनी चिंकी की टीचर कुलकर्णी मैडम आयी थीं। पैरेंट-टीचर मीटिंग में तो वे प्राय: मिलती रहती हैं, पर इस बार उनके आने की वजह वही जम्बो कम्पनी थी।''

''जम्बो कम्पनी?'' अब चौंकने की बारी मेरी थी।

''हाँ!'' मन्द-मन्द मुस्काती शुभा रहस्य खोलने के अन्दाज में बोली, ''आजकल वे भी जम्बो कम्पनी का काम कर रही हैं। बोल रहीं थीं, कि इस काम से उन्हें हर महीने पाँच हजार से ज्यादा अर्निंग हो जाती है।''

''हूँ!!'' एक गम्भीर हुँकारा छोड़कर मैंने उसे प्रोत्साहित किया।

"सुनो!!...अपन लोग इस काम को काहे को लटका रहे हैं? चलो अपन भी ये काम शुरू कर दें।" उसके स्वर में बड़ा आत्मीय आग्रह झाँक रहा था।

मैंने जम्बो कम्पनी के काम से ही वर्मा भाभी के साथ दिल्ली जाने की सूचना दी तो यकायक शुभा जिद करने लगी, कि वह भी दिल्ली जाना चाहती है। मेरी सारी उमंग समाप्त हो गयी। लेकिन दिल्ली तो जाना ही पड़ा।

अलबत्ता, दिल्ली यात्रा में मुझे वो आनन्द नहीं आया, जैसी कि मैं कल्पना कर रहा था। हाँ, ग्राहक को डील करने की कला, नये प्रॉडक्ट का परिचय और नयी स्कीमों के बारे में बहुत कुछ सीखने को मिला। कुछ बातें तो ऐसी भी सीखने को मिलीं जो बीमा एजेंट होने के नाते मेरे जॉब के लिए लाभदायक हो सकती थीं।

एक दिन रात आठ बजे मैं अपने एक पॉलिसी होल्डर से प्रीमियम लेने वर्माजी के मोहल्ले की तरफ जा निकला था, और वहाँ से लौट ही रहा था कि अन्नपूर्णा भाभी से मिलने का मन हो आया। वर्माजी दरवाजे खोलकर बैठे थे और मेरी गाड़ी को उन्होंने मनीराम की गाड़ी समझा।

पहले तो मायूस हुए फिर मुझे देखकर वे मुस्कराये। मैंने भाभी के बारे में पूछा तो उन्होंने बताया कि वे सुबह से ही मनीराम के साथ गयी हैं, और अब तक लौटी नहीं हैं।

मैंने दुखी से स्वर में उनसे कहा, "इस तरह बिजनेस के लिए भाभी के प्राय: घर से बाहर रहने पर आपको दिक्कत तो होती होगी।"

"अब भई तरक्की करना है, तो हमें कुछ न कुछ तो त्याग करना ही पड़ेगा।"

"फिर भी घर के काम...?"

"घर के काम तो कैसे ही हो जाते हैं अमर भैया! इत्ती-सी बात के लिए उन्हें घर में बन्द रखना उचित नहीं। मैं बेसिकली महिलाओं की स्वतन्त्रता का समर्थक हूँ। मेरे मतानुसार औरतों को रसोईघर से बाहर निकलकर कामधाम सीखना चाहिए। इससे उनका इंडीविजुअल डेवलपमेंट होता है,...अभिव्यक्ति का मौका मिलता है, ...और घर के साथ-साथ स्वयं वे आर्थिक रूप में स्वतन्त्र हो जाती हैं।"

मन ही मन मैंने कहा, "पिछले साल, जब भाभी को बीमा-एजेंट बनाने का प्रस्ताव रखा था तो आप कहते थे कि औरतों की सही जगह घर में है, उन्हें घर में ही रहना चाहिए! और अगर जॉब भी करना है तो किसी कॉन्वेंट में टीचरशिप वगैरह मिल जाए तो वह कर लेना ठीक रहता है।"

पर प्रत्यक्षत: मैं यही बोला, "हाँ, अभिव्यक्ति का मौका और आर्थिक स्वतन्त्रता

तो मिलती है।''

''कहिए आप कैसे पधारे!'' वर्माजी ने सहसा मुझे सकते की स्थिति में डाल दिया था।

''मैं दरअसल...'' कहते हुए कुछ अटकने लगा तो यकायक याद आया और मैंने बेधड़क उनसे कह डाला, ''उस दिन भाभी ने कहा था कि जम्बो कम्पनी का रीजनल-स्टोर आपके घर में है, सो मैं टूथ-पेस्ट और नाइटक्रीम लेने आया था!''

मेरा इतना कहना था कि अब तक उदास और अलसाये से बैठे वर्माजी में यकायक फुर्ती आ गयी, वे उठे और बैठक में अस्तव्यस्त रखे कार्टूनों में मेरी माँगी गयी चीजें तलाश करने लगे।

मैंने उड़ती नजर से देखा कि वर्माजी के घर में बैठक ही नहीं, स्टोर, किचेन और यहाँ तक कि बेडरूम तक में भी...यानी हर जगह, अन्नपूर्णा भाभी की कम्पनी की चीजें अपने प्राइज-टैग प्रदर्शित करती बिखरी हुई थीं, जिनमें मिक्स होकर अन्नपूर्णा भाभी की निहायत निजी चीजें भी बेध्यानी में वहाँ पड़ीं थीं। जिन्हें देख मुझे जाने कैसा-कैसा लग रहा था! अचानक मुझे अहसास हुआ कि इस नयी तरक्की यानी भूमंडलीकरण के इस नये दौर में बहुत कुछ बदला है।...चीजें तेजी से अपनी जगह बदल रही हैं! ...जिस चीज के लिए जो जगह निश्चित की गयी है, अब वो केवल वहीं नहीं मिलती, सब जगह मिल जाती है! ...बाजार केवल बाजार तक सीमित नहीं रह गया...। अब वर्माजी जैसों के कई घरों में बाजार स्वयं घुस आया है—अपने पूरे संस्कार, आचरण, आदतों और बुराइयों के साथ!

घर लौटते वक्त मैं मन ही मन तरक्की के लाभ-हानि का बही-खाता तैयार कर रहा था, जिसमें मैं और मेरी पत्नी शुभा भी शायद अपनी प्रविष्टि कराने को आतुर थे।

एक बार फिर

वे फिर आ गये हैं।

आज हर जगह यही सुनने को मिल रहा है। चारों घरों में यही चर्चा है। भीतर पहुँचते ही घर का कोई सदस्य फुसफुसाते हुए यह सूचना देता है और चुप हो जाता है। सूचना देने वाले के चेहरे पर दहशत के भाव झाँकते हैं और उसकी आँखें फिर किसी आशंका से शून्य में अटक जाती हैं।

यह तो मुझे भी लग रहा था कि वे जल्दी ही आ टपकेंगे, क्योंकि नीम वाले खेत का मुकद्दमा हम जीत गये हैं और उसमें से उनका हिस्सा होना शेष है। कुछ तो हाथ लगेगा, लूट का कूड़ा ही भला। खबर पाकर वे जरूर आएँगे। वे जब भी आते हैं ऐसा कुछ कर जाते हैं कि घर वालों के मन में उनका आतंक और अधिक बढ़ जाता है।

कहने को मेरे छोटे दादाजी हैं, लेकिन मन में उनके प्रति रंचमात्र भी श्रद्धा नहीं है। उन्होंने शुरू से ही कुछ काम ऐसे किये हैं कि हमारे मन में उनके प्रति नफरत बढ़ती चली गयी है। मेरा ही नहीं हम तमाम चचेरे, फुफेरे भाई–बहिनों के मन का यही हाल है।

वे चार भाई थे। मेरे दादाजी सबसे बड़े थे और सबसे मेहनती, चतुर, विद्वान भी। उन्होंने ही अपने छोटे भाइयों को पाला–पोसा था और शादी–ब्याह किये थे। ये सबसे छोटे थे, सबसे लाड़ले भी। खूब काहिल–आलसी थे...और उड़ाऊ–खाऊ किस्म की प्रवृत्ति वाले भी। बचपन से ही कुछ ऐसी आदत पड़ गयी थी कि ज्यों ही कोई कीमती चीज हाथ लगती, लेकर लम्बे पड़ते और फिर उसे ठिकाने लगा कर ही लौटते।

वे पहली दफा तब भागे थे, जब उनके चौक (गौने की विदा) कराने में देरी हुई। दरसल यह तो महज बहाना था, असल बात थी कुछ दिन बाहर जाकर मौज–मस्ती करने की इच्छा! सो इन्होंने घर का कुछ जेवर चुराया और औने–पौने दाम पर बेचकर भाग गये। पता नहीं कहाँ गये होंगे? यह सोचकर सब लोग परेशान, चिन्तित

थे, और रकम चुराने का अपराध भुलाकर सब-के-सब इन की खोज में लग गये थे। हमारी दादी सुनाती थीं कि बाद में अचानक एक दिन छोटे अपने-आप लौट आये थे, भाइयों ने खुश होकर गले लगा लिया था—सारी गलतियाँ माफ! इनका हौसला और अधिक बढ़ गया था।

दादी कुछ और घटनाएँ सुनाती थीं ...तीनों पितामह ने वर्षों तक अदालतों के चक्कर काटे और किसी तरह पुरखों की जमींदारी लौटा ली थी। चौदह सौ बीघा की एक बड़ी जमींदारी हमें फिर से वापस मिल गयी थी। खेतों पर कब्जा कराने खुद तहसीलदार आया...और वे लोग अभी घूम-फिर कर खेत अच्छी तरह देख भी नहीं पाये थे कि खेत में खड़े छोटे पूछने लगे— मेरे हिस्से का खेत कौन-सा है, पहले ये बताओ। मैं क्या इस मिट्टी में सडूँगा! अपना हिस्सा बेचकर बाहर जाऊँगा, और काम-धन्धा करूँगा।

सब हतप्रभ रह गये थे, छोटे की जिद के कारण। अन्ततः भाइयों ने उदास मन से नयी आयी जमींदारी के चार टुकड़े किये। भाइयों से रिसाये छोटे ने जानबूझकर अपना हिस्सा एक झगड़ालू व्यक्ति को बेच दिया। खेत पर रात-दिन कलह मचने लगी, सो तंग आकर शनैः शनैः बाकी तीनों को भी अपना हिस्सा बेचना पड़ा था। ...खैर यह तो बीस साल बाद की बात है, तब तो तुरन्त ही अपनी अंटी में एक मोटी रकम दबाकर छोटे जाने कहाँ निकल गये थे।

चार महीने बाद किसी ने सूचना दी कि वे झाँसी में हैं और एक आइसक्रीम फैक्टरी चला रहे हैं। भ्रातृ प्रेम में आकुल मेरे सँझले दादाजी इन्हें ढूँढ़ने झाँसी जा पहुँचे थे और किसी तरह वहाँ इन्हें खोज भी लिया था। सँझले दादाजी ने पाया कि आइसक्रीम फैक्टरी नाम मात्र की चल रही थी, और छोटे कर्ज से लदे-फँदे बैठे थे, कायदे से उनके पास दस रुपये भी नहीं बचे थे। आखिर रोज-रोज हलुआ-पूड़ी और मिठाई के शौकीन और सारा काम नौकरों के भरोसे चलाने वाले व्यक्ति का धन्धा चल भी कैसे सकता है! तब सँझले दादाजी तो लौट आये थे, मगर उनकी चिन्ता मन में लगा लाये थे—'कैसा भी हो आखिर भाई ही तो हैं, लाख गलती कर चुका हो, बदनामी तो कुल खानदान की हो रही है।' ...सो बाद में कहीं से इन्तजाम करके उनका सारा कर्जा चुकाया और वापस ले आये।

दादी कहती थीं 'छोटे जनम के ही शौकीन हैं। अच्छा खाना और उजला पहनना उनकी आदत है, पर काम करने के नाम पर उनकी नानी मरती है। ऐसे निकम्मे आदमी के खर्चे पूरे कैसे हों? घर लौटे तो ऐसा प्रकट किया मानो, अपने किये पर शर्मिन्दा हों।'

लेकिन महीने दो महीने बाद ही छोटे को पता चला कि बड़े ने एक बगीचा खरीदा है, तो शाम को उनके घर लौटते ही भिड़ बैठे—पुरखों का पैसा उड़ा रहे हो और मुझे मेरा हिस्सा भी नहीं देते!

बड़े ने लाख समझाया कि पुरखों की फूटी–कौड़ी नहीं बची है, ये जो बगीचा खरीदने में पैसा लगा है, वह हम दो भाइयों का कमाया हुआ है। मगर विश्वास किसे होना था। गृह–कलह रात भर चली सो अगले दिन ही बगीचे के चार टुकड़े हो गये...और तीसरे–चौथे दिन एक टुकड़ा बिक भी गया, ग्राहक तो जैसे उनकी जेब में बैठे होते थे। उनका तो वही हाल था कि—थैलिया में नाज, तोलों सहरिया को राज, सो अंटी भारी करके वे फिर देशाटन को निकल गये।

छह महीने तक उनका पता नहीं लग पाया था। सब चिन्तित थे कि जाने जीते भी हैं या मर–खप गये। घर में नयी नवेली बहू बैठी है पर उसे सुरत ही नहीं है। ऐसा लापरवाह आदमी कभी नहीं देखा। फिर एक दिन कस्बे के व्यापारी ने दिसावर से लौटकर सुनाया था कि वह व्यापार के सिलसिले में कानपुर गया था और वहाँ उसने स्टेशन पर छोटे को कुलीगिरी करते पाया है।

समाचार पाकर भैया तो अकड़ गये, मरने दो दुष्ट को, हम लोग कहाँ तक मदद करें! लेकिन ऐसा सम्भव कहाँ था, सो बाद में वे अपनी माँ के ज्यादा कहने पर मजबूरन कानपुर गये थे और छोटे की कुलीगिरी छुड़वाकर लौटा लाये थे और कस्बे में उन्हें अपने एक दोस्त के यहाँ मुनीमी सिखाने बैठा दिया था।

लेकिन उनके तो पैर में भौंरी थी सो एक जगह कहाँ टिकते थे, जब भी जो मौका मिलता, जो हाथ लगता, ले भागते थे। उन्होंने उस सेठ का ही बहुत–सा माल उड़ा दिया, और अन्ततः बेचारा दिवालिया घोषित हुआ वह! बुजुर्गों ने इस घटना को छोटे से जोड़कर पुरानी कहावत सुनायी—जहाँ जहाँ पाँव परैं सन्तों के, तहाँ तहाँ होवे बंटाधार!

हमने जिन दिनों होश सँभाला था, उन्हें घर के एक चर्चित व्यक्तित्व के रूप में पाया था। उनके बड़े भाइयों की तारीफ की जानी चाहिए कि वे इतने सबके बाद भी उन्हें निभा रहे थे।

हमारे कस्बे में सावन में राखी के दूसरे दिन भुजरियाँ बदलने की प्रथा है। अपने अंचल की इस प्रथा का आशय यह है कि दरअसल भुजरियाँ (गेहूँ के हरे पौधे) एक–दूसरे को देकर हम अपने मन की शुभकामनाएँ और आदर सामने वाले को सौंपते हैं। भुजरियों के दिन हम सब बुजुर्गों के पाँव छूने जाते थे, तब पिताजी इंगित कर उनके भी चरण छुआते थे। उन्हें देखते ही मुझे चूल्हे पर रखा तवा याद आ जाता। काले–दुबले थे वे, वैसा ही सलपट सिर। पाँव छुआते वक्त वे प्रायः निस्पृह बने रहते।

बाद में वे अपने परिवार को लेकर इन्दौर पहुँच गये थे, जहाँ से गाहे–बगाहे उनकी सूचनाएँ मिलती रहती थीं। कभी पता लगता था कि उन्होंने होटल खोल लिया है, कभी पता चलता कि किराने की दुकान खोली है। बीच–बीच में कस्बे में आकर वे अपना अस्तित्व जता जाते थे। अब उन्होंने एक नया शगल छेड़ा था

कि कस्बे में हमारे खानदान के किसी भी सदस्य का कोई ज़मीन का टुकड़ा खाली नजर आता, वे उसे अपना बताने लगते और जाने कैसे ग्राहक पटा लेते,...फिर रजिस्टरी कर के नौ-दो ग्यारह हो लेते! इसलिए अब सारा घर उनके आते ही सतर्क हो जाता है, उन पर कड़ी नजर रखी जाती है। ...वैसे सच तो यह है कि उनको बेचने के लिए कोई ज़मीन खाली भी नहीं छोड़ी गयी है। उनके भय से सब भाइयों ने औने-मौने दाम अपने हिस्से बेच डाले हैं। इस बीच उनकी पत्नी स्वर्ग सिधार गयी थीं, लेकिन उनके माथे पर कोई शिकन न थी।

पिछली दफा तो वे हमारे घर आकर रुके थे। पिछले साल अकस्मात् दादाजी की मौत के बाद पितृहीन हम चारों भाई, दादाजी के छोटे भाइयों का और ज्यादा सम्मान करने लगे हैं, और इसी नाते छोटे की भी हमने पिछली दफा खूब सेवा करी, ...मगर हाय रे दुर्भाग्य! पिछली दफा वे जाते-जाते हमको ही चूना लगा गये। हमारे घर का पिछला हिस्सा बेच गये थे, जिसकी कानूनी उलझन में हम आज तक फँसे हैं। उनके द्वारा पैदा की गयी समस्याओं के कारण हमारा समूचा परिवार सौ से अधिक मुकदमों में उलझा है।

इस बार उनके आने का समाचार सुनकर मुझे तो गुस्सा ही आ गया। मन हुआ कि कस्बे से ढूँढ़ निकालूँ और भरे चौराहे पर चार-छह हाथ रसीद कर दूँ। मैं उनकी पिटाई का मनसूबा लिये तीन दिन तक अपने मित्रों के साथ घूमता रहा, पर मुझे वे मिले ही नहीं, जाने कहाँ छिप गये थे। शायद मर्यादा बचना थी हमारे खानदान की।

...सात दिन बाद मुझे वे एक धर्मशाला के दरवाजे पर मिले थे। उस वक्त एकदम उदास और थके माँदे-से धर्मशाला से बाहर निकल रहे थे। उनकी काली सपाट चाँद अब भी चिलक रही थी। मैं उन्हें अनदेखा करके निकलने लगा तो मुझे पुकारा, ''सुन बेटा जय!''

''कहो!'' मैंने आग्नेय नेत्रों से उन्हें घूरा।

''बेटा अब तक की मेरी गलती माफ करो, मेरी मदद करो।'' उनकी आवाज में दर्द था।

''बहुत हो गया यह सब। हर बार तो माफी माँगते हो फिर क्या हो जाता है?'' मैं पहले जैसा ही कड़क था।

''दरअसल इस बार, मुझे मेरे बच्चों ने घर से निकाल दिया है बेटा। अखबार में इश्तहार भी दे दिया है कि मुझसे उनका कोई रिश्ता नहीं है।'' कहते हुए उनकी आँखें नम हो आयीं, ''यहाँ रख लो, जो दोगे खा लूँगा, नहीं तो भूखा प्यासा ही पड़ा रहूँगा।''

मैंने उनके चेहरे को ध्यान से देखा, कहीं यह उनकी इस बार कोई नयी चाल तो नहीं! काली गहरी आँखों में किसी नये षड्यन्त्र की चमक तो नहीं!

तवे जैसी काली खोपड़ी पर किसी नये पराँठे का तेल तो नहीं! लेकिन मुझे भीतर तक झाँकने के बाद निराशा ही हाथ लगी।

मुझे लगा कि वे इस बार सचमुच निरीह हो गये हैं, अनायास उन पर दया भी आयी। ...कुछ भी हो अपने ही हैं, सगे हैं। मैं कोई जवाब दिये बिना उनके साथ धर्मशाला में भीतर पहुँचा, उनका बिस्तर बँधवाकर धर्मशाला का हिसाब चुकता किया और एक बार फिर उन्हें घर ले चला हूँ। ईश्वर खैर करे!

विडम्बना

तनु चकित रह गयी।

कार्यालय को पूरी तरह सुनसान देख उसे अजीब-सा लगा। विस्मय के कारण भौहों के ऊपर माथे पर उभर आयी सिकुड़नों को छिपाने का प्रयास करते हुए उसने रुककर अपने बॉस के कमरे की तरफ एक क्षण को ताका फिर तेज गति से उधर ही बढ़ गयी। वह कमरा भी बाकी दफ्तर की तरह सूना था। रात को यहाँ रहने वाला चौकीदार बॉस के कमरे की हर चीज को साफ पोंछकर चमका गया था। सामने की उनकी सूनी कुर्सी, खाली टेबल को घूरते हुए जब उसकी नजर एक तरफ रखे कम्प्यूटर पर गयी तो उसकी आँखें चमक उठीं।

जबसे कम्प्यूटर चलन में आये हैं, तमाम नये एटीकेट पैदा हो गये हैं, तनु यह बात भली भाँति जानती थी। फिर भी अपने बॉस के खाली कमरे में रखा नया पी-फोर श्रेणी का कम्प्यूटर उसे इस तरह खींच रहा था कि वह अपना लोभ संवरण नहीं कर सकी, और बेहिचक कम्प्यूटर के सामने जम गयी।

कम्प्यूटर ऑन करके उसने अपने हेडऑफिस की वेबसाइट खोली फिर अपने ऑफिस का ई-मेल एकाउंट।

ई-मेल बॉक्स में कोई अर्जेंट और खास सन्देश मौजूद होने का संकेत था।

सहज रूप से तनु ने अपनी ई-मेल चैक की। लेकिन उसका अपना डाकथैला खाली था, हाँ, ऑफिस इंचार्ज के ई-मेल इनवॉक्स में कोई डाक थी, यानी हेड-क्वार्टर के कम्प्यूटर से ऑफिस के इंचार्ज के लिए कोई जरूरी सन्देश था।

तनु भूल गयी कि किसी का पासवर्ड जानना गलत होता है, और उसे प्रयोग में लाना तो सरासर गलती कहलाती है। इस बारे में बस मिनट भर सोचा तनु ने, फिर अपने बॉक्स का पासवर्ड एप्लाई किया और उनकी डाक खोल ली।

मॉनीटर के स्क्रीन पर एक खास खत झिलमिला रहा था, जिसके बायें कोने पर तुरन्त और जरूरी जैसे कार्यालयीन शब्द बोल्ड अक्षरों में चमक रहे थे।

तनु ने ध्यान से वह खत पढ़ना शुरू किया, और खत पूरा होते-होते उसके माथे के बल गहरे होते चले गये।

हेडऑफिस ने निगम से कर्मचारियों की छँटनी की नयी योजना बनायी थी, और हेडऑफिस यह स्कीम यहाँ भी लागू कर रहा था। छँटनी के लिए तैंतीस प्रतिशत लक्ष्य था—यानी यहाँ के स्टाफ के कुल बारह में से चार कर्मचारियों की छुट्टी!

उसके मन मस्तिष्क में एक साथ प्रश्न उठा—कौन होंगे ये चार कर्मचारी?

एकाएक उसे लगा कि बाहर कहीं कुछ आहट हुई है, तनु ने जल्दी से कम्प्यूटर शट-डाउन किया और हड़बड़ी में वहाँ से उठकर बाहर चली गयी। बाहर कोई नहीं था, शायद दरवाजे या सड़क पर कहीं कोई आवाज हुई होगी। यह जानकर उसे राहत मिली और अपनी सीट पर आकर बैठ गयी।

उसके मन में एक ही प्रश्न था, चार लोग कौन होंगे?

उसे जाने क्यों रह-रह कर ऐसा लग रहा था कि चार में से एक शायद वह खुद जरूर होगी।

खुद की छँटनी की आशंका के लिए तमाम वजहें थीं उसके पास, जिन पर वह फुरसत में बैठकर विचार करना चाहती थी। सहसा उसे लगा कि आज जैसी फुरसत कब होगी! उसने विचार करना शुरू किया-पहली वजह है ज्यादा लीव पर रहना! ऑफिस में रिकॉर्ड भी है इसका। इसके लिए उसे पूरे एक दर्जन मेमो दिये गये हैं। हाँ, पिछले एक बरस में उसने स्टाफ में सबसे ज्यादा छुट्टियाँ ली हैं। हालाँकि ये छुट्टियाँ उसने बिला वजह नहीं लीं, अपनी माँ को अस्पताल में ले जाकर उनका इलाज कराने और बाद में घर पर उनकी खिदमत करने के लिए उसने अपनी नौकरी के अब तक के कार्यकाल में पहली बार इतनी ज्यादा छुट्टियाँ ली हैं। माँ की देखभाल के लिए उसके अलावा कोई दूसरा नहीं है, सो मजबूरी है।

एकाएक उसे लगा कि इस बार सचमुच कोई आहट हुई और कोई उसके सामने खड़ा है। वाकई एक अधेड़ आदमी उसकी टेबल के सामने खड़ा उससे कुछ जानना चाहता था। तनु ने भौंह चढ़ायी—"फरमाइए, मैं आपकी क्या सेवा कर सकती हूँ?"

"वो, वो आपके ऑफिसर कब मिल सकेंगे?"

"देखिए मैं कई दिन बाद आई हूँ, सो 'आई कांट से' मतलब मैं नहीं बता सकती कि वे कब मिल सकेंगे।"

"लगता है, आपके सिवाय आज पूरा स्टाफ किसी खास मिशन में उलझ गया है।" अधेड़ उससे सहमत था या उसे उलाहना दे रहा था, तनु समझ नहीं पायी।

वह आदमी बिना कुछ पूछताछ किये वापस चला गया तो तनु फिर से अपने भाव-संसार में डूब गयी। छँटनी सूची में अपना नाम होने की आशंका का दूसरा कारण था तनु का निर्मम और रिजेर्व नेचर का होना। उसने आज तक किसी भी सहकर्मी

को हद से ज्यादा नहीं बढ़ने दिया है, जहाँ उसे लगा कि सामने वाला द्विअर्थी संवाद बोल रहा है—वहीं वह अकड़ गयी, और सारे लिहाज और अदब उठाकर ताक में रख दिये उसने। सो निश्चित ही इस बार सीनियर्स को मौका मिला है तो अपने मन की लगी, जाने कब-कब की लगी बुझा लेंगे लोग!

...तीसरा कारण था तनु की अँग्रेजी की अज्ञानता। हालाँकि उस जैसे कई लोग अँग्रेजी में ढपोरशंख थे, उसे तो इस बाबत कई दफा लिखित में चेताया जा चुका है, इस कारण उसका नाम आना स्वाभाविक था।

...चौथा कारण था तनु का कोई सोर्स न होना, सचमुच हेडऑफिस में तनु का कोई भी मददगार न था इस वक्त, सो आसमानी गाज से खुद को बचाने में अपने को कतई असमर्थ पा रही थी वह।

अपने नाम की निश्चितता जानकर मायूस हो उठी वह।

दूसरा, तीसरा और चौथा कर्मचारी कौन सा होगा? वह अब तक अन्दाजा नहीं लगा पा रही थी।

उसका वो पूरा दिन अकेले ही बीता। साँझ पाँच बजे चौकीदार आया तो पता लगा कि आज शहर में निगम के एम. डी. आये थे सो पूरा स्टाफ उनके सामने अपनी हाजिरी लगवाने गया था। उसे झटका लगा, यानी कि उसकी गैर हाजिरी एमडी के सामने लग गयी, मतलब कि उसकी जबरिया छँटनी पक्की। यह सोचते ही उसके माथे में दर्द की एक तीखी तरंग-सी दौड़ी। आँखों के आगे अँधेरा-सा घिरने लगा। मायूस होती वह बाहर निकली और अपनी स्कूटी सँभालने लगी।

अगले दिन सुबह कार्यालय के इंचार्ज यानी कि तनु के बॉस पदमन साहब और शुक्ला सिर से सिर भिड़ाये बैठे मिले तो तनु का मन कँप गया—छँटनी वाले कर्मचारियों के नाम पर ही चर्चा चल रही है शायद!

स्टाफ के बीच यही चर्चा थी—"हेडऑफिस आखिर कैसे कर देगा यहाँ से कर्मचारियों की कोई छँटनी! पिछले साल हेडऑफिस ने ही तो यहाँ के स्टाफ को 'ऑल वर्कर टैलेंटेड' का पुरस्कार दिया है। इस एक बरस में कैसे मिलेंगे ढीले और नाकारा कर्मचारी! हम तो अपनी यूनियन की तरफ से कोर्ट में जाएँगे।" तनु को मन ही मन कुछ राहत मिली।

अगले कई दिन दफ्तर का हर आदमी तनाव में रहा। हरेक को आशंका थी कि कहीं उसी का नाम छँटनीवालों में शामिल न हो जाए।

उस दिन रविवार था, जब फोन पर शाम को तनु को पता लगा कि ऑफिस का हर आदमी किसी न किसी बहाने पदमन साहब या शुक्ला के घर हो आया है। उन दोनों की बड़ी पूछ-परख हो रही है इन दिनों। जो देखो उनकी खुशामद

में लगा है। तनु पूरे स्टाफ में एक अकेली महिला है, वो आखिर किस के साथ जाएगी, छोटे साहब और बड़े साहब के घर। फिर किसी महिला कर्मचारी का किसी पुरुष अफसर के घर जाना लोग कहाँ से पचा पाएँगे! शायद झूठमूठ की गप्पें उड़ने लगें। बवंडर मच जाएगा बेकार का।

आखिर संकोच और हिचक से भी तो बात नहीं बनेगी न, तनु ने फिर सोचा, इस तरह संकोच में फँसी बैठी रही तो शायद नौकरी से हाथ धोना पड़ेगा। फिर क्या होगा उसका? उसका और माँ का भी। बैंक में जमा पूँजी भला कितने दिन चल पाएगी। नयी नौकरी तलाश करना इतना आसान है क्या? हर जगह छँटनी चल रही है। फिर सरकारी निगम से छँटनी किये गये कर्मचारियों को कौन झेल सकेगा? भले ही पुरस्कृत स्टाफ हो, लेकिन प्राइवेट कम्पनियों की तुलना में तो आलसी और नाकारा ही कहे जाएँगे वे सब के सब।

संकोच और हिचक तो उसमें कभी नहीं रही। दो की चार पकड़ाने की सदैव से आदत है उसकी। इसी आदत और दम के बल पर ही तो वह अपनी अस्मत बचा पायी है, निगम की ज़लालत भरी नौकरी में। इसके अध्यक्ष और एमडी तो अपनी जागीर समझते हैं, इन संस्थाओं और उसके स्टाफ को। मनमानी करते हैं, सबके साथ-नियम कायदों के साथ, स्टाफ के साथ, निगम की सम्पत्ति के साथ भी। इसी वजह से तो महिला कर्मचारी...। या फिर नौकरी छोड़नी पड़ती हैं बेचारियों को।

हादसे याद आते हैं तनु को। तब वह नयी-नयी आयी थी नौकरी में। राजधानी की मेन ब्राँच में काम करती थी वह।

चाटुर्ज्या साहब ब्राँच के इंचार्ज थे। पैंतालीस वर्षीय, स्थूलकाय लेकिन स्मार्ट और मृदुभाषी! उसका खास ख्याल रखते थे—तनु को चाय दो भाई! तनु का इंक्रीमेंट लगाओ भाई! तनु को टेबुल-कुर्सी का नया सेट दो यार! तनु की टेबुल पर इंटरकॉम लगाओ सबसे पहले!

खुद को इतनी तरजीह दी जाती देख कर मन ही मन गदगद होती थी वह।

लेकिन उन्हीं दिनों एक घटना ऐसी घटी कि वह सनाका खा गयी थी।

उस दिन विधानसभा प्रश्न का उत्तर तैयार करने के लिए सारा स्टाफ उपस्थित था, तनु भी थी और चाटुर्ज्या साहब भी। रात ग्यारह बजे काम निबटा, तो चाटुर्ज्या साहब ने तनु को अपनी कार में लिफ्ट देने की पेशकश की। उस वक्त दूसरा कोई साधन मिल भी नहीं सकता था, सो तनु खुशी-खुशी उनकी कार में बैठ गयी। कार तनिक आगे चली तो चाटुर्ज्या साहब शुरू हो गये, "तनु, यू आर वेरी स्मार्ट! कहाँ छोटी-सी नौकरी में पड़ी हो! तुम्हें अपनी कीमत ही पता नहीं है। तुम तो बहुत आगे जाओगी। हम जैसे अफसर तुम्हारी खुशामद करेंगे। करेंगे क्या, हम तो अभी भी तुम्हारी खिदमत में हाजिर हैं। बस एक बार...।"

हठात तनु ने कार रुकवायी और चाटुर्ज्या साहब को सकते में डालती बेधड़क दरवाजा खोलकर बाहर निकल आयी थी।

उस रात बड़ी परेशानी हुई उसे अपने घर पहुँचने में। पापा ने पूछा, "क्या हुआ?" वे हैरत में थे कि चेहरा इतने तनाव में क्यों है?

वह कुछ न बोली। लड़कियों को बचपन से यही तो सिखाया जाता है न, कि ऐसी बातें कहने से अपनी ही बदनामी होती है, सो घर-बाहर का कोई भी आदमी ऐसी-वैसी हरकत करे, कभी किसी से मत कहो।

बचपन से अब तक किस-किस की शिकायत करे वह पापा से! मामा का लड़का रानू, बुआ का दीपू, बड़ी बहन का देवर चन्दू...हरेक ने कुछ न कुछ जोड़ा है तनु के स्मृति कोश में। जिसने जब भी मौका पाया उसके बदन को छुआ जरूर। हर बार एक तूफान उठा, मगर बात परायी नहीं होने दी उसने...

होने को तो ऑफिस का शुक्ला भी कम उचक्का नहीं है, उस दिन वह भी द्विअर्थी संवाद बोल रहा था, "देखो तनु, तुम केबिन में अकेली कब तक बैठोगी? किसी न किसी को तो अपना साथी बना के बिठाना ही पड़ेगा। बोलो क्या कहती हो?"

वह सब समझती है वे जिस भाषा में बात कर रहे थे...क्या होता है साथी बनाना? आप बैठना चाहते हैं इधर! मेरे केबिन में बैठने के लिए आपको महिला आयोग से परमीशन लेनी पड़ेगी। आपको शायद पता नहीं कि किसी महिला कर्मचारी के अलग केबिन में कोई पुरुष उस महिला की अनुमति के बिना नहीं बैठ सकता।

मगर वो बात भी तनु ने अपने घर नहीं बतायी थी। आखिर वह क्या-क्या बताती? यूँ तो अब तक हर बाबू किसी न किसी बहाने उससे निकटता की याचना कर चुका है! जिसे जब मौका मिलता उसे छूने, बेवजह धकियाने या पारदर्शी दुपट्टे के पार दिख रहे कुर्ते के गले के भीतर झाकने से नहीं चूकता। लेकिन अब वह इन छोटी-मोटी चीजों पर ध्यान नहीं देती...जब इस देश के एक आईएएस अफसर के खिलाफ उसकी सहकर्मी महिला अफसर ने इन्ही सब हरकतों के कारण अदालत में मुकद्दमा दायर किया, और यह बात सरे-आम चाय की गुमटियों से लेकर हजामत की दुकानों तक में चर्चा का विषय बन आयी।

तनु ने अन्दाजा लगाया, छँटनी में आने वाला उसके अलावा दूसरा कर्मचारी निगम होगा! वो इसलिए कि निगम दायें हाथ से विकलांग है, और उसकी कार्यक्षमता एक सामान्य आदमी से कम है, इस कारण उस बेचारे पर भी छँटनी की गाज गिर सकती है। निगम का भी हेडऑफिस में कोई मददगार नहीं है सो उसी के रिटायर होने की ज्यादा सम्भावना है। लेकिन तीसरा और चौथा कौन होगा! उसका मस्तिष्क यह पहेली हल नहीं कर पा रहा है।

अगले दिन से ऑफिस में एक नयी हवा उड़ने लगी है, कि छोटे बाबुओं की छँटनी का आधार बड़े बाबुओं की गोपनीय रपट बनायी जाएगी। यानी हर छोटा बाबू अब अपने बड़े बाबू का मोहताज है। लेकिन रिटायर तो शायद बड़े बाबुओं में से भी एक कोई होगा! उनकी रपट शायद ओ एस शुक्ला बनाएगा, और जहाँ तक वश चलेगा, वह तो जरूर ही तनु को रिटायर करवा के दम लेगा!

सोमवार को डिवीजनल हेडक्वार्टर से एक अफसर आये थे, उनके साथ सभी बड़े बाबुओं की मीटिंग हुई। पदमन साहब ने उन सबको एक-एक फॉर्म थमाया—"इसमें आप को अपने अधीन काम कर रहे उस कर्मचारी का नाम लिखना है, जिसे आप रिटायर कराना चाहते हैं। नाम के आगे वाले कालम में वे कारण हैं जिनके कारण आप उसे हटाना चाहते हैं जैसे लेट-लतीफी, काम में ढीला होना, काम न आना, ऑफिसियल लैंग्वेज की जानकारी न होना वगैरह।"

"इसके अलावा भी आप कोई कारण चुन सकते हैं।" ये ओ. एस. शुक्ला के वचन थे।

"इसके अलावा क्या कारण हो सकते हैं?" तनु हैरान थी।

"अरे कोई भी कारण!" शुक्ला बाबू हँस रहे थे, "जैसे किसी का गलत ढंग से कपड़े पहनना, या जरूरत से ज्यादा लम्बी मूँछें रखना, बिना मोजे के गन्दे जूते पहनना या बात करने में तुतलाना, गलत-सलत अँग्रेजी बोलना वगैरह-वगैरह कुछ भी।"

"सर, ये बचकाना बातें इस मीटिंग में न की जाएँ तो बेहतर होगा। आप ही बताइए, क्या ये भी कोई कारण हो सकता है कि कोई कैसे कपड़े पहनता है, कैसे जूते रखता है, कैसे बोलता है, इसको आधार बनाकर हम उसे रिटायर कर दें। सर, हर आदमी की इंडीविजुयल्टी भी होती है, उसमें दखल देने वाले हम कौन होते हैं? ये तो मानवता नहीं हुई कि हम किसी की जरा-सी कमजोरी की वजह से उसे अपने यहाँ से बाहर निकाल दें।" बोलत-बोलते तनु भूल गयी कि वह ऑफिस में है।

"मिस तनु, क्या होती है मानवता! हमें अपना ऑफिस चलाना है, दफ्तर का काम करना है, मानव कल्याण की कोई संस्था नहीं चलानी। आपको पता होना चाहिए कि दुनिया में उसे ही जीने का हक होता है जो ताकतवर और कुशल होता है! ...आज विश्व बाजार का जमाना है, इन दिनों हर चीज आधुनिक हो रही है। आप किस जमाने की बातें कर रही हैं? वो जमाने गये जब मानवता वगैरह की दुहाई दी जाती थी। आज तो वही आदमी आगे बढ़ेगा, जो समर्थ होगा, योग्य होगा।" यह पदमन साहब थे जो अभी-अभी एक महीने का कोर्स करके विदेश से लौटे थे।

"इस का मतलब यह है सर, कि अगर कोई आदमी हमको व्यक्तिगत रूप

से अच्छा नहीं लगता है तो हम उसकी नौकरी छीन सकते हैं?" तनु के विस्मय का पारावार न था।

"हाँ!" डिवीजन से आये अफसर ने बेझिझक उत्तर दिया था।

बैठक के अन्त में तनु ने प्रश्न किया, "सर मुझे यानी दफ्तर में जितने भी ए जी सेकेंड हैं उन्हें किस आधार पर छँटनी में शामिल किया जाएगा?"

"इसके लिए हम लोग अलग से नीति तय करेंगे।" पदमन साहब ने शुक्ला को शामिल करते हुए कहा। कॉरपोरेट जगत में बॉस लोगों के बोलने का यही कायदा था।

तनु को बुरा लगा, छँटनी की ये नीति इसी कॉरपोरेट संस्कृति का एक हिस्सा है। छँटनी का तरीका भी—यानी अपने बीच के ही किसी आदमी को हर हालत में घर बिठा देना, इसके लिए चाहे कोई मनचाही नीति काहे न बनाना पड़े ...यही है इस कॉरपोरेट कल्चर की देन।

"तो साथियो आपको खोजना है वो दरार जिससे आपकी नीतियाँ लीक हो रही हैं, अपनी इमारत का वो कमजोर पाया जिससे बिल्डिंग धराशायी होने जा रही है, वो सड़ा-गला पुर्जा जिसके कारण पूरा यन्त्र कमजोर हो रहा है। ढूँढ़िए कि कौन है हमारी जंजीर की कमजोर कड़ी। ताकि उसे निकालकर बाहर फेंका जा सके।" पदमन साहब मीटिंग की समाप्ति पर अपने अधीनस्थों को निर्देश दे रहे थे। उनका एक-एक शब्द तनु को कानों के रास्ते हृदय में उतरता हुआ पिघला सीसा लग रहा था। तैश बढ़ रहा था कि कुछ सुना दे उन्हें लेकिन यहाँ मरजी नहीं चलनी थी, उसकी खुद की नौकरी ख़तरे में थी। उसे तो अब उन चार नामों पर अपनी सहमति जतानी थी जो पदमन साहब और शुक्ला जी चुनें, बस प्रयास इतना करना है कि उस सूची में खुद का नाम न हो।...

निगरानी

चपरासी पंछीराम बड़ा तुर्रम खाँ है। पूरे पैंतीस बरस से कलेक्टर के हाथ के नीचे काम कर रहा है, सो बड़े-बड़े हाकिम-हुक्कामों से बोलने बतियाने और उनकी सेवा करने का अच्छा तजुर्बा है उसके पास। इस हुनर और तजुर्बे के दम पर अपने साथी चपरासियों के साथ बैठकर वह खूब लम्बी-लम्बी गप्पें मारता है। बाकी लोग, चुप बैठकर उसकी बातें मुँह बाये सुनते रहते हैं और उसकी हाँ में हाँ मिलाते हैं। लेकिन इस दफा पंछीराम ऐसा फँसा कि सारी चौकड़ी भूल गया। नये कलेक्टर उसे उतना खास नहीं मानते थे, इस वजह से यह दुर्घटना घट गयी।

दरअसल हुआ ऐसा कि उन दिनों चारों ओर घनघोर बदरा छाये थे। सावन का महीना था। पूरे देश में झमाझम बरसात हो रही थी। छोटे-साधनहीन और दूर के इलाके में बसे गाँवों की कौन कहे, खूब ठीकठाक कस्बों और खासे बड़े, तरक्की पा गये गाँवों तक पहुँचने के रास्ते गोबर और कीचड़ की गहरी लम्बी नदियों में तब्दील हो चुके थे।

ऐसे बसकारे के टप्प-टप्प मौसम में दिल्ली बैठे एक आला हुक्काम ने हुकुम दागा कि अगले माह देश में आम-चुनाव कराये जाएँगे। जिस दिन अखबारों में यह खबर छपी, देश भर के प्राइमरी स्कूलों के मास्टर, तमाम दफ्तरों के बाबू-चपरासी, तहसीलों के पटेल-पटवारी और कोटवार तथा पुलिस थानों के दरोगा और सिपाही समेत अनेक कर्मचारी मन-ही-मन दहल उठे। ब्याह के डला-टिपरियों-सी चुनाव की पेटी, थैली और तमाम सामग्री माथे पर लादे, अनजान डगर और अजनबी गाँवों में जाकर, भूखे-प्यासे और नींद के सताये रहकर, भय और दहशत के माहौल में उनने अब तक की नौकरी में जितने भी चुनाव कराये थे, वे सब एक-एक कर उन्हें याद आने लगे। चुनाव तो वैसे भी भयकारी होता है, चाहे सूखा मौसम और ऐन शहर का पोलिंग क्यों न हो, फिर इस बार तो बारिश का घुटन-भरा मौसम होगा। तो कैसे क्या होगा, इस चिन्ता में कई अफसर-अहलकारों की वह रात जगते हुए बीती। उधर यही खबर जब छोटे-बड़े नेताओं, बिल्ला-परचा और पोस्टर छापने वाले प्रेस मालिकों,

छुटमुट पेंटरों, माईकवालों और बेरोजगार गुंडे-मवालियों ने पढ़ी, वे सब खुशी से नाच उठे—अब पाँचसाला कुम्भ आ गया था उनका।

इधर चाय की दुकानों और दफ्तरों की खुली सभाओं में बारिश के मौसम में चुनाव हो पाने की सम्भाव्यता पर बहस चल रही थी और उधर दिल्ली में चुनावों की व्यस्था समझाने के लिए बैठक बुलायी गयी। बैठक में देश भर के आला हाकिम रबर के गूँगे गुड्डों की तरह चुनाव-व्यवस्था सँभाल लेने के प्रश्न पर हामी में सिर हिला रहे थे—अब तक हर काम के लिए हामी में सिर हिलाते-हिलाते उनकी गरदन की हड्डी सिर्फ आगे-पीछे सिर हिलाने लायक ही रह गयी थी शायद, दायें-बायें (इनकार) में सिर हिलाना इस अवस्था में सम्भव नहीं था।

दिल्ली में सब 'यस सर' कह कर लौट आये और घर आकर इस चिन्ता में डूब गये कि अब इन झमेलों से कैसे निपटें-दूबरी और दो अषाढ़! अलबत्ता प्रदेश कार्यालयों से कागजी कबूतर नाना प्रकार के सन्देश और परवाने लेकर उड़े तथा जिला कार्यालयों के सुस्त पड़े चुनाव-दफ्तरों में प्राण फूँकने लगे। वहाँ के सोये-अलसाये कर्मचारी अँगड़ाई लेकर उठे और उन्होंने पहली ही फुरसत में हुँकार भरके आँखों का काँटा बने दीगर विभागों के कई पुराने कर्मचारियों को अपने यहाँ अटैच करने के हुक्मनामे जारी करा डाले।

कलेक्टर के खासमखास होने से चपरासी पंछीराम की ड्यूटी कभी भी चुनाव कार्यालय में नहीं लगी थी। लेकिन इस बार जब उसे चुनाव कार्यालय में अटैच किया गया तो उसका माथा ठनका। मन ही मन उसने दिल्ली के आला हुक्काम से लेकर चुनाव कार्यालय के बड़े बाबू तक को खूब गरियाया।

कीचड़ और गन्दगी से घिरे गाँवों में बैठे भोले और निश्छल किसानों को बसकारे के नीरस मौसम में वक्त काटने का नया शिगूफा हाथ लगा तो वे लोग अफसरों, नेताओं और पुलिस वालों की भाग-दौड़ को बड़ी उत्सुकता से निहारने लगे। सबको कौतूहल था कि बरसात के इस झलामल मौसम में अफसर लोग कैसे चुनाव करा पाएँगे?

कलेक्टर के चेम्बर में उस समय केवल दो लोग थे—चपरासी पंछीराम और नायब तहसीलदार तोताराम उर्फ टी. आर. खुर्राट।

कलेक्टर साहब एक फाइल में सिर गढ़ाये बैठे थे, जबकि नायब साहब पूरी तन्मयता से अपने सामने रखा एक अखबार पढ़ रहे थे। पीछे खड़े पंछीराम को उत्सुकता हुई, तो वह भी कलेक्टर साहब की नजर से बचते हुए एड़ियों के बल आहिस्ता से ऊँचा उठा और इस तरह खुर्राट साहब की आँखों के आगे फैली खबर को बाँचने लगा। समाचार इस प्रकार छपा था—

चुनाव सुधार का नया फार्मूला

दिल्ली (संवाद एजेंसी)। चुनावों में लगातार बढ़ रहे खून-खराबे तथा फिजूलखर्ची पर एक अरसे से देश के बड़े कानूनविद चिन्ता जताते रहे हैं। इस चिन्ता से सहमत होते हुए केन्द्र सरकार ने अभी हाल में एक महत्त्वपूर्ण निर्णय लिया है। इस निर्णय के तहत चुनावी माहौल को साफ-सुथरा करने की दृष्टि से खून-खराबे व फिजूलखर्ची रोकने के लिए देश में नया फार्मूला लागू किया जाएगा। आइन्दा से हर चुनाव में प्रत्येक क्षेत्र में एक बाहरी निगरानी अफसर तैनात किया जाएगा, यह अफसर क्षेत्र में हाजिर रहकर सारी चुनाव प्रक्रिया पर निगरानी रखेगा, उसे जहाँ भी किसी तरह की धाँधली या नियम विरुद्ध काम दिखेगा, वह सारा चुनाव रद्द करा सकेगा। इस नये फार्मूले से देश के चुनावी इतिहास में क्रान्तिकारी फेर-बदल होने की सम्भावना है। आशा है कि हर तरह की धमकी-लालच और प्रचार-प्रसार के शोर-शराबे, हिंसक झड़पों तथा बेशुमार चुनावी खर्च पर ये अफसर नकेल डाल देंगे और मतदाता निडर होकर मतदान करेगा। जिसके कारण देश में जनतन्त्र का वास्तविक स्वरूप उभरेगा और चुनावों की पवित्रता पुनः स्थापित होगी।

सहसा कलेक्टर साहब ने सिर उठाया, और वे बड़ी विनीत मुद्रा में कहने लगे—कहने-सुनने में ये सब चीजें अच्छी लगती हैं। शायद सैद्धान्तिक रूप से भी यह इन्तजाम ठीक होंगे। लेकिन प्रेक्टिकली बड़ी दिक्कत है! दिल्ली में बैठे लोग क्या जानें कि जाने-अनजाने हम लोग बहुत-सी अनदेखी, अपरिहार्य गलतियाँ और लापरवाही करते रहे हैं, जो अब शायद नुकसानदायक हो जाएँ। ...खैर। आप लोगों ने देख ही लिया कि अपने ऊपर दिल्ली से एक बाहरी अफसर तैनात किया जा रहा है, जो बिला-वजह अपने को परेशान करने के लिए हमारी छाती पर बैठा रहेगा। पर आप दोनों पुराने अनुभवी आदमी हो। मुझे विश्वास है कि आप लोग सब सँभाल ही लेंगे। मैं आप दोनों को अपना आदमी मानकर उस अफसर के साथ लगा रहा हूँ। देखना उसकी सेवा-सत्कार में कोई कमी न रह जाए। अपने को जैसे-तैसे केवल दस दिन का समय निकालना है। यदि इस पीरियड में उस अफसर को कोई शिकायत रह गयी तो मेरा करियर ही चौपट हो जाएगा।

कलेक्टर की बात सुनते समय पंछीराम मन ही मन बड़ा खुश हो रहा था, क्योंकि बात-बात में शेर सा दौंकी मारने वाला कलेक्टर इस वक्त भीगी बिल्ली-सा म्याऊँ-म्याऊँ कर रहा था।

लेकिन भीतर ही भीतर एक अज्ञात-सा भय उसे खाए जा रहा था, कि जिस अफसर से कलेक्टर डर रहा है उसके लिए नायब और पंछीराम तो मक्खी-मच्छर हैं। गलती से दिल्ली वाला अफसर कहीं उनसे नाराज हो गया तो नौकरी जाने

में सेकेंड नहीं लगेंगे। वह पछताने लगा कि महीना भर पहले से उसने छुट्टी क्यों नहीं ले ली! अब इस वक्त किसी को छुट्टी मिलने से रही। इस समय तो बाकी सारे काम व्यर्थ हैं। इस समय सब अफसर छोटे हैं। इस समय तो मात्र दिल्लीवाला अफसर ही बहुत ताकतवर है। वो जो लिख देगा, दिल्ली से वैसा ही हुकुम आ जाएगा। उसकी दिल्ली जाने वाली रोज-रोज की रपट बड़ी महत्त्वपूर्ण है, इस कारण कलेक्टर की भी फूँक सरकती है इन दिनों।

कलेक्टर के चेम्बर से बाहर निकला तो बाकी चपरासियों ने पंछीराम को घेर लिया—कलेक्टर ने अकेले में क्या बात करी?

पंछीराम को भरपूर मौका मिला, सो उसने गप्पें ठोंकने में कोताही नहीं की और लन्तरानियाँ मारना शुरू कर दीं, कि किस तरह कलेक्टर ने उसे बगल की कुर्सी पर बिठाकर चाय पिलायी और दिल्ली से आने वाले हुक्काम के साथ एक खास अफसर के रूप में काम करने का अनुरोध किया...वगैरह वगैरह। बाकी लोग विस्मय में डूबे पंछीराम की आड़ी-तिरछी उड़ान के नजारे देखते रहे।

घर जाकर उस दिन पंछीराम को रात भर नींद नही आयी। उसने कलेक्टर को रात भर खूब गालियाँ दीं, दिल्ली के आला हुक्कामों को भी निगरानी अफसर तैनात करने के चलन पर पंछीराम ने नहीं बख्शा—अरे भैया चालीस साल से जिस ढंग से चुनाव चल रहे थे वैसे ही चलने देते। ये क्या सारे देश को उलट-पुलट दो और इधर के अफसर उधर, उधर के अफसर इधर की जगहों पर तैनात कर डालो। जाने कहाँ का फिजूल चलन शुरू कर दिया, यूँ ही बैठे ठाले। जैसे प्रदेश और जिले के अफसरों पर कोई विश्वास ही नहीं बचा हो।''

'शताब्दी एक्सप्रेस का खर्चा या तो सरकारें उठाती हैं या फिर विधान सभाएँ और पार्लियामेंट। या तो अटैची हाथ में लिये मोटा चश्मा, भारी तोंद और गर्मी में भी सूट डाटे बैठे घाघ अफसर इस चलते-फिरते महल में यात्रा करते हैं, या फिर एम. पी. और विधायक।' पंछीराम की इस धारणा को सच साबित करता पचपन-छप्पन साल का एक अधगंजा खडूस—सा आदमी शताब्दी एक्सप्रेस के डिब्बे से उतरकर स्टेशन पर अनाथ-सा खड़ा था। वह नाक-भौं सिकोड़े आसपास के यात्रियों को तुच्छ नजरों से घूरता हुआ अपने दो सूटकेस सँभाले इधर-उधर ताक रहा था। नायब साहब ने अन्दाज लगाया कि यही होगा दिल्ली वाला निगरानी अफसर।

नायब साहब उसके बगल में पहुँचे, अपने आगे निकले पेट को जितना वे दबा सकते थे, उतना दबाते हुए अधझुके से होकर उस खडूस-से आदमी से बड़े मीठे स्वर में वे पूछने लगे—आप कोहली साहब हैं ना सर!

''हूँ!!!'' एक लम्बे हुंकारे ने नायब साहब को और झुका दिया, ''नमस्ते

सर! मैं आपकी कांस्टिट्यूएन्सी का लायजनिंग अफसर हूँ—नायब तहसीलदार टी. आर. खुर्राट।''

''तुम्हारा कलेक्टर कहाँ है? उसे फुरसत नहीं मिली मुझे लेने आने की।'' कोहली की त्यौरियाँ चढ़ गयीं।

''सर'' नायब साहब ने ऐसा शब्द कहा, जिसके मनमाने अर्थ निकाले जा सकते थे, यानी कि ''जी सर'' भी...या फिर ''नहीं सर'' भी...या फिर आप माई बाप हैं हुज़ूर, जो कुछ कहें वही सच है श्रीमान। नायब साहब की चालाकी पर मन ही मन हँसा—पंछीराम।

''चलो'' कोहली ने हुकुम दागा।

और नायब साब ने एक सूटकेस उठा लिया, ...दूसरा पंछीराम को लादना पड़ा।

स्टेशन के बाहर लाल बत्ती लगी वातानुकूलित कार खड़ी थी, नायब साब ने ड्राइवर को इशारा किया, तो उसने पिछला दरवाजा खोल दिया। ड्राइवर ने डिग्गी खोलकर पीछे दोनों सूटकेस जमा दिये।

नायब साब खिड़की से झाँकते हुए बोले ''हम अगली गाड़ी में हैं सर, अभी होटल चल रहे हैं, फिर फील्ड के लिए चलेंगे। अपना एरिया यहाँ से चालीस किलोमीटर बाद शुरू होगा सर और डेढ़ सौ किलोमीटर तक रहेगा।''

''हूँ!!'' फिर लम्बा हुँकारा गूँजा, तो नायब साब वहाँ से हट गये। चपरासी पंछीराम उनके पीछे था। आगे एक और कार खड़ी थी, वे दोनों उसमें बैठ गये, पिछली कार को संकेत देती हुई वह कार चल पड़ी।

होटल में पंछीराम को कुछ भी नहीं करना पड़ा। वर्दीधारी बैरे ने कोहली की अटैची उठाने से लेकर भोजन परोसने तक का सारा काम अपने हाथों निपटाया। तब तक पंछीराम ने बरसात में भीग गये अपने कपड़े सुखा डाले।

दोपहर दो बजे दिल्ली वाले अफसर ने नायब साब को तलब किया और ढाई बजे दोनों कारें होटल छोड़कर चल पड़ी। तब भी हल्की बूँदाबाँदी हो रही थी। जिला मुकाम यहाँ से अस्सी किलोमीटर दूर था।

रास्तें में वे लोग कहीं नहीं रुके सीधे कलेक्ट्रेट पहुँचे।

खबर लगी तो कलेक्टर दौड़े-दौड़े बाहर आ पहुँचे—''आइए सर! मैं आई. सी. घोष!''

''इलेक्शन का ऑफिस कहाँ है?'' कोहली के स्वर में उपेक्षा का भाव था, और कलेक्टर समेत सारे कर्मचारी डरे-से दिख रहे थे। पंछीराम मन ही मन खुश हुआ—अब आया ऊँट पहाड़ के नीचे। इस पल वह अपने आपको इस दफ्तर का कर्मचारी नहीं मान रहा था, उसे लग रहा था, कि मानो वह भी दिल्ली से आया है और कलेक्ट्रेट के कर्मचारी उस के लिए कीड़े-मकोड़े हैं।

कलेक्टर साब स्वयं आगे-आगे चलते हुए कोहली साब को चुनाव के दफ्तर में ले गये। कोहली ने डिप्टी साब की घूमने वाली गद्देदार कुर्सी देखी तो नाक-भौं चढ़ा लिए—"इसे हटाओ यहाँ से।"

पंछीराम ने तुरन्त ही वह कुर्सी हटा दी और कोहली की नजर को भाँपते हुए एक साधारण-सी कुर्सी उस जगह रख दी। कोहली बैठे तो पंछीराम बाहर खिसक आया और भीतर को कान लगाके दरवाजे के बाहर खड़ा हो गया।

"कितने पोलिंग सेन्टर हैं इस कांस्टिट्यूएन्सी में?" कोहली की तीखी आवाज में प्रश्न उछला था।

"बारह सौ सैंतीस" कलेक्टर साब का स्वर रिरियाहट लिये था "आठ सौ बीस इस जिले में, और चार सौ सत्रह अटैच जिले में।"

"सेंसिटिव कितने हैं?"

"सात सौ पाँच!"

"व्हाट? सेवन हंड्रेड फाईव!"

"यस सर, दिस इज ए डैकेट इनफैरेटेड एरिया। टोटल कांस्टिट्यूएंसी इज़ सेंसिटिव, बट सेविन हंड्रेड बूथ्स आर वेरी सेंसिटिव। पिछले चुनाव में पचास पोलिंग सेंटर पर दुबारा चुनाव कराने पड़े थे सर। सत्रह आदमी मारे गये थे। इसलिए पिछली बार की तुलना में इस साल दुगने सुरक्षा गार्ड, तीन हजार लगा रहे हैं और सी आर पी भी बुला रहे हैं हम।"

"जहाँ-जहाँ हिंसा हुई थी, वहाँ क्या बन्दोबस्त है आपका?"

"वहाँ हर पोलिंग बूथ और गाँव में सी आर पी के जवान तैनात कर रहे हैं।"

"इस बार दूसरे जिलों से भी तो चुनाव पार्टियाँ आएँगी, उनके रुकने और खाने पीने के इन्तजाम हैं इस कस्बे में!"

"हाँ सर, कुछ भोजनालय हैं। ठहरने के लिए सिविल लाइन्स के स्कूल में इन्तजाम करा रहे हैं।"

"गिव मी ए मैप आफ दि कांस्टिट्यूएन्सी ऐंड लिस्ट ऑफ पोलिंग बूथ्स।"

"जस्ट ए मिनट सर," कहते कलेक्टर दरवाजे की ओर मुड़ करके बोले, "खुर्राट नक्शा और वो लिस्ट लाओ।" फिर वे कोहली साब से बोले, "सर पिछली बार का ही तो डर है कि हर कर्मचारी इस बार चुनाव से बचना चाहता है।"

बाहर खड़े खुर्राट साहब ने अपना ब्रीफकेस खोलकर कुछ कागजात निकाले और खुला ब्रीफकेस पंछीराम को पकड़ा कर दफ्तर में दाखिल हो गये। पंछीराम को इस वक्त खुर्राट का चेहरा उस बकरे जैसा लग रहा था, जिसे तुरन्त ही जिबह किया जाना है। पंछीराम को खुद की औकात मुर्गे से भी बदतर लग रही थी। घोष साहब खुद को क्या समझ रहे होंगे, पंछीराम इसका अन्दाज नहीं लगा पा रहा

था। अलबत्ता कोहली साब उसे जल्लाद जैसे लग रहे थे। हिन्दी फिल्मों में जल्लादों का रूप कुछ अलग ही गेटअप के साथ दिखाया जाता है। कमर में काली सलवार पहने, माथे पर काले कपड़े से खोपड़ी बाँधे, हट्टे-कट्टे बदन को उघार करके मसल्स दर्शाता एक क्रूर-सा व्यक्ति। पंछीराम ने मन ही मन कल्पना की कि कोहली साहब को यदि वह ड्रेस पहना दी जाए तो कैसे लगेंगे!

पंछीराम की कल्पना को झटका देते हुए कलेक्टर अचानक बाहर आये और खुर्राट को एक तरफ ले गये। पंछीराम के कान उधर लगे थे। कलेक्टर पूछ रहे थे—खुर्राट तुमने इस अफसर की पसन्द-नापसन्द तो पता कर ली ना। देखना अपना प्लान फेल न हो जाए। ये तो सचमुच कड़क आदमी है। बहुत सारी कमियाँ ढूँढ़ लेगा।

आप चिन्ता न करें सर, मैं सब निपटा लूँगा। खुर्राट कलेक्टर के चरणों में झुके जा रहे थे।

मतदान दलों को पहुँचाने के इन्तजामात यानी बसें, ट्रक, ट्रैक्टर, बैलगाड़ी और नाव तथा ऊँट भी, सुरक्षा यानी पुलिस वालों की संख्या, मतदान दलों की नियुक्ति और दूसरे जिलों से आने वाले दलों के ठहरने आदि के साधन वगैरह की कार्यवाहियाँ देखने में कोहली साब को चार घंटे लगे।

फिर एकाएक कुछ याद आया तो वे कलेक्टर से बोले, ''मुझे एसडीएम और एसडीओपी दो जरा जल्दी से, मैं कस्बे में जाकर सम्पत्ति-विरूपण के कुछ प्रकरण बनाना चाहूँगा।''

पंछीराम एक अलग जीप में था। कस्बे के चौराहे पर कोहली साब रुके और रोड पार करके, टाँगे गये कपड़े के अनेक बैनरों पर नाराजगी व्यक्त करने लगे। पंछीराम को इशारा मिला तो उसने उछल-उछल कर वे सारे के सारे बैनर खींच लिये। दीवारों पर लिखे चुनाव प्रचारों के बारे में भी एसडीएम को प्रकरण बनाने का आदेश दिया। पंछीराम ने देखा कि कोहली साब की इस कार्यवाही पर, चौराहे से गुजर रहे तमाम राहगीर बड़े खुश दिख रहे थे। लेकिन कोहली साहब खुश नहीं दिख रहे थे, क्योंकि अब तक मीडिया का कोई संवाददाता नहीं आया था, जब एक मरियल-सा संवाददाता वहाँ आ पहुँचा तो कोहली साहब का हाजमा दुरुस्त हो गया अचानक।

सर्किट-हाउस में सारी व्यवस्था चाक-चौबन्द थी। साफ और बदबू रहित बाथरूम, बेदाग चादरें, उम्दा ए.सी., फोन, फैक्स, टी. वी. और कम्प्यूटर से सजे कमरे को देख इत्मीनान हुआ, तो कोहली साब ने पंछीराम को छुट्टी दे दी।

शाम को उनकी कार दूसरे जिले को रवाना हुई तो पंछीराम और खुर्राट साब कार की अगली सीट पर ठुँसे हुए थे जबकि पिछली सीट पर कोहली साब अजीब से तरीके से लेटे हुए आराम फरमा रहे थे। कलेक्टर साब ने आग्रह किया तो

कोहली साब ने सुरक्षा गार्ड लेने से कतई मना कर दिया था। बोले थे, रहने दो। आय एम स्ट्राँग। मैंने नक्सली इलाके में चुनाव कराये हैं।

कार इत्मीनान से दौड़ रही थी। तब आधा घंटा हो चुका था कि सहसा वे बोले "रास्ते में कोई सैंसिटिव सेंटर दिखे तो गाड़ी रोकना। मैं चेक करूँगा।"

और रास्ते में चार मतदान केन्द्रों पर उनकी गाड़ी रुकी, सब जगह एस. ए. एफ. के जवान तैनात थे। कोहली साब सिर्फ कार की खिड़की से बाहर झाँकते रहे, खुर्राट साब ने ही हर जगह तहकीकात की।

एक गाँव के निकट पहुँचते-पहुँचते सड़क पर भारी भीड़ दिखी तो ड्रायवर ने गाड़ी धीमी कर ली। वे लोग कुछ समझ पाते कि अचानक उनकी गाड़ी को उस भीड़ ने घेर लिया। खुर्राट साब तो घबरा ही गये जब भीड़ में मौजूद दर्जन भर बन्दूक धारियों ने धड़ाधड़ हवाई फायर कर डाले। उनने जैसे तैसे हिम्मत बाँधी और उन्हें डाँटते हुए पूछा "ये क्या नाटक है? गाड़ी क्यों घेर ली है। चलो दूर हो जाओ सब! बन्द करो ये बन्दूकें।"

पंछीराम ने पीछे देखा कोहली साब थर-थर काँपते नीचा सिर किये बैठे थे।

"पहले कलेक्टर को बाहर निकालो" भीड़ में से एक नेतानुमा आदमी ने खुर्राट साब को डाँटते हुए जवाब दिया तो कोहली साब की हलक में जान आ गई।

"गाड़ी में कलेक्टर साहब नहीं हैं, दिल्ली वाले अफसर हैं" खुर्राट साब ने नर्म पड़ते हुए जानकारी दी।"

"फिर तो और अच्छा है ये तो कलेक्टर से भी बड़े होंगे। उनसे कहो बाहर निकल कर हमारी बात सुन ले, नहीं तो हम आज यह रास्ता चालू नहीं होने देगें। देखते हैं कैसे चुनाव कराओगे तुम हमारे एरिया में।"

खुर्राट साब भीड़ को बहलाना चाहते थे पर शायद कलेक्टर से बड़ा हुक्काम होने का प्रमाण देना जरूरी समझकर अचानक कोहली साब कार का दरवाजा खोल कर बाहर निकल पड़े और पूछने लगे "क्या प्रॉब्लम है?"

एक नेता होता तो बताता, भीड़ का हर आदमी अपनी बात सुनाने के लिए कोहली साब की तरफ लपक पड़ा तो कोहली साब घबरा उठे। खुर्राट साब उतरे, अब तक भीड़ ने कोहली साब को खूब धकिया लिया था।

जैसे-तैसे लोगों को दूर और शान्त किया गया, तो पता लगा कि गाँव में बिजली और पानी न मिलने के कारण इस गाँवों के लोग रास्ता जाम कर बैठे हैं। इलाके के कई गाँव के लोग चुनाव का बहिष्कार कर रहे हैं। खुर्राट साब के कहने पर कोहली साब ने गाँव वालों को झूठा-सच्चा आश्वासन दिया और येन-केन-प्रकारेण वे लोग वहाँ से आगे बढ़े तो पंछीराम को लग रहा था कि अब कोहली साब ठंडे पड़ जाएँगे। लेकिन उसे ताज्जुब हुआ कि उनके नथुने

अब भी फड़क रहे थे। वे फुँफकारते हुए कह रहे थे—"देखा! ये है तुम्हारे कलेक्टर का लॉ ऐंड ऑर्डर। इतनी बन्दूकें बाहर हैं। आर्म्स तक जमा नहीं कर पाये। मैं तो आज ही दिल्ली को लिख दूँगा कि ये कलेक्टर चुनाव नहीं करा पाएगा। ही इज डफर ऐंड फैल्यूअर डी. एम., एज रिटर्निंग ऑफीसर।"

दयनीय मुद्रा बनाते हुए खुर्राट साब "सॉरी सर" "सॉरी सर" की तोता रटंत बोलने लगे तो पंछीराम इस पहेली को बूझने लगा कि खुर्राट साहब किस बात की माफी माँग रहे हैं।

"मैं तुम सबको सस्पेंड करता हूँ। तुम लोग एकदम जाहिल और नाकारा हो।" कोहली साब ज्यादा ही अकड़े तो पंछीराम की मूँछ फड़क उठी। वह खुद को रोक न सका बोला, "ये डकैतों का इलाका है हुजूर! इधर तो दिन दहाड़े गोली चल जाती है। यहाँ न कलेक्टर कुछ कर पाएगा न एस. पी। यहाँ के तो खून में ही गर्मी रहती है। हमारे यहाँ चुनाव कराना बड़ी टेढ़ी खीर है हुजूर, कोई तुर्रम खाँ चला आये यही होगा।"

"यू शटप," चीखते हुए कोहली ने उसे डाँटा।

पंछीराम का बदन फड़का, लेकिन खुर्राट साहब ने इशारा किया तो वह अपने होंठ सीकर बैठ गया। वह सोचने लगा कि चुनाव में अभी सात दिन बाकी हैं, और इतने दिन खुद को चुप कैसे रख पाएगा वह। निश्चित ही इस बार का चुनाव उसकी नौकरी ले जाएगा। चुनाव तो दूर है आज ही नौकरी बच जाए तो बजरंग बली की कृपा होगी।

उसके इशारे पर कार ने मुख्य मार्ग छोड़ा और एक सूने-से रोड पर चल पड़ी। अँधेरा घिरता जा रहा था। मार्ग एकदम सूना और सन्नाटे में डूबा दिख रहा था। कोहली साहब की तो बोलती ही बन्द थी। फिर भी वे बुदबुदाते हुए बोले, "ये रास्ता कहाँ जाता है?"

"यह रास्ता शॉर्टकट है सर" खुर्राट साहब ने कहा।

वे लोग दस किलोमीटर ही चल पाये होंगे कि ड्रायवर ने कार रोक दी। पंछीराम ने देखा कि बीच सड़क पर चार-पाँच भैसें खड़ी हैं। उसे मन ही मन डर-सा लगा। इस क्षेत्र के लोग किसी कार को लूटते समय ऐसे ही रोड जाम कर देते हैं। फिर भी अपनी सजगता दर्शाते हुए उसने काँच उतार कर गरदन बाहर निकाली और चिल्लाया—"काहे रे लला! ये चौंपे को छोड़ गयो इते। हटाओ तो सड़क से!"

"को लफ्टेंट है जा कार में?" डाँटते स्वर में अन्धकार को पार करते हुए एक बन्दूकधारी अचानक प्रकट हो गया और उसने ऐसा प्रश्न पूछा, कि जिसका जवाब देना किसी के वश में न था। सब चुप सुनते रहे। पंछीराम ने तो बाकायदा हनुमान-चालीसा का पाठ शुरू कर दिया।

लेकिन संकट अपने आप ही टल गया। उस बन्दूकधारी ने स्वयं ही वे भैंसें रोड से हटा लीं और उनकी कार को निकालने का संकेत दिया तो ड्रायवर ने गियर बदला और एक्सीलेटर दबाकर गाड़ी को हवा कर दिया।

उनकी गाड़ी रात दस बजे सर्किट हाउस पहुँची। जिले के सर्किट हाउस में न तो कलेक्टर मौजूद मिले, न डिप्टी कलेक्टर, इसके भी ऊपर तुक्का यह हुआ कि सर्किट हाउस का वीआईपी वाला वातानुकूलित कमरा खाली नहीं मिला, उसमें कोई मन्त्री रुके हुए थे। सर्किट हाउस पर मौजूद गरीब-से दिखते एक नायब तहसीलदार ने कोहली साहब से एक-दूसरे नॉन ए. सी. कमरे में पहुँचने की प्रार्थना की तो उनका क्रोध फूट पड़ा, ''डू यू नो, दैट आई एम सुप्रीम अफसर। यू आर टेकिंग मी अदर साइड, आई विल टेक यू टू टास्क।''

बेचारा वह नायब तहसीलदार तो कुछ बोल ही नहीं पा रहा था। हकलाते-अटकते हुए उसके मुँह से जो स्वर टपके, उनका आशय था कि...हजूर कृपा करें...हमारी मजबूरी है...हम विवश हैं, छोटे कर्मचारी हैं...हजूर माई बाप हैं! आला हुक्काम हैं!...जो कहें ठीक है, क्षमा करें...माफी दें।

अपने कमरे में घुस कर कोहली साब ने कुर्सी पर बैठकर टेबल पर रखा फोन अपनी ओर खींचा और जाने कहाँ नम्बर डायल करने लगे। अगले ही पल उनका गुस्सा और ज्यादा धधक उठा था ''खुर्राट कम हियर।''

खुर्राट साब शायद रसोईघर में जाकर साहब के खाने के लिए खानसामा को चीजें बता रहे थे सो पंछीराम अपना कर्त्तव्य समझकर कोहली साब के कमरे में घुस बैठा।

यकायक उसने महसूस किया कि उसके माथे पर आके कोई गोला-सा टकराया है, ओर उसकी आँखों के आगे तारे नाच उठे हैं। शायद कोहली साहब ने कोई चीज उठाकर फेंकी थी, जो उछलती हुई पंछीराम के माथे से आकर लगी है। वह घबरा कर पीछे पलटा। बाहर निकलते निकलते उसने देखा कि उसके माथे से टकराने वाली चीज टेलीफोन है। जो अब दरवाजे के बीचोंबीच क्षत-विक्षत सा बिखरा पड़ा है। वह क्षुब्ध हो उठा, नाराजगी का यह कौन-सा तरीका है। ये तो साला नाक में दम कर रहा है, जैसे ससुराल में दामाद नखरे दिखा रहा हो।

खुर्राट साब उस वक्त कोहली साब के कमरे में प्रवेश कर रहे थे, दूसरे नायब साब जाने कहाँ गायब हो गये थे। सारे सर्किट हाउस में अफरा-तफरी थी। कुछ देर बाद पंछीराम को अपनी चोट का अहसास कुछ कम हुआ तो वह स्थानीय नायब साब को तलाशने लगा ताकि उन्हें और यहाँ के चपरासी को अपनी बला सौंपकर वह किसी कोने में आराम से लम्बी तानकर सो जाए।

उसने सोचा कि जिस तरह से कोहली साब की एंट्री हुई है, उसका परिणाम

तो यही लग रहा है कि नायब साब को अचानक ही सर्किट हाउस के किसी संडास में घुसना पड़ा होगा, सो पंछीराम उन्हें उधर ही ढूँढ़ने लगा।

तब तक 'सोंई-सोंई' करती दो कारें सर्किटहाउस में आ पहुँची थीं। चौकीदार ने बताया कि एक में कलेक्टर आये हैं, और शायद दूसरी कार में चुनाव खर्च देखने वाले अफसर हैं। कलेक्टर एक जवान-सा लड़का था जबकि दूसरा अफसर एक प्रौढ़ दक्षिण भारतीय दिख रहा था। वे लोग सीधे कोहली के कमरे में प्रवेश कर गये।

पंछीराम दरवाजे से सटकर खड़ा हो गया—देखें कोहली साहब जैसे परशुराम से इस नयी उम्र के लक्ष्मण जैसे कलेक्टर का क्या संवाद होता है पर उसे निराशा ही हाथ लगी। कुछ देर दरवाजा बन्द रहा फिर खुला। पता नहीं तीनों अफसरों ने किस भाषा में क्या बात की, कि कोहली साहब के कमरे से बजाय गालियों के, हँसी के ठहाके गूँजते सुने पंछीराम ने। उसने पूरी प्रशासनिक बिरादरी को गरियाना शुरू कर दिया—साले सब हरामी हैं।

कलेक्टर तो लौट गये, दूसरे अफसर के लिए एक और कमरा खुलवाया गया।

रात को मेहमानों के लिए मुर्गा और विदेशी व्हिस्की का इन्तजाम एक्साइज अफसर की ओर से था। खर्च देखने वाले दक्षिणी अफसर ने सिर्फ मछली पसन्द की, जबकि कोहली साहब ने मेजबान को निराश नहीं किया, न केवल मुर्गा खाया बल्कि उसके पहले पीना पसन्द किया, इसके बाद उसने एक वीडियो सेट और लाने को कहा।

उसका आदेश बजाया गया। वीडियो लगा, जिसके सामने बैठकर वह जाने कितनी रात तक बन्द किवाड़ों के पीछे कोई खास फिल्म देखता रहा। पंछीराम को इसमें भला क्या आपत्ति होती, उसे और खुर्राट साहब को भी उचित पथ्य मिल गया था और रातभर के लिए कोहली से छुटकारा भी।

सुबह आठ बजे कलेक्टर खुद ही अपनी गाड़ी चलाते हुए सर्किट हाऊस आ पहुँचे। वे खुर्राट को एक ओर ले गये। पंछीराम ने सुना वे खुर्राट से कह रहे थे, "इस खूसट को चुनाव तक कैसे झेलेंगे खुर्राट! ऐसा करो कि इसे वहीं घुमा-फिरा लाओ।"

"वहाँ तो बहुत खर्च होगा सर, मेरे पास तो केवल पाँच-छह हजार...फिर इन्हें तो सिग्नेचर व्हिस्की के साथ तीतर का मांस पसन्द है और मिल जाए तो कुछ और भी...यानी कि...। इतने कम पैसे में इनके शाही-शौक कैसे...।"

"इसकी चिन्ता तुम करो। हम एक्साइज इन्सपेक्टर तुम्हारे साथ भेज रहे हैं।"

"ठीक है सर, आप उनसे एक बार कह दीजिए, फिर मैं उन्हें तैयार कर लूँगा।"

दिन में कोहली साब कुछ देर को कलेक्टर के चुनाव कार्यालय में बैठे तो शिकायतबाजों का ताँता लग गया। उन्हें जैसे-तैसे निपटा के कोहली साब ने राहत की साँस ली ही थी कि खर्च देखने वाले पर्यवेक्षक शिवरामन वहीं आ बैठे।

पंछीराम ने सुना, कोहली साब अजीब-सी आवाज में उनसे कह रहे थे—"कमीशन ने ये कौन से जंजाल में फँसा दिया शिवरामन साब? इतने दिनों से जो हो रहा था वही ठीक था।"

शिवरामन साहब कह रहे थे "यह तो लोकतन्त्र का पवित्र यज्ञ है साहब। हमारे चुनाव पर सारे विश्व की निगाह रहती है। इसलिए निगरानी अफसर रखना मुझे तो कतई गलत नहीं लगता। देश की सर्वोच्च, निष्पक्ष और गरिमामयी संस्था के इस नवाचार में भी बड़ा विवेक छिपा है। हमें भी निष्पक्ष चुनाव कराने का प्रयत्न करना चाहिए। आखिर दिल्ली के बड़े अफसर जनहित की बात कर रहे हैं। आप ही कहें हमारे गरीब देश में अरबों का सरकारी खर्च और एक महीने तक चलने वाले भयानक शोर-शराबे, प्रचार-प्रसार, जनसम्पर्क, बैनर-बिल्ले, पैम्फलेट, जीपों, आम-सभाओं में पार्टियों के अगणित खर्च कुल मिलाकर कितना नुकसान होता होगा। प्रचार-प्रसार में बढ़ रहे व्यय को देखकर हम सोच सकते हैं कि अब गरीब आदमी तो उम्मीदवार बन ही नहीं पाएगा। शायद इसीलिए...जनतन्त्र का लाभ आम जन तक पहुँचाने के लिए यह नयी व्यवस्था की गयी है।"

पंछीराम ने देखा कि यहाँ की बातें उसके सिर के ऊपर से गुजर रही हैं। वह बाहर चला आया। दफ्तर के बाहर डिप्टी कलेक्टर और तहसीलदारों की पूरी भीड़ इस प्रयत्न में थी कि चुनाव प्रक्रिया के किसी काम की शिकायत न होने पावे। इसके लिए वे राजनीतिक पार्टियों के छुटभैया नेताओं के गले लग-लग जा रहे थे। दफ्तर से दुत्कार कर भगाये जाने योग्य छोटे-मोटे कार्यकर्ता भी इस वक्त प्रशासनिक अफसरों के सगे-सहोदर जैसा सम्मान पा रहे थे। पंछीराम को रेवेन्यू अफसरों का वह रूप याद आया, जब वे अपने सिंहासन पर बैठकर गाँव-देहात के गरीब किसानों को देखकर दहाड़ उठते हैं, और कुछ वैसे ही हिंस्र भाव चेहरे पर ले आते हैं, जैसे कोई गीदड़ मोटा-ताजा शाकाहारी निरीह पशु देखकर उसे खाने को ललचा उठे। उनके चेहरे पर इस वक्त बड़ी कातरता दिख रही थी, जैसे दुनिया के सबसे दीन-हीन और अकिंचन व्यक्ति ये ही लोग हों।

वे लोग एक साथ डबल रोल कर रहे थे। कर्मचारियों से अलग और राजनीतिक कार्यकर्ताओं से अलग व्यवहार था उनका। वहाँ उनके पास जब कोई कर्मचारी अपनी चुनाव ड्यूटी निरस्त कराने आ जाता तो वे अपनी गर्दन फिर अकड़ा लेते, रीढ़ की हड्डी फिर सीधी कर लेते और आवाज में फिर वही क्रूरता ले आते जो इस वक्त चुनावी अफसरों में होनी चाहिए।

ऐसे में कुछ रोचक नजारे भी देखे पंछीराम ने, हुआ ये कि किसी चुनावी अफसर की तरफ जब एक मरगिल्ला-सा आदमी हाथ में कागज ले के आगे बढ़ा, तो अफसर ने समझा कि वह चुनाव ड्यूटी निरस्त कराने वाला कोई कर्मचारी है, सो

वह झल्ला उठा। वह चुनावी कार्यकर्ता निकल बैठा। फिर क्या था, चुनाव आयोग और अफसर से शिकायत करने की धमकी देता वह व्यक्ति खूब जोर से चिल्लाने लगा तो अफसर लपक कर उसके चरणों में गिरने तक को तैयार हो गया। ऐसा भी हुआ कि कुर्ता-धोतीधारी जिस बुजुर्ग व्यक्ति को अफसर ने नेता समझकर मन का सारा सम्मान और अपनापन उड़ेल डाला, वह एक दफ्तर का बड़ा बाबू निकला, तो अफसर का क्रोध फट बैठा।

एक बड़ा हादसा तो तब होते-होते टल गया जब एक प्रत्याशी के प्रचार में लगी बिना झंडे की अट्ठाइस जीपों के नम्बर दूसरा प्रत्याशी सौंप रहा था कि पहला प्रत्याशी आ गया। उसका तो पारा ही चढ़ गया और वह क्रोध में चीखते-चिल्लाते हुए दूसरे प्रत्याशी की तरफ झपटा तो दूसरे व्यक्ति ने अपनी जेब में रखा कट्टा निकाल कर धाँय से हवाई फायर कर डाला।

गोली चलने का स्वर गूँजा तो दोनो पक्षों के हाथों में नाना प्रकार, नाना रंग और नाना आकृतियों के कट्टे चमक उठे।

डरता हुआ पंछीराम यह सोच रहा था कि हमारे देश में और चीजें भले न बनती हों पर कट्टा जैसी खतरनाक चीज बनाने का कुटीर उद्योग खूब पनप गया है। यही नहीं कट्टा उत्पादन में हमारे यहाँ कितनी सरलता, कैसी कलाकारी, कितनी दूरदर्शिता और कितनी विविधता आ गयी है कि दिल वाह-वाह करने लगता है।

उधर दोनों प्रत्याशी आपस में भिड़ रहे थे, और इधर दोनों अफसर भीतर बैठे थर-थर काँप रहे थे। दिन में सुरक्षा सम्बन्धी बन्दोबस्त की बैठक में पेश किये गये डी. एम. और एस. पी. के सारे बन्दोबस्त और सारे तथ्य उन्हें मिथ्या लगने लगे थे, जब चुनाव कार्यालय का ये नजारा है—तो बूथ्स पर क्या होगा? कुछ देर बाद कलेक्टर और एस. पी अपने दलबल के साथ वहाँ आये तो दोनों पक्ष अलग-अलग हुए, फिर किसी तरह से दोनों अफसर वहाँ से सर्किट हाउस ले जाए गये। कुछ ही देर में सारी कलेक्ट्रेट पुलिस छावनी में तब्दील हो चुकी थी।

पंछीराम ने वहाँ से स्टार्ट होती एक जीप में छलाँग लगा दी और उसमें लद कर वह भी सर्किट हाउस की ओर भाग निकला था। नायब साब का कहीं कोई पता नहीं था।

उसी शाम अँधेरा होते-होते उनकी कार पर्यटन स्थल पहुँच गयी। पता नहीं खुर्राट साहब के पास कितनी बँधनी बँधी थी कि एक बहुत उम्दा होटल में कोहली साहब को ठहराया गया, और वो लॉज भी सस्ता नहीं था जिसमें एक्साइज इन्सपेक्टर, पंछीराम और खुर्राट साब ठहरे थे। पंछीराम को अपनी जैसी कई टीम दिखीं वहाँ तो उसने उत्सुकतापूर्वक पता लगाया। पता चला कि आस पास के

तमाम चुनाव क्षेत्रों के निगरानी अफसर इन दिनों यहीं आराम फरमा रहे हैं। सो कई बारातें ठहरी हैं यहाँ के जनवासों में।

सुबह वे लोग जब मन्दिर देखने निकले तो कोहली साहब के साथ थे।

मन्दिर में घुसने के पहले दीवारों पर बनी हजारों पत्थर की मूर्तियाँ दिखीं। मूर्तियाँ तो सदैव भगवान की बनती हैं सो पंछीराम ने बड़ी श्रद्धा से उनके भी हाथ जोड़े और दर्शन की लालसा से उन पर नजर डाली तो पानी-पानी हो गया। ऐसी मूर्तियाँ! उफ्फो, भीतर भगवान...और बाहर च्चचच। फिल्म और टीवी पर जरा-सा अंग उघरता देख के समाज के लोग इतनी हाय तौबा मचाते हैं, और यहाँ तो अंग ही अंग थे, कपड़े थे ही नहीं। बाप रे! घर के अँधियारे में होने वाले पति-पत्नी के बीच के सारे काम यहाँ तो बड़े ऐलानिया ढंग से मूर्ति बनाकर खड़े करे गये थे कि ऐसे करो लला किये काम,...और यहाँ तो एक एक औरत, कित्ते कित्ते आदमी!

अधेड़ कोहली साब अपना चश्मा साफ कर-करके मूर्तियों को कामुक नजरों से घूर रहा था लेकिन पंछीराम वहाँ से तुरन्त ही भाग निकला। वह अपने लॉज में लौट आया। उसका माथा जोर से खदबदा उठा था। आँख मूँदता तो बार-बार उन हँसती खिलखिलाती नौजवान औरतों के पुष्ट स्तन और नंगे शरीर दिखने लगते जो पत्थर की मूरत बनी इन मन्दिरों की बाहरी दीवारों पर किलक रही थीं। उन्हें देखकर कोहली साहब गदगद भाव से खुर्राट साहब से कह रहे थे—''ओ माई गॉड, एक्सीलेन्ट मोनुमेन्ट्स। देखा तुमने यह है आर्ट, आजकल के मूर्तिकार कहाँ बना पाएँगे ऐसी मूर्तियाँ?''

वे मन ही मन कुछ और बुदबुदाते रहे थे, फिर बोले थे—इन मूर्तियों का एलबम मिलता होगा यहाँ! तुम तलाश करो। बेसिकली आई एम एकेडमिक परसन, तुम ऐसा करो कि कोई नर्तकी ढूँढ़ो यहाँ! तुम तलाश करो। मैं चाहता हूँ कि इन मूर्तियों के सामने इसी एक्शन में खड़ा करके नर्तकी के कुछ फोटो ले लूँ और यहाँ के शानदार स्मृति चिह्न अपने साथ ले जाऊँ।

शाम ढले उनके लॉज में जब खुर्राट साहब लौटे थे तो बेहद झुँझलाये हुए थे। आते ही बोले—साले इन अफसरों के लिए जाने क्या-क्या करना पड़ेगा हमें।

रात शुरू हो रही थी और उनकी कार खुर्राट साहब के निर्देशन में पर्यटन बस्ती के बाहर निकल रही थी। पन्द्रह-बीस किलोमीटर दूर एक गाँव में जाकर वे लोग रुके। बस्ती से बाहर एक उम्दा पक्का मकान था जिस पर एक बड़ा-सा साइन बोर्ड टँगा था—''नृत्य कला संरक्षण गृह।''

उस संस्था की मालकिन से खुर्राट साहब इतने सयानेपन से बतियाना शुरू हुए कि पंछीराम मुँह बाये देखता रह गया।

दस मिनट में ही दर्जन भर नौजवान लड़कियाँ उनके सामने खड़ी हो गयीं

थीं। नायब साहब ने छाँटकर उनमें से तीखे नाक-नक्श वाली, एक गोरी सी, रूबी नामक लड़की को पसन्द किया।

कुछ देर बाद वह लड़की उनके साथ कार में बैठकर होटल लौट रही थी।

पंछीराम ने छिपी नजरों से रूबी को ताका जो इस वक्त किसी कॉलेज में पढ़ने वाली शहराती युवती-सी लग रही थी। उसने आसमानी रंग का चुस्त चूड़ीदार पैजामा और कूल्हे के ऊपर से खुल-खुल जाता लम्बा-सा कुर्ता पहन रखा था। उसके कुर्ते का कपड़ा इतना पारदर्शी था कि भीतर पहनी गयी ब्रेज़री का नम्बर भी पढ़ सकता था पंछीराम। गले में लपेटे गये दुपट्टे का होना न होना बराबर था क्योंकि वह जिन अवयवों को छिपाने के लिए डाला गया था, वे तो वैसे ही कुर्ता फाड़कर बाहर आने को कसमसा रहे थे।

कोहली साहब के पास दूसरे कमरे में रूबी की अटैची पहुँचा कर पंछीराम बाहर निकल ही रहा था कि कोहली साहब ने उसे टोका, "पंछीराम तुम आज मेरे दरवाजे के बाहर बैठना, स्पेशल ड्यूटी है तुम्हारी।"

"जी हुजूर" कहता पंछीराम वहाँ से बाहर निकल आया। उसे अब भी कोहली साहब का रागड़ समझ में नहीं आ रहा था।

नायब साहब को नया हुकुम था कि वे दो कैमरों का इन्तजाम करें—एक वीडियो कैमरा और दूसरा सादा स्टिल कैमरा। बेचारे खुर्राट साहब उसी तरह सिर झुकाये हर आज्ञा सिर माथे धर रहे थे जैसे बेटी का बाप दूल्हे की सेवा में घूमता रहता है।

रात के दस बजे होंगे जब नायब साहब ने कोहली साहब के कमरे में कैमरे पहुँचाये। फिर रूबी अपने कमरे से निकली और कोहली साब के कमरे में चली गयी। हुकम मिला तो पंछीराम ने रूबी का सूटकेस भी कोहली साब के पास पहुँचा दिया। कुछ देर बाद खुर्राट साहब बाहर आये तो उनके हाथों में कागजों का एक पुलिन्दा था। पंछीराम के पास आकर वे बोले—"जि हैं हमाये इलाके की उम्दा निगरानी तहरीरें। बस अब अपुन को रोज एक तहरीर दिल्ली के काजे फैक्स कर देनो है। इनमें कोहली ने लिख दियो है के जि इलाके में सब अमन चैन है।"

नायब साहब गये तो अधखुले दरवाजे से पंछीराम ने भीतर झाँका। अब रूबी सोफे की बैंच पर अधलेटी-सी पड़ी थी और उसके पास उकडूँ से बैठे कोहली जानबूझ कर उसके कुर्ते के बड़े गले से झाँकती गोलाइयों को ताकने की कोशिश कर रहे थे। इस समय कोहली साहब ने आधी आस्तीन की पीली बनियान और घुटनों तक पसरी रंगबिरंगी बड़ी चड्डी डाल रखी थी। टेबिल पर बाज के आकार की एक बड़ी-सी काली बोतल और कुछ खाली गिलास भी सजे धरे थे।

यकायक पंछीराम को बड़ी तेज प्यास-सी लगी, उसने गौर किया कि यह प्यास

नहीं तलब है, शराब की तलब। ऐसे शाही सरकारी दौरों में वह प्रायः दो-तीन गिलास दारू खींच लेता है और बिना डगमग हुए नशे का मजा लेता है। पर इस वक्त कहाँ धरा है ये मजा!

इस वक्त तो वह स्पेशल ड्यूटी पर है...। एकाएक उसकी बुद्धि ने उसे याद दिलाया।

उसका मन हमेशा उल्टा सोचता है...इस वक्त की ड्यूटी काहे की ड्यूटी है उसने खुद से प्रश्न किया—घंट पर मारी ऐसी ड्यूटी।

होटल की गैलरी में सन्नाटा था। खाली बैठा पंछीराम बुरी तरह ऊब चुका था, वह कुछ क्षणों में उठना ही चाहता था कि एकाएक उसे कुछ खयाल आया तो उसने कोहली साहब के किवाड़ों में बने चाबी के छेद से आँख लगा दी।

अन्दर रूबी इस वक्त घाघरा चोली पहन कर अपनी नृत्य कला का प्रदर्शन कर रही थी—नृत्यकला काहे की वह वैसी ही मुद्रा में फोटो खिंचा रही थी जो दिन में देखी मिथुन मूर्तियों में बनायी गयीं थीं। रूबी कभी दोनों हाथ पीछे कर अपने दोनों उरोज तान लेती और ऊपर देखने लगती तो बगल में बैठे कोहली साहब नीचे झुककर उसका फोटो लेने लगते। कभी वह अपनी अधनंगी पीठ कोहली साहब की तरफ कर खड़ी हो जाती और मुड़ कर उन्हें देखने लगती—कुछ इस तरह कि तेरे जैसे लल्लू-पंजू मैंने बहुत देखे हैं, तू क्या बिगाड़ पाएगा मेरा।

उधर कोहली गिलास पर गिलास दारू पिये जा रहे थे और रूबी के पैरों में गिर-गिर जा रहे थे।

पंछीराम को इस बात से बड़ा सुख मिल रहा था कि तीन दिन से कटखने कुत्ते की तरह उन्हें डपटने वाला कोहली इस वक्त खुद किसी पालतू कुत्ते-सा व्यवहार कर रहा है। इसके लिए उसने मन ही मन रूबी को खूब धन्यवाद दिया।

कोहली साहब को जाने क्या सूझी वे रूबी से चिरौरी करने लगे कि वह कुछ और कपड़े उतार दे। पंछीराम की नजर इस वक्त रूबी के चेहरे पर थी। जो अपने होंठ तिरछे करके बिहँस रही थी—शायद मरदों की जल्दबाजी का उसे अच्छा ज्ञान था, इसलिए लग रहा था कि वह कोहली साहब के बावलेपन का मजा ले रही थी।

केवल दो कपड़ों में कैद उसका मांसल बदल अब किरणें सी छोड़ रहा था, जिसे देख कोहली फोटो खींचना भूल कर तिरछी खड़ी रूबी के चिकने बदन पर अपनी मोटी हथेली फेर रहे थे। उधर बन्दर को नचाते मदारी की तरह रूबी सिर्फ उसकी हरकतें देख रही थी। उसकी आँखों में जाने कितने भाव थे—विजेता सा, स्वामित्व सा और कुछ-कुछ कोहली जैसे अधबूढ़े कामुक व्यक्ति के प्रति दयार्द्रता का।

एकाएक कोहली ने रूबी को जकड़ लिया और उसे नीचे फर्श पर गिरा लिया। आगे का दृश्य चाबी के छेद से दिखना सम्भव न था सो सब कुछ गँवाने के भाव

से पंछीराम दरवाजे से हटा और अपने स्टूल पर आ बैठा। वह मन ही मन कल्पना कर रहा था कि अब क्या हो रहा होगा। जाने क्यों उसे बार-बार विश्वास हो रहा था कि कोहली साहब शुरूआत करने के पहले ही अंटागफील हो गये होंगे।

रात बारह बजे पंछीराम अपने लॉज लौटने लगा तब कमरे के अन्दर से कोहली साहब के भद्दे से खर्राटे गूँज रहे थे और चाबी के छेद से रूबी कहीं नजर नहीं आ रही थी।

अगले दिन सुबह रूबी नये फैशन के स्कर्ट टॉप में कमरे से निकलकर कोहली साहब के साथ मूर्ति वाले मन्दिर में चली गयी थी। खुर्राट साहब को कैमरे पहुँचाने का आदेश देकर कोहली ने पंछीराम को शाम के समय इसी होटल में आने को कहा था। वे रूबी के साथ अपनी बेडौल-सी तोंद उचकाते चले गये थे और इस बेतुकी जोड़ी पर पंछीराम को खूब हँसी आयी थी।

बाद के तीन-चार दिन पंछीराम ने मजे मारे, न कोई काम, न धन्धा। वह डट के खाता और सो जाता।

वही शताब्दी एक्सप्रेस थी, वही स्टेशन! पर इस बार नजारा बदला हुआ था। ट्रेन में बैठता अफसर चुप-चुप तो था, पर कड़क मिजाज न था। ट्रेन में चढ़ते समय कोहली साहब ने खुर्राट साहब और पंछीराम से बाकायदा हाथ मिला कर थैंक्यू कहा।

पंछीराम चकित था। एक आदमी में इतना परिवर्तन! गजब है! वह देर तक अपना हाथ सहलाता रहा, ताकि यह अहसास बना रहे कि सचमुच कोहली साहब ने उससे हाथ मिलाया था।

बदलाहट

ट्रेन ठीक ग्यारह बजे आती थी।

फटेहाल देहाती-से दिखते मजबूत लोगों के एक जत्थे ने स्टेशन पर प्रवेश किया। इसके पाँचेक मिनट बाद दूसरा जत्था भीतर आया, फिर रेला-सा लग गया। दस मिनट में ही दर्जनों जत्थे और उनमें शामिल हजारों लोगों से प्लेटफॉर्म ठसाठस भर गया और यहाँ से वहाँ तक सिर ही सिर दिखाई देने लगे। वे लोग अपने एक नेता के आदेश पर सक्रिय थे। उनका वह नेता युवा था और इस वक्त गहरी नीली शर्ट पहने था। एक-एक करके वे सब ज़मीन पर अपना गमछा बिछाके बैठने लगे तो अब तक सूना पड़ा प्लेटफॉर्म उनकी चख-चख से थरथरा उठा। मैंने दो घंटे की बोरियत के बाद अनुभव किया कि उस मुर्दा ज़मीन पर प्राण लौटने लगा था।

भीड़ बढ़ती जा रही थी और उधर जाने क्यों ट्रेन भी लगातार लेट होती जा रही थी। इस अनुपात में हम लोगों का धैर्य भी जवाब देने लगा था। इतने लोग जाएँगे, कैसे?

वर्मा साहब ने मुझे कोहनी मारी, "ये ही लोग तो ठहरे थे, पिछले तीन दिनों से यहाँ के परेड मैदान में।"

"हाँ, ऐसा ही लगता है।"

"तुमने पढ़ा नहीं? इनके सीने पर टँके बिल्लों पर साफ-साफ तो लिखा है—"शोषित मेला 15, 16, 17 जनवरी।"

राय साहब का कहना सच था। कुछ लोगों के सीने पर बिल्ले लगे थे, तो कुछ के सीने पर अपने मार्गदर्शकों के फोटो चस्पा थे। ज्यादातर लोग झंडा भी लिये थे।

पिछले दो दिन से 'अन्त्योदय समाज सेवा संघ' का हमारा प्रान्तीय सम्मेलन भी इसी कस्बे में चल रहा था और प्रदेश के कोने-कोने से गाँधी-दर्शन के हम लगभग दो सौ लोग यहाँ जमा हुए थे। परसों राय साहब दोपहर को शहर घूमने निकले तो प्रसन्न मन से साँझ ढले लौटे थे। उन्हीं ने बताया कि शहर में एक शोषित मेला चला रहा है और वे अभी वहीं से लौटे हैं। मेला भी ग्रामीण चौपाल की

तरह था उनका, न कोई कायदा-कानून, न कोई पाबन्दी; जिसे जो सुनाना है सुनाये, दिखाये। ग्रामीण हाट थी वह एक प्रकार से। पूरा जनवादी माहौल।

...मैं चौंका। गाड़ी आकर खड़ी हो गयी, लोग उतरने लगे थे। हम लपके। एस-8 में रिजर्वेशन था।

स्टेशन पर सुस्ता रहे रैली से लौटे लोगों में से एक ने अपनी पोटली पर पीठ टिकायी, और हथेलियों पर गरदन साधे-साधे ही इशारे से पूछा, ''ये गाड़ी किस तरफ जाएगी?'' तो वहाँ से निकलता एक रेल कुली बोला था, ''ये भी ग्वालियर की तरफ जाएगी।''

यकायक नीली शर्ट वाला चीखा, ''इसी में चढ़ो सब लोग।''

मैंने देखा कि अजगर-सा लेटा भीड़ का सैलाब अँगड़ाई लेकर उठने लगा। फिर वह टिड्डी दल की तरह ट्रेन पर टूट पड़ा। जिस बोगी में हमारा रिजर्वेशन था उसमें भी बेशुमार लोग ठँस चुके थे। हमने उनके बीच से ही अपना रास्ता बनाया।

एक अजीब-सी बदबू भी महसूस हो रही थी पूरे डिब्बे में, हमने अनुभव किया कि यह पसीने की बू है। तमाम तरह के पसीने की बू से गमकते उन लोगों के बीच निकलने की जगह बनाकर चढ़ते हम लोगों का अभिजात मन एकाएक सजग हो गया था। ''हटो-हटो, जगह दो, यह रिजर्व डिब्बा है, कहाँ चढ़े चले आ रहे हो?''

गाड़ी चल पड़ी तो हम अपने बर्थ ढूँढ़ने लगे।

हर डिब्बे में जहाँ जगह मिली, वे जम चुके थे। हमारी रिजर्व सीटों पर भी कुछ लोग जमे हुए थे। वर्मा जी ने चुटकी बजाकर उनसे कहा, ''सुनो भाई, ये 33 से 37 नम्बर की सीट हम लोगों के लिए रिजर्व है। चलो उठो यहाँ से।''

''बाबूजी, जरा तमीज से...हम मुफ्त में नहीं बैठे हैं।'' नीले रंग की कमीज पतलून वाले लड़के ने लगभग घुड़कते हुए वर्माजी को टोका था, ''तुम्हारे पास पैसा था, सो तुमने रिजर्वेशन करा लिया, हम पर नहीं था सो नहीं करा सके। तो क्या हमको अपने देश में आने-जाने का भी हक छीन लोगे आप लोग? टिकट लिया है तो बैठने की जगह तो मिलनी चाहिए न हमें!''

मैंने सहमकर आसपास देखा तो मन ही मन दहल उठा। वहाँ वे ही वे थे। पूरी गाड़ी का यही हाल था। कई डिब्बों से तो मारपीट और गाली-गलौच की भी आवाज आ रही थी।

और वह निलहा नेता हमें डाँटता हुआ सम्भवत: आगे भी कुछ बोलता कि एक गीत की आवाज ने सबको अपनी ओर आकर्षित कर लिया था। पन्द्रह-सोलह साल का एक किशोर कान पर हाथ रखके लम्बी टेर लेकर एक लोकगीत गा उठा था—

भैया रे...दादा रे...हो ऽऽऽऽ
कल होगी हमारी सरकार के बमना पानी भरे
बमना पानी भरे हो मेरे यार
के बनिया...
के लाला पानी भरे।

हम लोगों को सुर-ताल में बहुत मजा आया तो ध्यान से सुनने लगे। मजा राय साहब को खूब आया क्योंकि यह उनकी पसन्द की चीज थी। वे इंटर कॉलेज में संगीत के ही टीचर हैं और हर संगीत-टीचर की तरह सब जगह सुर-ताल को खोजते फिरते हैं।

...चूँकि हम लोग ने तय कर लिया था कि अब इन लोगों से ज्यादा बहस-मुबाहिसा नहीं करना है, समय काटना है; सो हम चुप खड़े रहे लगातार। गीत की भी तारीफ नहीं की।

अँधेरा घिर चुका था, पर गाड़ी की लाइट नहीं जली थी। देखा तो सारे बल्ब ही गायब थे।

रात बारह बजे बड़ा जंक्शन आया, तो हम लोग उतर गये। स्टेशन पर उजाला था।

शायद ट्रेन बदलने के खयाल से बहुत से लोग वहाँ उतर रहे थे। उन रैली वालों में से भी तमाम लोग यहाँ उतरे। हमने तो तय किया था कि चाहे पैसेंजर से ही क्यों न जाना पड़े, पर आगे अब इस गाड़ी से यात्रा नहीं करेंगे, और यातना नहीं सह पाएँगे इस तरह।

मगर रैली के कई लोग गाड़ी में से उतर गये थे, इस कारण डिब्बों में गुंजाइश दिखी, सो हम दुबारा उसी गाड़ी में चढ़ आये। थोड़ी सी टोका-टोकी के बाद किसी तरह हम लोगों को दरवाजे के पास टॉयलेट के सामने खड़े होने को जगह मिल सकी तो हम वहीं जम गये। कुछ देर बदबू लगी फिर नाक अभ्यस्त हो गयी।

दुबारा ट्रेन चली और दस मिनट बाद एक छोटे स्टेशन पर जाकर रुक गयी।

यकायक मैं चौंका। 'भक्क' से तमाम लाइटें एक साथ जलीं और अँधेरे में डूबे, उस ऊँघते-से स्टेशन पर प्रकाश हो गया। इसी के साथ हमने पाया था कि पूरी ट्रेन काले कोट वाले कई टिकट निरीक्षकों और पुलिसियों ने घेर रखी है। मुझे थोड़ी दहशत-सी हुई। जबकि वर्मा मुस्करा रहा था।

टिकट परीक्षकों का झुंड अपने काम में जुटा तो रैली की भीड़ में अफरा-तफरी मच गयी। लोगों ने नीली शर्ट वाले को घेर लिया।

एक प्रौढ़ व्यक्ति चेकिंग के आसन्न खतरे को भाँपकर थोड़े खुशामदी लहजे में बोला, "अब तो बता दें परमेंसुरे, कै बिन ते कहा कहेंगे हम, जब वे टिकट माँगेंगे।"

"मैं क्या जानूँ," नेता एकदम निरपेक्ष होकर बोला तो, दाँत पीसता हुआ वह प्रौढ़ व्यक्ति उस नीली शर्ट वाले पर चढ़ ही बैठा, "तो को जानेगो सारे?"

उसका गिरेबान पकड़कर उस प्रौढ़ ने उसे उठाया और एक जोरदार थप्पड़ उसके गाल पर जड़ दिया। फिर क्या था कई लोग एक साथ उठे और नीली शर्ट वाले युवक पर अपने हाथ आजमाने लगे। इस बीच पता लगा कि कई टीसी चढ़ रहे हैं। सीटों पर जमे बैठे लोग घबराये-से उठे और थैले उठाकर दरवाजे की ओर खिसकने लगे। उस पार सन्नाटा था। वे लोग ट्रेन से नीचे कूदे और बगल वाली पटरी पर दौड़ लगा दी। डिब्बे में प्रवेश कर चुके टीसी और पुलिस वाले भी उनके पीछे झपटे तो 'छुपा-छुपैया' खेल का मजा आने लगा।

चार घंटा बीतने के बाद पता चला, कुल दो सौ सत्तर लोगों ने जुर्माना भरा है। जबकि दो हजार से ज्यादा लोग गिरफ्तार हुए थे। बाकी एक-डेढ़ हजार लोग टिकटधारी थे और पाँचेक सौ लोग पटरी पर कूद के भाग निकले थे।

उस स्टेशन से सुबह सात बजे जब ट्रेन चलने लगी तो एक टीसी हमारे डिब्बे में चढ़ा। उसे अपना रिजर्वेशन दिखाके हमने अपनी बर्थ पर कब्जा लिया और लेट गये। इस समूचे घटनाक्रम से राय साहब उदास से थे, जबकि मैं अपने मस्तिष्क में एक सूनापन-सा महसूस कर रहा था। खिड़की से झाँका तो मेरा मन रो पड़ा। स्टेशन पर पुलिस की हिरासत में यहाँ से वहाँ तक घिरे असहाय से खड़े हजारों अबोध लोग टुकर-टुकर जाती हुई ट्रेन को देख रहे थे।

मैंने राय साहब से कहा, "राय साहब आप बहुत दुखी हैं। सचमुच रैली वाले लोगों के साथ बहुत बुरा हुआ।" शर्मा बोला, "काहे का बुरा, अच्छा हुआ। खूब पिटे साले।"

"दरअसल भीड़ का कोई विवेक नहीं होता, कल उनने अपने साथ नासमझी में अत्याचार किया। किसी भी दल की भीड़ हो यही होता है। क्योंकि भीड़ तो अन्धी और पागल होती है। जो भी इसका उपयोग कर लेता है वही ताकत दिखाकर लाभ उठा लेता है इसका। कल दूसरे लोग इन सबका यूज कर रहे थे आज उन्हीं के लोग कर रहे हैं।" राय साहब इतना कहकर साँस लेने के लिए रुके फिर बोले, "देखो शर्मा, ये जो हरकतें है, ये इस वर्ग की तात्कालिक प्रतिक्रिया नहीं है भाई। इनके पीछे लम्बा इतिहास है, ये तो दो वर्गों का संघर्ष है, विचारधाराओं की लड़ाई है। कल उन्होंने जो कुछ किया, दूसरों के बहकावे में किया। वैसे ये लोग बड़े भोले हैं।"

हमारे कस्बे में गाड़ी दोपहर बारह बजे पहुँची। हम लोग थके-से नीचे उतरे। रेलवे टी स्टॉल पर चाय पीते हमने देखा कि ट्रेन में से लगभग एक सैंकड़ा रैली वाले लोग भी उतरे हैं। हम सब गद्‌गद् भाव से उन सबको देख रहे थे और

वे सब अपने में ही मगन थे। अचानक उनमें से किसी ने एक नारा उछाल दिया—"हर ज़ोर जुलुम की टक्कर में!"

"संघर्ष हमारा नारा है।" दूसरे लोगों ने नारे को पूरा किया।

वे लोग स्टेशन से बस्ती की तरफ बढ़ चले थे। राय साहब ने इशारा किया तो हम लोग भी पाँव-पैदल ही उनके जत्थे के पीछे चल पड़े।

एकता, जागृति और संघर्ष के खिलाफ ताल ठोंकने वाले उनके नारों को हम सब भी मन ही मन दोहरा रहे थे। हम सब, यानी कि गुप्ता जी भी, मैं भी, अन्य सब भी और यहाँ तक कि कल से उन्हें गालियाँ बक रहा शर्मा भी।

राय साहब पुलकित होते हुए कह रहे थे, "ये सब रक्तबीज बनके लौटे हैं, देखना एक-एक आदमी सौ-सौ लोगों को जन्म देगा।"

हम सब उनसे सहमत थे। बस्ती अब ज्यादा दूर नहीं थी।

पूजा

25 दिसम्बर, शाम पाँच बजे

दिन डूब चला था।

जैन साहब को दिन भर में अब जाकर खाना नसीब हुआ था। वे सुबह दस बजे से कलेक्ट्रेट में व्यस्त थे। सूर्य डूबने के पहले अन्थऊ (रात्रि का भोजन) करने की उनकी बचपन से ही आदत है। थके-माँदे लौटे थे और पत्नी से गर्म खाना बनवा कर वे इत्मीनान से भोजन कर रहे थे कि टेलीफोन की घंटी बजी। पत्नी ने फोन उठाया।

फोन के दूसरी ओर उनके विभाग के सम्भागीय अधिकारी वर्मा जी मौजूद थे। सो उनकी आवाज पहचानकर मिसेज जैन मना ही करने वाली थीं कि उनने फोन पर हाथ रखके जैन साहब को इशारे से बताया कि वर्माजी का फोन है। जैन साहब के हाथ का कौर थाली में ही छूट गया। उनने फोन हाथ में लिया और बड़े अदब के साथ बोले, ''हलो सर, मैं जैन...''

''सुनो जैन, इस वक्त तुम क्या कर रहे हो? घर में बैठकर समय खराब मत करो। ऐसा करो कि फटाफट घर से निकल लो। रात ग्यारह बजे भोपाल से हमारे विभाग के सचिव तुम्हारे यहाँ पहुँच रहे हैं, उन्हें परसों तक तुम्हें अटेंड करना है।''

''ठीक है सर, कोई बात?''

''हाँ, सचिव महोदय जरा डिसिप्लिन पसन्द करते हैं उन्हें ओबिडेंट वर्कर चाहिए। हालाँकि मैंने तुम्हारी तारीफ कर दी है...। फिर भी तुम जरा एहतियात बरतना...। ध्यान से सुनो, चाहो तो नोट कर लो—सबसे पहले तो उन्हें स्टेशन पर रिसीव करने के लिए एक कार का बन्दोबस्त कर लेना...। सर्किट हाउस में एक रूम स्यूट भी रिजर्व करा लो...। खाने-पीने का इन्तजाम जरा ठीक से करना, और हाँ...वे देवी मन्दिर में दर्शन के लिए आ रहे हैं, जरा मन्दिर के प्रबन्धकों से मिलके वीआईपी इन्तजाम करवा लेना। ठीक है, कोई प्रॉबलम...?''

जैन ने पूरे अदब और अत्यन्त विनम्रता से कहा, ''एक छोटी-सी प्रॉबलम है

सर...दरअसल चुनाव का समय चल रहा है, देवी मन्दिर पर रोज मिनिस्टर वगैरह आ रहे हैं। इसलिए सर्किट हाउस में जगह मिलने की दिक्कत हो सकती है! और कोई अफसर होता तो मैं स्वयं जाकर कह देता, लेकिन इस कस्बे में सर्किट-हाउस का सारा कलेक्टर खुद देखते हैं, इसलिए हो सकता है कि जगह मिलने में दिक्कत हो। फिर भी देखता हूँ। हाँ एक और बात, आपने कहा कि मन्दिर में वीआईपी इन्तजाम करवाना है, सो सर उसमें भी दिक्कत होगी, क्योंकि यहाँ के नियम के मुताबिक मन्दिर में हर आदमी बराबर है। मन्त्रियों के लिए भी वहाँ कोई अलग इन्तजाम नहीं होता, वे लोग भी लाइन में लगकर दर्शन करते हैं, सो सचिव महोदय भी ऐसे ही कर लेंगे।''

वर्मा जी उन अधिकारियों में से थे जिनके सिर पर चौबीसों घंटे अफसरी का भूत सवार रहता है, वे अरन्तु-परन्तु से बहुत नाराज होते थे। इस वक्त की जैन की हीला-हवाली से उनका पारा ज्यादा ही ऊपर चढ़ गया और उन्होंने जैन साहब को एक लम्बी-सी डाँट पिलायी, फिर फोन पटक दिया।

जैन साहब का खाना हराम हो गया।

जैसे-तैसे करके उन्होंने तीन रोटी निगली और एसडीएम के बँगले की ओर भागे। कलेक्टर के निर्देशन में सर्किट हाउस का रिजर्वेशन एसडीएम ही तो सँभालते हैं।

25 दिसम्बर, शाम सात बजे

कलेक्टर साहब से सीधा निवेदन, एसडीएम से मक्खनबाजी की भाषा तथा उनके पीए से माथामच्ची जैसी जद्दोजहद के बाद सर्किट हाउस में उत्तर कक्ष रिजर्व हो पाया, तो थके से जैन साहब ने रिजर्वेशन-स्लिप लेकर पैदल ही सर्किट-हाउस का रुख किया। विभाग की जीप कलेक्टर ने चुनाव कार्य के लिए अटैच कर रखी थी, सो वे इन दिनों पैदल परेड कर रहे थे।

खानसामा को दाल, चावल, सलाद और किसी हरी सब्जी का इन्तजाम रखने को कह उनने उसके हाथ में एक सौ का नोट थमाया और लौटते में कलेक्टर के बँगले पर चले गये। संयोग से कलेक्टर अच्छे मूड में मिले और आईएएस के आने का कार्यक्रम जानके उनने तुरन्त ही जैन साहब को ये अनुमति दे दी कि वे इलेक्शन ऑफिस से एक दिन के लिए अपनी गाड़ी वापस ले सकते हैं।

इस कस्बे के सबसे बड़े सिरदर्द निपट गये थे, जैन साहब ने ठंडी साँस ली।

बस अब देवी मन्दिर की व्यवस्था देखनी थी। वे थोड़े निश्चिन्त मन के साथ मन्दिर की ओर चल पड़े।

यकायक एक अनूठा और नकारात्मक सा विचार आया...काश यह प्रसिद्ध देवी मन्दिर इस कस्बे में न होता! ...सचमुच कितना अच्छा होता! उन जैसे तमाम अधिकारी चैन से नौकरी करते और झूठा-सच्चा कुछ सरकारी काम करते रहते। इस मन्दिर

के ही कारण तो यहाँ के अफसरों को इतनी फुरसत नहीं मिल पाती कि मन्दिर के दर्शनार्थियों से मुक्त हो के कुछ सरकारी काम कर सकें। सहसा जैन साहब का चिन्तन पलटने लगा...ये क्या सोच रहे हैं वे? ...यह मन्दिर ही तो इस कस्बे की पहचान है। इसी के बहाने कस्बे में इतने सारे नेताओं और सरकारी अधिकारियों की आवाजाही लगी रहती है। राजनेता ही नहीं, बड़े-बड़े डॉक्टर, इंजीनियर, कानूनविद और हाईकोर्ट के तमाम न्यायमूर्ति भी नियमित रूप से यहाँ दर्शन और अनुष्ठान कराने आते रहते हैं। कोई तो मुँहमाँगी मुराद मिलती होगी, तभी तो इतने लोग आते हैं। और फिर यदि मन्दिर न होता तो शायद यहाँ छोटा सा गाँव ही बना रहता, जिला मुकाम भी न होता, और उन जैसों की पोस्टिंग भी न होती यहाँ। सोचते हुए जैन साहब ने मन ही मन देवी से माफी माँगी।

उन्हें याद आया कि लोग कहते हैं कि अभी कुछ बरस पहले तक ऐसा नहीं था, देवी-मन्दिर एक सिद्ध स्थान के रूप में धीरे-धीरे विख्यात हो रहा है। यह मान्यता फैल गयी है कि जो व्यक्ति यहाँ देवी का अभिषेक कर सच्चे मन से कोई याचना करता है, देवी तीन महीने के भीतर उसका मनोरथ पूरा करती हैं। पंडे-पुजारी दर्शनार्थियों के कान में फुसफुसाते हुए कहते हैं कि तमाम प्रदेशों के मुख्यमन्त्रियों की अल्पमत सरकारें और प्रधानमन्त्री की लँगड़ी सरकार किसी गठबन्धन के कारण नहीं बल्कि यहीं कराये जा रहे जप-तप के चमत्कार से ही तो चल रही हैं। जैन साहब सोचते हैं कि शायद यह सच भी हो। आज स्पष्ट बहुमत किसे मिलता है, हर जगह त्रिशंकु बहुमत ही तो दिखता है। अल्पमत वाला नेता प्रायः अस्थिर रहता है। सो अस्थिरता में ऐसे अनुष्ठान वाले स्थानों पर हमेशा जप-तप-हवन चलना आश्चर्य चकित नहीं करता किसी भी बुद्धिजीवी को। हर जगह जाकर माथा नवाते हैं ये राजनीतिक लोग, अपने स्थायित्व की प्रत्याशा में।

उनके कार्यालय के लोग बताते हैं कि एक जमाना था जब मन्दिर जाने वालों में सबसे बड़ी संख्या गरीब-मजदूर वर्ग और छोटे कर्मचारियों की थी। पर आज मन्दिर के नियमित दर्शनार्थियों में इस तबके के लोग धीरे-धीरे कम होते जा रहे हैं। अब वहाँ आने वालों में ऊँचे वर्ग के लोगों की संख्या बढ़ रही है। उसी अनुपात में उनका वर्चस्व भी बढ़ने लगा है। सिद्ध पीठ पर उन्हें सम्मान भी मिलने लगा है और स्थान भी। शनिवार और इतवार के दिन मन्दिर के बाहर दर्जनों गाड़ियाँ नजर आती हैं, पर मन्दिर के कैम्पस में बनी साइकिल पार्किंग सूनी रहती है अब। बड़े लोग आते हैं, सो उनके जलवे बरकरार रखने और अपनी खुशामद दिखाने के लिए जिला प्रशासन ने सुरक्षा के स्थायी बन्दोबस्त कर दिये हैं यहाँ।

जैन साहब ने पाँच साल पहले ज्वाइन किया है इस कस्बे में, इन पाँच सालों में वे दो सौ से ज्यादा वरिष्ठ अधिकारियों को मन्दिर के दर्शन और अभिषेक

करवा चुके हैं। वे पुराने अफसर हैं, अन्य जिलों में भी नौकरी कर चुके हैं। दूसरे जिलों में इतनी बड़ी संख्या में अधिकारी नहीं आते। पर इस कस्बे में देवी जी का ही प्रताप है कि यहाँ पदस्थ अधिकारी प्राय: मन्दिर में व्यस्त रहा करते हैं।

कभी-कभी तो झल्लाहट हो आती है जैन को इस कस्बे में अपनी पदस्थापना पर। होता यह है कि आसपास के क्षेत्र में सौ किलोमीटर तक के स्थान पर जब भी कोई अधिकारी आता है, अपनी यात्रा में इस कस्बे को जबरन जोड़ लेता है। कागजी खानापूरी में तो नाम होता है इंसपेक्शन का, पर असल उद्देश्य देवी-दर्शन का रहता है। जैन जैसे तमाम अधिकारी अपने-अपने विभाग के मेहमानों की सेवा का सुअवसर (?) पाते रहते हैं। वरिष्ठ लोगों की भक्तिभावना से यहाँ कार्यरत सब लोग परेशान हैं। दर्शन लाभ लेते हैं आगन्तुक और त्रस्त होते हैं स्थानीय जन।

जिस दिन मुख्यमन्त्री आते हैं, चार घंटे के लिए पूरा रोड बन्द कर दिया जाता है। चूँकि इसी रोड पर प्राय: सभी स्कूल हैं, सो मुख्यमन्त्री की सुरक्षा-परेड के कारण पूरी सड़क बन्द रहती है, और नन्हे-नन्हे बच्चे दिन-दिन भर भूखे प्यासे स्कूल में टँगे रहते हैं। जैन प्राय: सोचते हैं कि ऐसे में मुख्यमन्त्री भला क्या पुण्य पाते होंगे! अभी प्रधानमन्त्री के आने का कार्यक्रम बना, तो आठ दिन पहले उनकी खास अंगरक्षक फौज आकर मन्दिर में जम गयी। यहाँ रहने वाले गरीब-गुरबा सेवकों और बाबा-फकीरों को तुरन्त भगा दिया गया। मन्दिर को धुलाने-चमकाने का सुझाव दिया गया, उनकी तरफ से। अच्छा हुआ कि वे आये नहीं, अगर आते तो शायद पूरे दो-तीन दिन रोड बन्द रहती।

25 दिसम्बर, शाम आठ बजे

मन्दिर के ट्रस्ट-कार्यालय में व्यवस्थापक के रूप में कार्यरत दाऊ साहब तख्त पर अधलेटे से आराम फरमा रहे थे। वे एक रिटायर्ड राजनीतिक थे और अभी भी खुद को किसी कैबिनेट मन्त्री से नीचे दर्जे का नहीं मानते थे। जैन ने खीसें निपोरते हुए उन्हें प्रणाम किया और बोले, ''दाऊ साहब, कल हमारे सेकेट्री साहब यहाँ सिद्ध स्थान पर दर्शन करने आ रहे हैं।''

दाऊ साहब का चेहरा निरपेक्ष था। वे बोले, ''तो आएँ न, अपने को का हर्ज है?''

''मेरी समस्या ये है दाऊ साहब, कि वे देवी का अभिषेक करना चाहते हैं। आप अनुमति दे दें तो...''

''ना...ये तो कतई सम्भव नहीं।''

''दाऊ साहब, कृपा करो हम पर।''

''अरे भैया, तुम्हें क्या पता नहीं है कि देवी के अभिषेक का अवसर सिर्फ

यहाँ के शिष्यों को मिलता है, केवल सवर्ण शिष्य ही अभिषेक कर पाते हैं। तुम्हारे सचिव किस जाति के हैं?''

''वे अपने नाम के पीछे सिंह लगाते हैं। जाति का तो सचमुच मुझे पता नहीं दाऊ साहब!''

''सिंह यानी कि ठाकुर हुए। सचिव हैं तो ठाकुर ही होंगे। ठाकुर हैं तो अपन लोग रास्ता निकाल लेंगे कुछ। हाँ, ऐसा हो सकता है कि उनसे केवल संकल्प करा लिया जाए और अभिषेक हमारे पुजारी जी करें।...ठीक है तुम रसीद कटा लो पाँच सौ एक रुपये की...।''

''पाँच सौ एक...'' जैन साहब को यह राशि कुछ ज्यादा लगी थी।

''हाँ, अब ट्रस्ट ने इतनी ही दक्षिणा तय की है और हमारे पास तो रोज ही दो-तीन लोगों के निवेदन प्राप्त हो रहे हैं। अरे भाई, जिसे करना है वो पाँच हजार भी देने को तैयार हो जाएगा। देवी का अभिषेक बड़ा चमत्कारी है। तुम्हारे कारण यह अनुमति दे रहा हूँ। यदि इच्छा न हो तो छोड़ो।''

''ना...नहीं दाऊ साहब, यह बात नहीं है। आपका आभारी हूँ मैं कि आपने अनुमति दे दी। मेरे पास इस समय पाँच सौ एक रुपये नहीं हैं। मैं कल सुबह रसीद कटा लूँगा।'' कहते हुए जैन साहब वहाँ से खिसक लिये।

कार का इन्तजाम करना शुरू से ही उन्हें कठिन लगता रहा है। क्योंकि इस कस्बे में उनके विभाग के पास खटारा जीप है। टैक्सीवाले भी यहाँ गिने-चुने ही हैं। वे अनाप-शनाप पैसे माँगते हैं। जैन साहब बुझे मन से टैक्सी वाले के पास पहुँचे। सौदेबाजी के बाद टैक्सी वाला रात ग्यारह बजे से परसों सुबह तक के लिए आठ सौ रुपये में तैयार हो गया तो उन्होंने चैन की साँस ली।

उन्होंने हिसाब लगाया कि सिंह साहब की इस यात्रा में कुल मिलाकर डेढ़ हजार से ज्यादा का खर्च आएगा, इसमें से देवी-अभिषेक की दक्षिणा तो वे सिंह साहब से माँग सकते हैं, पर एक हजार रुपये उन्हें जेब से ही भुगतने होंगे। यह याद आते ही वे बड़े दुखी हो उठे थे। उनको ऊपर की कोई आमदनी नहीं है, कि वे ऐसे खर्चे निकाल सकें। पर क्या करें...? ऊपर का हुकुम तामील करना मजबूरी है।

ऐसे खर्च वे स्टेशनरी की कैश-मेमो और अपने फर्जी टीए बिल्स से ही पूरे करते हैं। उसमें भी पिछली दफा तो उनके टीए बिल्स में इन्हीं सम्भागीय अधिकारी वर्मा साब ने ऑब्जेक्शन लगाया था। जैन ने स्पष्ट किया कि टीए बिल्स सचमुच फर्जी हैं, पर यह केवल उस खर्चे का एडजस्टमेंट है जो कि वरिष्ठ निदेशक की यात्रा पर जैन ने अपनी जेब से खर्च किये हैं। सो वर्मा जी ने एहसान-सा करके उन्हें पास कर दिया था।

कई दफा तो ऐसा भी होता है कि जब सर्किट हाउस और छोटा रेस्ट हाउस खाली नहीं मिलता तो कस्बे के एक मात्र लॉज में मेहमान अधिकारी को ठहराना पड़ता है...तब जेब से डेढ़ दो सौ और निकल जाते हैं।

25 दिसम्बर, रात दो बजे

रात बारह बजे वह ट्रेन आ सकी। एक घंटा स्टेशन पर बेचैनी से गुजारते रहे जैन साहब। स्टेशन पर जीप और कार देखकर सिंह साहब खुश हुए। अलबत्ता भारी-भारी दो सूटकेस जैन को ही उठाना पड़ा, क्योंकि सिंह साहब के साथ न कोई आदमी था न चपरासी। प्राइवेट कुली का तो कस्बे के स्टेशन पर सवाल ही नहीं उठता।

सर्किट हाउस पहुँचकर मेहमान ने फरमाइश दागी कि वे खाना खाएँगे। खानसामा चुस्त-दुरुस्त था, उसने हामी भर दी और फटाफट खाना भी बना दिया। रात दो बजे जैन लौट सके।

26 दिसम्बर, सुबह सात बजे

सात बजे सुबह मन्दिर के लिए सिंह साहब चुस्त-दुरुस्त तो मिले पर उनकी पहली फरमाइश थी—धोती। अब भला मन्दिर में पैंट पहनकर तो जाया नहीं जा सकता, सो उन्हें ऐन-मौके पर धोती आवश्यक लगी। उन्होंने हुकुम झाड़ दिया—नयी धोती लाइए जैन साहब।

मन में आया कि कहें, ''सर आपको मन्दिर जाना था तो धोती लेकर क्यों नहीं आये, या फिर कल दिन में कहला देते, मैं बाजार से ले लेता। अब सुबह सात बजे कहाँ से लाऊँ मैं धोती।'' पर प्रकट में उन्होंने सिर्फ ''यस सर'' कहा और अपने स्कूटर की ओर बढ़ गये।

एक परिचित कपड़े वाले से मिन्नत करके उन्होंने मुश्किल से दुकान खुलवायी और एक मर्दानी धोती खरीदी। चूँकि दुकान देहाती ग्राहकों की थी, सो धोती भी मोटे कपड़े की ही मिली। पर जैन साहब को सन्तोष था, कि धोती की फरमाइश पूरी हो गयी है।

सिंह साहब ने देहाती टाइप की मोटे कपड़े की धोती देखी तो तमाम नाक-भौं सिकोड़ी। जैन साहब ने क्षमा माँगी तो उन्होंने मुँह बनाते हुए धोती पहनी।

26 दिसम्बर, सुबह नौ बजे

मन्दिर में दो घंटे रहे सिंह साहब। उनने बड़ी श्रद्धा और भक्ति से अभिषेक किया। बाद में पुजारी से अनुरोध करके गुप्त नवरात्रि में नौ दिन के विशेष अनुष्ठान के

लिए सुपारी भी एक पंडित को दिला दी। कुल मिलाकर आठ सौ पचास रुपया खर्च हो गये थे जैन साहब की जेब से।

सर्किट हाउस में पहुँच कर सिंह साहब ने नया हुकुम झाड़ा।

''अरे जैन, देखो, गाड़ी में पेट्रोल तो ठीक है न! मैं अभी गिरिमाला के मन्दिर जाना चाह रहा हूँ।''

जैन साहब ने ड्रायवर से पूछकर पेट्रोल की हामी भरी।

26 दिसम्बर, शाम सात बजे

पूरा दिन जैन साहब बोर होते रहे। उनकी खटारा जीप सिंह साहब की कार के पीछे गिरिमाला के मन्दिरों की पहाड़ियों पर चढ़ती-उतरती रही।

''जी सर'' ''जी सर'' की एक-सी प्रतिक्रियाएँ देते जैन साहब साँझ को थक गये। शाम को सर्किट हाउस वापिस पहुँचे तो एक नयी समस्या सामने थी। अचानक ही प्रदेश के एक मन्त्री जी कस्बे में आ गये थे, सो सर्किट हाउस के चौकीदार ने सिंह साहब का सामान समेटकर अपने स्टोर रूम में पटक दिया था। अब सिंह साहब को ठहरने के लिए सर्किट हाउस में कोई जगह न थी। सिंह साहब को बैठक में कुछ इन्तजार करने को कहकर जैन साहब ने सब-इंजीनियर से सम्पर्क किया। पर डरा हुआ बेचारा सब-इंजीनियर मिनिस्टर की मौजूदगी में किसी और को सर्किट हाउस में ठहराने के लिए तैयार नहीं हुआ।

जैन की तमाम प्रार्थनाओं के बाद भी सिंह साहब मन्त्री से जाकर ये न कह सके कि सर्किट हाउस में तीन रूम स्यूट में से एक में उन्हें बने रहने की अनुमति दे दें। अन्ततः जैन साहब स्वयं ही कस्बे के छोटे रेस्ट हाउस में एक कमरा तलाशने निकल पड़े। क्योंकि मन्त्री से कुछ भी कहने की हिम्मत किसमें है!

जैसे-तैसे करके छोटे रेस्ट हाउस में एक कक्ष मिला और जैन ने सिंह साहब से वहाँ चलने का निवेदन किया तो वे खा जाने वाली नजरों से उन्हें ताकने लगे। पर मजबूरी थी सो उन्हें जाना पड़ा।

26 दिसम्बर, रात ग्यारह बजे

रात को खाने का मैन्यू पूछा तो सिंह साहब की अफसरी जाग उठी थी। मैकडोनॉल्ड व्हिस्की और मुर्गा की इच्छा प्रगट की थी, उन्होंने।

रात दस बजे दिन भर के भूखे-प्यासे जैन साहब रेस्ट हाउस के बाहर बैठे कुढ़ रहे थे और अन्दर सिंह साहब मुर्गा की रान चबाते हुए बड़े इत्मीनान से डकारें ले रहे थे। रात 11 बजे वे लौटे तो भूखे ही सो गये क्योंकि जैन होने के नाते रात में कुछ खाना-पीना पाप कर्म कहलाता है।

27 दिसम्बर, सुबह आठ बजे

अगले दिन सुबह आठ बजे की ट्रेन से जैन साहब ने सिंह साहब को एसी का टिकट कटवाकर विदा करने की तैयारी की। एसी वाले डिब्बे में बैठते हुए सिंह साहब की नजरें ज्यादा ही तिरछी थीं—''मिस्टर जैन कितने दिन हो गये आपको यहाँ?''

''सर पाँच साल।''

''ऐसी क्या खास बात है जो तुम इसी जगह हमेशा बने रहना चाहते हो।''

''सर मैं तो उकता गया। मैं तो जल्दी से जल्दी यह कस्बा छोड़ना चाहता हूँ—पर आप कृपा ही नहीं कर रहे हैं। प्लीज इस बार मुझे यहाँ से हटा दीजिए।''

कहीं दूर शून्य में ताकते सिंह साहब बोले थे, ''जब तक मेरा अनुष्ठान पूरा नहीं हो जाता तब तक तो तुम्हें यहाँ रहना ही होगा। वैसे कल तुमने सब कुछ ठीक से मैनेज नहीं किया था। यह ठीक नहीं, आइन्दा ध्यान रखना।''

ट्रेन चल दी थी और जैन साहब के सिर से वजन-सा हटने लगा था। उन्होंने जाती हुई ट्रेन के पीछे एक गाली उछाली—और घर लौट पड़े।

विश्वास

बाबू हरकचन्द का जिन्दगी भर का विश्वास एकाएक ढह गया।

वे जब से म्युनिसपिल कमेटी की नौकरी में आये थे, ऐसा कभी नहीं हुआ था। उन्होंने अपनी सारी जिन्दगी शान से गुजारी है। बाजार में कभी किसी व्यापारी ने उनकी बात नहीं टाली। लेकिन आज सेठ गहनामल ने उनके विश्वास को एक ही झटके में तोड़ दिया।

जब उनकी म्युनिसपिल-कमेटी के पास चुंगी नाके लगाने का अधिकार हुआ करता था तब कमेटी में हरकचन्द जी ऐसी कुरसी पर थे कि वे नाकेदारों के कामकाज पर सीधे निगाह रखते थे। महसूल वसूली का काम उनके ही पास था। इसी वजह से कस्बे के सारे व्यापारी उनका खास ख्याल रखा करते थे। उनने भी इस कस्बे के हर व्यापारी पर खूब अहसान किये हैं।

चोरी-छिपे पूरा ट्रक भरके माल ले आये दुकानदारों को फाइल से उनने वे कागज-पत्तर कई बार बताये हैं, जिनके कारण दुकानदारों पर हजारों रुपया महसूल लग सकता था। जानकारी मिल जाने पर दुकानदारों ने कागज-पत्तर में लिखी चीजें अपने यहाँ दर्ज कर लीं। सो दुकानदारों के हजारों रुपये बच गये, पर बदले में हरक बाबू ने कभी किसी से कोई अपेक्षा नहीं की। जिसने जो दिया प्रेम से ले लिया, नहीं दिया तो भी कोई पच्चड़ नहीं की। हाँ, इन सब कामों की वजह से बाजार में उनका इतना सम्मान जरूर था कि वे यदा-कदा बाजार से निकलते, दुकानदार उन्हें आवाज देकर बुला लेता और खूब मान देता। खुद उठ के उन्हें अपनी गद्दी पर बिठाता और नाश्ता-चाय-पान के बिना आने न देता। वे जब घर-गृहस्थी की कोई चीज खरीदते, मुँह से माँग के कोई उनसे सामान का मोल न लेता...फिर भी वे न मानते, कम-ज्यादा थोड़े बहुत दाम देकर ही उठते।

कुछ बरस पहले सरकार ने सड़क यातायात को बिना बाधा चलने देने के लिए जब कुछ सुधार किये, तो सबसे पहले म्युनिस्पिलटी के चुंगी नाके बन्द कर दिये। अब सरकार को क्या पता कि म्युनिसपिल कमेटी के लिए नाके कितने जरूरी

हैं? जरूरी क्या, हरक बाबू यह मानते हैं कि वे तो प्राणवायु थे, इन कमेटीयों के लिए। नाके क्या बन्द हुए, नगरपालिका वालों की आमदनी बन्द हो गयी। बुरे दिन आ गये—कर्मचारियों के भी और संस्थाओं के भी।

नाकेदारों और किरानियों के सारे जलवे खत्म हो गये। पहले बजट कम होना शुरू हुआ फिर दफ्तर में दरिद्रता के नजारे प्रकट हुए-घिसे-पुराने परदे, फटे मेजपोश, आधा-अधूरा उजाला और दिन में आने वाली चाय के घटते कपों से बाहर के लोग भी अन्दाजा लगाने लगे कि म्युनिसपिल कमेटी की माली हालत इन दिनों पतली हो चली है। फिर तनखावाह बँटना अनियमित हुआ, और वेतन न मिलने का क्रम कई-कई माह तक चलने लगा।

भीतर-ही-भीतर हरकचन्द ने अनुभव किया कि वे दुकानदार जो उनको अपना परिजन और आदरणीय माना करते थे, यकायक उनसे कन्नी काटने लगे हैं। चाय-पान की दुकान पर कोई व्यापारी खड़ा होता और हरकचन्द वहाँ पहुँच जाते, तो वहाँ खड़ा आदमी आँख बचा कर वहाँ से खिसक लेता। रास्ते में आते-जाते भी व्यापारी यह कोशिश करते कि हरकचन्द से दुआ-सलाम न करना पड़े या तो मुँह फेर के खड़े हो जाते, या वहाँ से दबे पाँव किसी गली में खिसक लेते। जैसे नमस्कार कर लेने से कुछ घट जाएगा या लेना-देना पड़ जाएगा।

वे घर के लिए कोई जरूरी सामान खरीदने किसी दुकान पर अब जाते, तो दुकानदार नमस्कार तो करता, पर उनसे कभी बैठने या चाय-पानी लेने का आग्रह न करता। वे जो चीज खरीदना चाहते या तो सीधे-सीधे दुकानदार बाजार रेट से ज्यादा कीमत बताता, या कह देता कि फलाँ चीज तो मेरे पास घटिया दरजे की है, आपके लायक नहीं है...। मजबूर हरकचन्द वह चीज दुकानदार के बताये ऊँचे दाम में खरीद लाते। सौदेबाजी या मोलभाव उन्होंने जिन्दगी में कभी नहीं किया था, दुकानदार खुद ही पहले उन्हें वाजिब दाम लेकर चीजें देते रहे थे, सो वे अब भी उनसे मोलभाव नहीं करते थे। लेकिन चीजें महँगी आती तो घर पर पत्नी चिनमिन करने लगती थी। व्यापारियों का बदला हुआ रूप देखकर हरकचन्द को बड़ा दुख हुआ—जिनके लिए वे रात दिन चिन्ता करते रहे, जिनके लिए अपने विभाग से उन्होंने विश्वासघात किया, वे लोग भी इस तरह आँख फेर लेंगे, ऐसी आशा न थी उन्हें।

नगरपालिका का बजट घटा तो विकास कार्य प्रभावित हुए, नेता जागे। उनने फिर से नाके खोले जाने या म्युनिसपिल कमेटी को ज्यादा बजट देने की माँग की। नेताओं और संस्थाओं की तमाम लिखा-पढ़ी के बाद राजधानी ने नगरपालिकाओं की फरियाद सुनी। फाइलें पहले धीमे चली, फिर दुलकी चाल चलीं, और यह खबर जब कस्बों-तहसीलों में स्थित कमेटियों तक पहुँची तो वहाँ से जीवनीशक्ति आना शुरू हुआ और फाइलें दौड़ने लगीं। बाद में तो जरूरत पड़ने पर फाइलों

ने हवाई सफर भी किया। अन्ततः कमेटियों को दुबारा महसूल वसूलने की ताकत दे दी गयी। कमेटियों में जोश जाग उठा।

हालाँकि कमेटियों को सिर्फ आयात-निर्यात शुल्क वसूलने की छूट मिली थी। निर्देश आये थे, कि वे नाका लगा दें पर किसी वाहन को राकें नहीं, व्यापारी स्वयं आकर जानकारी देगा। धीरे-धीरे काम शुरू हुआ, मंडी से बाहर जाने वाले माल की जानकारी से लेकर, फैक्ट्रियों से भेजे गये माल की भी जानकारियाँ, प्रायः कमेटी में आने लगीं, और हरकचन्द ने देखा कि व्यापारियों को भूले-बिसरे सम्बन्ध याद आने लगे। अब वे हरकचन्द को दुबारा अपना आदमी मानने लगे। फिर वैसा ही मान-सम्मान और फिर वैसे ही सम्बन्ध दिखने लगे थे। वे फिर से आत्मीय हो गये। अब वे भूले-भटके किसी दुकान पर पहुँच जाते, तो दुकानदार उनका माँगा हुआ माल बाद में देते, चाय-पानी से सत्कार पहले करते।

हरकचन्द मन के बड़े साफ थे, उनने बीच के समय में आयी दुकानदारों की बेरुखी और अपरिचय को भुला दिया और फिर से सामान्य जीवन जीने लगे। सबकी तरह नगरसेठ गहनामल भी जो पिछले कई दिनों से हरकचन्द को भुला चुका था, अब ज्यादा आत्मीयता से हरकचन्द से मिलने लगा। वे जहाँ भी दिख जाते, गहनामल उनके गले लग-लग जाता, उन्हें खूब सम्मान देता। हरकचन्द ने अनुभव किया कि इसका कारण शायद वो कई-कई किराना कपड़ा और कनफैक्शनरी की दुकानें हैं, जो अपनी जेवर दुकान के अलावा गहनामल के परिजनों ने पिछले दिनों खोली हैं, और जिनमें बिना हिसाब-किताब का अनाप-शनाप माल दूसरे प्रदेश से आता रहता है। दूसरा कारण तो गहनामल का शायद वह कारखाना भी होगा, जो रोज के रोज ढेरों जालियाँ, दरवाजे, खिड़की वगैरह लोहे का सामान उगलता है, और जिसे प्रतिदिन मैटाडोर-टैम्पो में भर कर प्रदेश के बाहर भेजा जाता है। लेकिन सब कुछ जानते-बूझते भी हरकचन्द ने अपने मन में कोई बात नहीं रखी और वे पूर्ववत गहनामल समेत सबसे प्रेम से मिलने लगे।

अचानक फिर व्यवस्था बदली और पद्धति में परिवर्तन आया। खेत में खड़े बिजूका से वे बेजान नाके भी हट गये। क्योंकि अब महसूल फिर से दुकानदारों की दया पर निर्भर हो गया था सो व्यापारियों का व्यवहार भी बदलने लगा था। बस कुछ दिन पहले की बात है यह।

तभी यह घटना घटी।

उनके ऑफिस में कई सालों से यह परम्परा थी कि दीपावली के त्योहार के उपलक्ष्य में पूरे स्टाफ को चाँदी के सिक्के उपहार में दिये जाते थे। ये सिक्के पहले तो कमेटी के कमाऊ-पूत नाकेदारों से अनुदान वसूल कर बाजार से क्रय किये जाते थे, फिर नाके बन्द हुए और नाकेदार कमजोर हो गये तो उनने हाथ उठा दिये। इस

कारण अभी बाद के बरसों में स्टाफ के सब लोग मिलजुलकर कुछ चन्दा इकट्ठा करने लगे थे, और उस एकत्र धन में से एकमुश्त चाँदी के सिक्के खरीद लाया करते थे। इस महीने दिवाली का त्योहार था। दीपावली की अमावस्या महीने के आखिरी सप्ताह में पड़ रही थी और म्युनिसिपल-कमेटी घाटे में थी, सो किसी कर्मचारी को एक तारीख को तनख्वाह नहीं मिल सकी। अब स्थिति यह बनी कि बीते हुए कल को ये सिक्के बँटने थे और उस दिन किसी के गाँठ में फूटी-कौड़ी तक न थी, सो सब चिन्तित थे। तब किसी ने सलाह दी, कि फिलहाल गहनामल की दुकान से उधारी में सिक्के उठवा लिए जाएँ और उपहार समारोह सम्पन्न कर लिया जाए। बाद में जब तनख्वाह आ जाएगी तो उधारी चुक जाएगी। अब समस्या यह थी कि गहनामल के पास उधारी का सन्देश कौन भेजे? सबने एक मत से निर्णय लिया कि बाबू हरकचन्द ही अपने नाम से यह सन्देश भेजें, तो बाबू हरकचन्द ने चपरासी मुन्नालाल को सिक्के लेने गहनामल की दुकान पर भेज दिया था। हालाँकि हमेशा की तरह यूनियन सेक्रेटरी सिंह बाबू ने इस बात का विरोध किया था कि कर्मचारियों के किसी सार्वजनिक काम में किसी व्यापारी का अहसान क्यों लिया जाए लेकिन उनकी बात किसी ने नहीं सुनी, और मुन्ना चपरासी को भेज दिया गया।

मुन्नालाल उल्टे पाँव वापस लौटा। हैरानी से सबने पूछा, काहे मुन्ना, क्या भाई!

मुन्ना बहुत नाराज था, बोला, "आइन्दा कृपा करना। मुझे अपनी बेइज्जती कराने वहाँ मत भेजना। पचास ग्राहकों के सामने गहनामल ने सिक्के देने से साफ इन्कार कर दिया। बोले, हमारे यहाँ उधार नहीं मिलता!"

हरकचन्द को काटो तो खून नहीं। भला ऐसा कैसे सम्भव है! उनने असमंजस की मानसिकता में गहनामल के यहाँ फोन लगाया। फोन पर गहनामल ही मिले। ताज्जुब, कि फोन पर भी उनका यही जवाब था, "माफ करना यार, अपन ने उधारी बन्द कर दी है।"

हरकचन्द ने समझाने की कोशिश की, "अरे यार कौन साल दो-साल के लिए उधारी करना है, दो-तीन दिन में सारा रुपया चुका देंगे। न हो तो मेरे नाम से लिख लो तुम ये रकम। मुझ पर तो विश्वास है न!"

पर गहनामल साफ कट गया, "क्षमा करना भाई, हमने तय किया है कि उधार करना ही नहीं है।"

यह सुनकर बाबू हरकचन्द को करारा झटका लगा। वे खड़े न रह सके, टेलीफोन रखके पास रखी कुरसी पर बैठ गये।

सिंह बाबू बगल में खड़े थे, वे सारा माजरा समझ गये। उनने चपरासी से पानी मँगाया और हरकबाबू से बोले, "छोड़ो ये उपहार-पुपहार का झमेला।

मैं तो बहुत पहले से कह रहा हूँ कि इस तरह चन्दा करके आपस में सिक्के बाँट लेना बिल्कुल उचित नहीं है। काहे का उपहार है यह! ये तो वो ही किस्सा हुआ कि कोई बूढ़ा शेर किसी सूखी हड्डी को चचोर के अपना खून निकाल ले और खून के खारेपन में उसी सूखी हड्डी से निकले खून के स्वाद की कल्पना करके व्यर्थ ही खुश होता रहे।...और दिल छोटा मत करो, हो सकता है गहनामल तुम्हारी आवाज पहचान न पाया हो।''

बाबू हरकचन्द का मन पहले तो झटके से बुझ-सा गया था, लेकिन अब सिंह की इस बात ने उन्हें बड़ा दिलासा दिया। उनने शान्ति से ठंडा पानी पिया और चुप बैठ गये।

कार्यालय के दूसरे लोग सक्रिय हुए। पता नहीं कहाँ से कैसे बन्दोबस्त हुआ, पर शाम तक सिक्के भी आ गये और बाकायदा बाँट भी दिये गये। हरकचन्द शाम को घर लौटे तो उनका उदास चेहरा देखकर, पड़ोसिनों से घिरी बैठी पत्नी तत्परता से उठकर उनके पास आ गयी, ''काहे विनोद के पापा, क्या हुआ?''

''कुछ नहीं,'' वे उदास बने बोले।

''नहीं कुछ तो हुआ है। आप ऐसे कभी नहीं रहते। गली में घुसते ही मोहल्ले पड़ोस के लोगों से बोलते-बतियाते घर आते हो और आज छूमन्तर बने चले आये। तुम्हें हमारी सौंह, सही बताओ! क्या हुआ?

मजबूर हरकचन्द ने गहनामल वाली घटना सुनायी और रुआँसे हो के बोले, ''मुझे गहनामल के बदल जाने का दुःख नहीं है, बस इत्ती-सी तकलीफ है कि जिस नौकरी से हमारे पेट भरते हैं, हम इन टुच्चे व्यापारियों के लिए बिना किसी बड़े लालच के, उसी रोजी-रोटी से दगा करते रहे।''

''काहे की दगा? अरे आपने कौन कमेटी का लाख दो-लाख का हरजाना कर दिया? बस, केवल हजार, दो-हजार का महसूल ही तो घटा होगा। ये क्यों नहीं सोचते कि, तुम्हारी इसी कमेटी के चेयरमैन और बड़े अफसर तो म्युनिसपिल-कमेटी के लाखों रुपये डकार जाते हैं।''

''अरे तुम भी, आदमी को अपना काम देखना चाहिए।''

''बस अपना ही देखते रहो। दूसरों की तरफ से आँखें मूँद लो।''

''वो नहीं कह रहा।''

''तो क्या कह रहे हो, चलो ये मन खराब करने की बातें मत करो, उठके हाथ मुँह धोओ, चाय पियो।'', कहती पत्नी ने उनका हाथ पकड़ के उन्हें बैठा लिया था। लेकिन हरकबाबू के मुँह पर कल से मुस्कान ऐसी गायब हुई कि लौटी नहीं।

अभी वे उदास से बैठे थे।

उनकी कुरसी बड़े हॉल में है, भीतर आने वाले हरेक आदमी की सबसे

पहले उन्हीं पर नजर पड़ती है। हर साल सर्दियों मे जड़ी-बूटी बेचने के लिए आने-वाले बड़े साफे वाले आदिवासी सरदारसिंह मोगिया ने यकायक दफ्तर में प्रवेश किया, और आते ही जोरदार स्वर में उसने हरकबाबू को नमस्कार किया, ''बाबूजी, जै राम जी की!''

फीके से स्वर में हरकबाबू ने अभिवादन का जवाब दिया। फिर जाने किस प्रेरणा से बोल उठे—''आज तुम जाओ भैया, यहाँ किसी आदमी को तनख्वाह नहीं मिली है, सब पैसे-धेले को परेशान हैं। कोई तुम्हारी दवाई कहाँ से खरीदेगा?''

सरदार मोगिया ऐसे मौके कई जगह झेल चुका है, वह हँसते हुए बोला— ''आपसे रुपया कौन माँग रहा है बाबूजी! हर बरस की तरह इस बार भी पूरी दवाई उधार दे दूँगा, आप चिन्ता क्यों करते हैं?''

''हर बार सिर्फ महीने भर की बात होती थी, इस बार त्योहार का समय है, सो हरेक के पास खर्च ज्यादा है। अबकी बार चुकारा लम्बा खिंच जाएगा।''

''तो भी कोई बात नहीं है बाबूजी। आप लोग कहाँ भागे जा रहे हैं?'' सरदार आज दवा बेचने की कसम खाके आया था।

''अरे यार...तुम तो पीछे ही पड़ गये।''

''नहीं बाबूजी, आपके बच्चे हैं हम! आप जैसे बड़े लोगों के भरोसे ही तो हमार सारा कारोबार चलता है। हम तो अरज कर सकते है, पीछे काहे पड़ेंगे!'' कहता सरदार विनम्रता की मूर्ति बन गया था।

हरकबाबू फीकी-सी हँसी हँस के बोले, ''दे दे यार जो तुझसे दवा लेना चाहे।''

फिर तो ऑफिस के दर्जन भर से ज्यादा लोगों ने सरदार से जड़ी-बूटियाँ लीं, और वह प्रसन्न मन से पुड़िया बाँधता चला गया। हरकबाबू ने हिसाब पूछा तो पता चला कि कुल मिला के पाँच हजार रुपये की उधारी हो गयी है।

वे चौंके, गहनामल से तो हम सिर्फ एक हजार रुपये ही उधारी माँग रहे थे, फिर भी उसे विश्वास न हुआ, और यह बेचारा खानाबदोश आदमी बिना हिचक पाँच हजार की उधारी बाँट रहा है।

यह छोटी-सी बात कई वृत्त बनाती हुई उनके मन के ताल में फैलती जा रही थी। और उन्हें ठीक से समझ में आ रहा था कि सेठ गहनामल बाजार में बैठा है, वह हर चीज बाजार की नजर से देखता है, कर्मचारी उसके दोस्त नहीं टूल हैं, जबकि सरदार जीवन से जुड़ा आदमी है।

मनुष्यता पर उनका यकीन जैसे फिर बहाल हो रहा था।

ज़मीन का आदमी

प्रातः के ग्यारह बजे थे।

उनका अन्दाजा था कि कलेक्टर से तत्काल मुलाकात हो जाएगी, लेकिन उन्हें निराशा हाथ लगी। निजी सचिव ने बताया कि कलेक्टर सुबह से ही बिजी है, जापान से कुछ व्यापारियों का मंडल आया है, उनके साथ कलेक्टर की दो मीटिंगें हो चुकीं, अभी तीन और होनी हैं। इसलिए वे चाहें तो खास लोगों के वास्ते बनाये गये प्रतीक्षा कक्ष में इन्तजार कर सकते हैं। उन्होंने हामी भर ली, तो उसने बगल में बना वह खास कमरा खोला और उन्हें बाइज्जत वहाँ लेजाकर बैठा दिया।

उन्होंने वहाँ रखी कागज की पर्ची पर अपने टेड़े-मेड़े खुसकतों में अपना नाम लिखा—

सम्पत प्रसाद
जिला पंचायत अध्यक्ष
(दर्जा राज्य मन्त्री)

कलेक्टर के सहायक ने बड़े आदर के साथ वह पर्ची ग्रहण की, फिर अनुमति लेकर बाहर चला गया।

वे फिर मन की गुफा में फिसलते चले गये। कल रात से यही तो हो रहा है,...अपनी किसी प्रिय फिल्म की तरह वे बार-बार शुरू से अपनी कहानी आरम्भ करते हैं, और हवाओं में तैरते हुए कहाँ से कहाँ जा पहुँचते हैं। जाने क्या तलाश है उन्हें, जो मिल नहीं पा रहा है।

अब फिर से उनके सामने पचास साल पुराना मंजर था।

सन् बयालीस का आन्दोलन चल रहा था उन दिनों। देश पर अँग्रेजों का राज था।

सुराजी लोग गाँव-गाँव जाकर जनजागरण कर रहे थे। इसी सिलसिले में एक जत्था उनके गाँव में आया। घंटे भर रुके वे लोग, फिर अगले गाँव जाने वाले थे कि अचानक मौसम बिगड़ा, हवाएँ चलीं, प्रचंड आँधी तूफान छा गया आसमान पर, सो उन लोगों का पूरा दिन गाँव में बीता।

सम्पत ने दिनभर उन लोगों की आवभगत की। चौपाल पर बैठकर सुराजियों ने जब गुलामी, आजादी और अहिंसा आन्दोलन का मतलब समझाते हुए अँग्रेजों के अत्याचार बयान किये तो गाँव के युवाओं की भुजा फड़क उठी थी। सम्पत की भी।

...और सहसा सम्पत के जीवन में समाज सेवा या कहें कि देश सेवा का सूत्रपात हो गया था। दूसरे लोगों के साथ उन्होंने कई बार हड़तालें की, जेल की हवा खायी, और एकाध बार पुलिस के मुँदी चोट वाले डंडे भी।

"बब्बा पानी लो!" कलेक्टर का चपरासी पानी लेकर हाजिर था। गिलास उठाते उनके मुँह से निकला, "खुशी रहो भैया!"

चपरासी के मुँह पर हल्के से विस्मय का भाव था, दूसरा गिलास सामने के टेबल पर रखकर वह बाहर चला गया, और दरवाजा भी उढ़का दिया उसने। वे फिर अपने भीतर सरक आये थे,...आखिर देश स्वतन्त्र हुआ। उस रात उनके घर दीवाली मनी थी। देहरी, मुड़ेर और चौंतरे पर तेल के दीये आधी रात तक जलते रहे थे, गाँव भर के गम्मतया उनके यहाँ हाजिर थे—देश-भक्ति के तराने गाते हुए। आधी रात को उन्होंने चौपाल पर तिरंगा फहराया था, मौजूद लोगों ने जोर से नारा लगाया—"जैऽऽऽऽ हिन्द!"

सन् पचास से देश का अपना कानून लागू हुआ।

पार्टी की तरफ से विधानसभा के चुनाव में रामरूप प्रत्याशी बने और जब वे सम्पत के गाँव में आये, तो सम्पतप्रसाद ने अपने आसपास के पन्द्रह गाँवों में अपनी पार्टी को वोट दिलाने का आश्वासन दे डाला। उन्होंने यह जिम्मेदारी निभायी भी। वोट वाले दिन उन गाँवों के अधिकांश वोट रामरूप की पेटी में डलवाने के बाद ही उन्होंने भोजन किया।

उन गाँवों से रामरूप को भारी बहुमत मिला। रामरूप विधायक चुन लिए गये। उनकी पारखी नजर ने सम्पतप्रसाद की प्रतिभा को पहचान लिया था। क्योंकि शपथ लेने गये तो अपने साथ सम्पतप्रसाद को भी राजधानी ले गये थे वे। उन्होंने भाई जैसा नेह दिया सम्पतप्रसाद को। ऐसा नेह देखकर सम्पतप्रसाद निहाल हो उठे। उसी नेह का नतीजा था कि वे पार्टी के अठन्निया मेम्बर हो गये। गाँव में रामरूप के राजदूत बनकर रहने लगे वे।

जीवन चलने लगा।

समय बीतता गया।

जमाना बदलता चला गया। सम्पतप्रसाद ने दस्तखत करने के अलावा कुछ न सीखा और चालीस बरस बीत गये। इस बीच राजनीति में बहुत कुछ घटा, लोग

कहाँ के कहाँ पहुँच गये।...पर सम्पतप्रसाद पूरी तरह ग्रामीण के ग्रामीण बने रहे। गाँव से बाहर घुटन होती थी उन्हें। रात कितनी भी हो जाए, वे गाँव में ही जाकर सोते थे रोज।

आर्थिक स्रोत सीमित थे सो गाँव में रहना मजबूरी थी उनकी। इस चक्कर में उनके बच्चे ज्यादा नहीं पढ़—लिख पाये, और छोटी अवस्था में ही ब्याह दिये गये। फिर बच्चे भी हो गये उनके, और कम उमर में सम्पतपसाद को बब्बा कहने वाले आँगन में खेलने लगे। वे खुद कोई दूसरा काम-धन्धा नहीं सीख पाये, खेती पर आश्रित बने रहे सदा। अब भी 'राजनीति' उनका पहला और आखिरी शौक था। गाँव में जब भी कोई नेता आता उनकी व्यस्तता देखते बनती,...मैदान में फर्श बिछाने से लेकर फूलमालाएँ पहनाने और पहला भाषण देने तक का जिम्मा सम्पत का ही रहता। बड़े नेताओं के साथ दो पलों मंच पर बैठने के सुख के बदले जीवन के सारे सुख तुच्छ लगते थे उन्हें, सो इन दो पल के लिए अपना पूरा जीवन ही अपनी पार्टी को अर्पण कर दिया उन्होंने। कोई भी चुनाव होता, वे ज्यादा से ज्यादा वोट अपनी पेटी में डलवाने को आमादा रहते, चाहे 'कुछ भी' क्यों न हो जाए, ...हाँ चाहे कुछ भी! यह कुछ भी उन्होंने तब सीखा जब देश में दीगर पार्टियों का उदय हुआ और हरेक चुनाव में दर्जन भर से ज्यादा उम्मीदवार ताल ठोंकते नजर आने लगे, और ऐसे में हाथ जोड़ने से नहीं हाथ-पाँव तोड़ने या बूथ कब्जियाने से ही जीतना सम्भव था, सो बरसों यह भी किया। सम्पतप्रसाद बेखौफ होते चले गये।

''बब्बा, तीसरी मीटिंग निपट गयी है, बस्स कुछ देर और''...कलेक्टर का पीए चाय लेकर खुद हाजिर था।

उन्होंने मुस्कराते हुए कप लिया और उसमें रखी चाय पर नजर फेंकी। सुनहरे रंग के गाढ़े से द्रव पदार्थ पर हल्के सुनहरे रंग की मलाई-सी जमी थी, कलेक्टर की पसन्द की खास चाय थी यह! हमेशा की तरह उन्होंने अपनी तर्जनी से चाय के उपर जम आयी मलाई को एक तरफ किया और प्लेट में आधा कप चाय उड़ेलकर कप टेबिल पर रखा और दायें हाथ से प्लेट उठाकर पूरे इत्मीनान से चाय का घूँट भरा। चाय सचमुच बेहद स्वादिष्ट थी।

सहसा उन्हें याद आया...उन दिनों देश में दलितों की अपनी पार्टी बनी थी। पार्टी के प्रदेश महासचिव हरलाल माते आनी पार्टी की तरफ से दूत बनकर उन्हें बुलाने आये थे, ''इस सड़ी-गली पार्टी की गुलामी छोड़ो दादा, और दलितों की अपनी पार्टी में शामिल हो जाओ, जो माँगो वो पाओगे-आने वाला जमाना अपनी पार्टी का होगा।''

वे टालने लगे तो हरलाल बोले, ''एक बात पूछें। सच्ची बताओ, इतने दिन सेवा करी... आखिर क्या मिला इस पार्टी से तुम्हें?''

हरलाल तो चले गये थे लेकिन वे रात भर द्वन्द्व में फँसे रहे और बुदबुदाते रहे

थे—"कैसा बेतुका सवाल पूछा हरलाल ने, कि क्या मिला हमें इस पार्टी से? अरे भैया, पार्टी में कोई इसलिए थोड़ी न जाता है कि उसके बदले में कुछ माँगे" मन के किसी कोने से आवाज आयी, सवाल तो अच्छा था, हमने कुछ भी तो नहीं पाया...बिन मोल बिक गये, सुराजियों की सिखायी उसूलों की गाँठ बाँध के बैठे रहे। लिहाज में किसी से कुछ न कहा, पदों पर बैठे लोगों ने कुछ किया नहीं उनकी खातिर ...और अपने मोड़ी-मोड़ा तरसा लिए हमने पायी-मायी को। ...सहसा वे चेते थे, रुपया-पैसा सब कुछ नहीं होता जिन्दगानी में, रुपया तो रंडियाँ भी कमा लेती हैं, अटारियाँ तो मुर्दों के लिए भी बड़ी उम्दा बन जाती हैं, हमारे पास धन-दौलत नहीं तो क्या हुआ इज्जत तो है। इतने बरसों में अगर हमारी कोई पहचान बनी है, तो इस पार्टी की बदौलत ही तो बनी है। पार्टी के बिना क्या औकात थी हमारी? कौन जानता था? गाँव में रह रहे बिरादरी के तमाम लोग आज जहाँ के तहाँ हैं और वे विधायक के खासुलखास माने जाते हैं, ये पहचान, ये रुतबा पार्टी ने ही दिया है उन्हें।

"जिन्दगी-भर की आस्था को ऐसे न छोड़ सकेंगे वे, कहाँ नयी पार्टी में फिर से सबसे जान-पहचान बनाते फिरेंगे, ...इतने साल की मेहनत ऐसे नहीं मटियामेट करेंगे!" उन्होंने तय कर लिया उस रात सुबह तक जागकर। और वे अपनी पार्टी में ही बने रहे, हरलाल की पार्टी में नहीं गये।

...दुबारा विधानसभा चुनाव हुए। प्रदेश में दलितों की पार्टी ने चालीस सीटें जीतीं और सच में उनकी ताकत ऐसी थी कि बिना उनकी सहमति के किसी की सरकार न बन पाये! उस रात पहली दफा सम्पतप्रसाद को अपने निर्णय पर पछतावा हुआ। दलितों की पार्टी सरकार में सम्मिलित हुई और हरलाल की पार्टी के तमाम लोग सरकार में मन्त्री बने।

उनके विधानसभा क्षेत्र में भी दलित पार्टी का झंडा फहरा उठा। हरलाल की पार्टी के उम्मीदवार से रामरूप नाममात्र के वोटों से हारे। सम्पतप्रसाद की तो हालत और ज्यादा खराब थी, उधर हरलाल हँसी उड़ा रहे थे और इधर अब रामरूप ने उनसे बाकायदा एक दूरी-सी बना ली थी। वे न तो आत्मीयता से बतियाते, न सेवा का कोई मौका देते। ...फिर उनके पास पार्टी का दूत बनकर आया था हरलाल, और कहने लगा था, "बब्बा तिहारी पार्टी तो गयी जाने किते? खेल खतम है गओ अब। छोड़ो जो डूबतो जहाज, आप भी तो जानत हो कै, या तो हम बढ़ रहे हैं, कै वे मन्दिर वाले, तुम बीच बारों की तो दशा खराब है गयी है अब। यूपी और बिहार में चौथे नम्बर में हो, और दक्षिण भारत में पार्टी को कछू नम्बरयी नहीं है। पार्टी छोड़ के आय जाओ, हमारे हिना, अगले चुनाव में मन्त्री बनके रहोगे!"

उस दिन भी वे हरलाल को हँसकर टाल गये।

उनमें बदलाव आना सरल न था।

घर में भी पैंतालीस बरसों में ज्यादा कुछ न बदला। खेती से जो थोड़ा-बहुत अनाज आ जाता तो उसी में वे रूखा-सूखा खाकर अपना और बच्चों का गुजारा करते। सिर्फ वक्त-जरूरत के लिए एक जोड़ी खादी की उजली-सी धोती कुर्ता वे सँभालकर रखते थे। बाद में जेठा लड़का नवल जब कुछ बड़ा हुआ तो शहर चला गया, वहाँ खुद ही लेबर सप्लाई की ठेकेदारी करने लगा था। घर में थोड़ा बहुत धन आने लगा। उन्हीं दिनों उन लोगों ने कहीं से लाकर एक देशी कुत्ता पाला था गाँव के अपने घर में। वह कुत्ता रूखी-सूखी खाकर भी तगड़ा बना रहता और रात को खूब भौंकता भी था। उसका नाम रखा गया—मोती!

नवल शहर आता तो गाहे-बगाहे रामरूप की कोठी पर चला जाता, रामरूप जाने क्यों उससे बड़े प्रेम से बोलते-बतियाते। घर लौटकर नवल उन्हें राजनीतिक सलाह देने लगता, तो वे रामरूप के सिखाये पूत को ताकते रह जाते-मेरे बेटे को काहे भड़का रहे हैं रामरूप!

दिन किसी तरह कट ही नहीं रहे थे कि अचानक काम दिख गया। रेडियो पर आती शाम सात बजे की खबरों से पता लगा कि मुख्यमन्त्री ने प्रदेश में पंचायत चुनाव की घोषणा कर दी है। सम्पतप्रसाद को लगा, चलो कुछ करने-धरने को मिलेगा, उकता गये बिना काम-धाम के। पता लगा रामरूप राजधानी में हैं, कल लौटेंगे।

रामरूप राजधानी से लौटे तो उनका चेहरा उतरा था।

बंगले पर दूसरों के साथ सम्पतप्रसाद भी थे। सबने पूछा—क्या हुआ भाया?

लेकिन रामरूप अक्क-न-बक्क!

बात अगले दिन खुली, कि कल राजधानी में परची उठायी गयी है और इस जिले का पंचायत अध्यक्ष पद दलित जाति के लिए आरक्षित हो गया है। यही उनकी चिन्ता का कारण है कि किसे अध्यक्ष बनाएँ वे, सब तो उनके सामने बौने हैं।

मौजूद लोगों ने रामरूप के गुट के तमाम नये पुराने लोगों के नाम उठाये, हरेक के नाम पर रामरूप ने मुँह बनाया। उनके नाम का जिक्र आया तो वे हँसकर टाल गये, ''बुढ़ापे में सम्पत का बनेंगे राज्यमन्त्री? किसी नये और जवान आदमी का नाम बताओ!''

सम्पतप्रसाद तमतमा उठे, यानी जिन्दगी अकारथ गयी उनकी, बूढ़े हो गये तो सेना के घोड़े तो नहीं हो गये कि गोली मार दी जाए।

अगले दिन से आसपास के तमाम गाँव के बुजुर्गों, पार्टी के छुटभैये नेताओं ने सम्पतप्रसाद का खाना-पीना हराम कर दिया और उनको इस पद के लिए अपनी उम्मीदवारी पेश करने के लिए इतना उकसाया कि मजबूर होकर झिझकते हुए उन्होंने इस बाबत तीसरे दिन सबके सामने रामरूप से बात की। रामरूप बौखला उठे और सम्पत को बुरी तरह फटकार दिया, ''अपनी औकात देखो सम्पतिया। इस कुर्सी पर

तुम कैसे बैठ सकते हो? पढ़े न लिखे, न कोई अनुभव-अटकल है! कैसे सँभाल पाओगे? फिजूल सपने मत देखो...तुम तो मैम्बर-फैम्बर ही बने रहो।''

वे आवेश में उठे और तुरन्त ही चले आये। अगले दिन अपने लोगों की एक बैठक बुलाई और चुनाव लड़ने की बात कही, तो तमाम लोग उनकी हिम्मत बँधाने लगे। जिले भर से उन्हें समर्थन मिल रहा था। उन्होंने कमर कस ली। अपनी औकात दिखानी थी उन्हें अब रामरूप को!

रामरूप घाघ नेता थे। उन्होंने सम्पतप्रसाद को मात देने के लिए खूब सोच-विचार करके अपना मोहरा खड़ा किया, उनका मोहरा था, सम्पतप्रसाद का बेटा नवल।

नाम सुना तो गश-सा आ गया सम्पतप्रसाद को, नवल को क्या सूझी बैठे-ठाले? रामरूप के भड़काने में आ गया बेवकूफ! क्या अपने ही बेटे के खिलाफ चुनाव लड़ेंगे वे? भाषण देना पड़ा तो क्या बोलेंगे वे इस लौंडे के खिलाफ? ...अब क्या करें? सहसा विचार आया—घर बैठ जाएँ!...वे जीतें या उनका बेटा, बात तो एक ही है न!

...सहसा उन्हें लगा कि दोनों में से एक का जीतना एक बात नहीं है, नवल नहीं जानता कि उनके पीछे खड़ा रामरूप क्या चीज है, सम्पतप्रसाद इस मामले में अनुभवी हैं।

अब वे चुनाव जरूर लड़ेंगे। उन्होंने तय कर लिया था।

''बब्बा, कलेक्टर आपसे बात करना चाह रहे हैं...'' पीए फिर कमरे में घुसा।

उन्होंने फोन उठाया, दूसरी ओर कलेक्टर थे—''सॉरी सर, मैं बहुत जरूरी मीटिंग में फँसा हूँ, इसलिए आपको इन्तजार करना पड़ रहा है। अर्जेन्ट काम हो तो पहले आपसे मिल लूँ...?''

''नहीं,...हम फुरसत में बैठे हैं, आप आराम से काम निबटाओ।'' उन्होंने कलेक्टर को आश्वस्त किया और फोन रख दिया।

पीए जानता था, उन्हें बीड़ी वाले तम्बाकू की सुर्ती बेहद पसन्द है। वह भी इसी किस्म का जर्दा खाता था जिसकी गवाही थी उसके कालोंच लिये हरे-से दाँत, बिना पूछे ही जर्दा मलना शुरू कर दिया। बड़ी देर तक दोनों हथेलियों के बीच तम्बाकू रगड़ते रहने के बाद उसने एक कोने में जाकर 'फट्ट-फट्ट' के स्वर के साथ तम्बाकू की धूल झटकारी और उसमें लोंग मिलाकर पूरे अदब के साथ उनके सामने सुर्ती पेश की।

झिझकते हुए उन्होंने तम्बाकू उठाया और मुँह में दायीं ओर रखकर उसका रस चूसने लगे, मुँह तीखे स्वाद की लार से भर गया था। पीए वापस चला गया। वे फिर अकेले थे।

चुनाव का परचा भर कर घर लौटे तो देखा नवल अपनी माँ के पास बैठा

है, पत्नी का चेहरा गहरे तनाव में है और नवल उसके कान से मुँह लगाये जाने क्या बतियाये जा रहा है। उन्हें देखकर वह उठा और झुककर पाँव छू लिए थे। हँसते हुए वे बोले, "विजयी होओ, तो कह नहीं सकता, हाँ यह कह सकता हूँ, कि चुनाव का नतीजा न्याय के पक्ष में निकले।"

"बब्बा, मैं आपको समझाने आया हूँ कि आपने जिन्दगी भर राजनीति करी है, राजनीति से पेट भर गया होगा अब तो आपका। चौथेपन में हो फिर भी चुनाव में प्राण फँसाये हो। आप बैठ जाओगे तो मैं जरूर चुनाव जीत जाऊँगा...बाकी के उम्मीदवार बहुत कच्चे हैं।" नवल पूरे आत्मविश्वास से अपने पिता को मशवरा दे रहा था।

"हर नयी पीढ़ी ऐसा ही मानती है लला, कि पुरानी पीढ़ी का जमाना खत्म हो गया, और ये लोग जाने कब तक कुर्सी से चिपके रहेंगे। लेकिन हमारे साथ ऐसा नहीं है, मैं पहली दफा किसी बड़ी कुर्सी की आस में चुनाव लड़ रहा हूँ। रामरूप ने भेजा होगा तुम्हें? बड़े चतुर आदमी हैं वे, सोचते होंगे कि बेटे की ममता सम्पतप्रसाद को तोड़ देगी और उनके बैठते ही मैं नवल को जिला प्रधान बनवाकर कठपुतली की तरह नचाऊँगा।" एक पल रुके सम्पतप्रसाद फिर हँसकर बोले, कितने में सौदा हुआ तुम्हारा? क्या देंगे रामरूप जी तुमको कठपुतली बनने के बदले!

"तुम तो बिना सौदे के ही उनकी गुलामी करते रहे बब्बा, हम तो कुछ न कुछ ले ही पड़ेंगे। ...वैसे नयी क्वालिस-जीप आ रही है, हमारे प्रचार के वास्ते। अगर जीत गये तो वे हमें ही बख्श देंगे। पूरे दस लाख की एसी वाली गाड़ी है।"

हँसे सम्पत प्रसाद, पानी से नहीं चलती कहीं की गाड़ी! वे तुम्हें गाड़ी देंगे तो उसे चलाने के लिए डीजल-पेट्रोल खरीदने का दम है तुम्हारी जेब में।

"जो गाड़ी देंगे वे ही इन्तजाम करेंगे, अबै से काहे चिन्ता करें अपुन। जो चोंच देगा, वो ही चुन देगा। तुम तो ये बताओ कै काहे के दम पर चुनाव लड़ रहे हो। न संग में चार जन हैं, न पैसा-धेला; अम्मा के गहने-गुरिया धरोगे क्या? कपड़ा के बैनर, कागज के पोस्टर, बिल्ला जीपें, माईक...कहाँ तक गिनाये अनगिन खर्चे हैं चुनाव में।"

"जिसके पास आदमी नहीं होते उसको पैसे की दरकार होती है नवल। पैसा नहीं जीतता चुनाव, चुनाव तो पुराने रिश्ते जितवाते हैं यानी सुख-दुख में साथ देने के पुराने एहसान। रामरूप के लिए वोट माँगने का बहुत काम किया हमने...अब अपने लिए सही।" कहकर कन्धे पर गमछा डालकर सम्पतप्रसाद बाहर निकल गये।

नवल अपने पिता को देहाती, पिछलग्गू और गँवार मान रहा था, वे तो गहरे जानकार निकले इस चुनावी युद्ध के, यानी मुकाबला आसान नहीं होगा।

नवल ने जाने कैसे इस चुनाव में सम्पतप्रसाद की पत्नी मतलब अपनी अम्मा

को अपनी तरफ झुका लिया था और वो हर जगह रातदिन नवल के साथ घूमती फिर रही थी। यानी पत्नी भी उनके खिलाफ!

चुनाव में सम्पतप्रसाद ने हमेशा की तरह रात-दिन एक कर दिये। और तब जबकि थककर बदन माटी-सा हो चुका था, सुस्ती आत्मा तक पर चढ़ गयी थी, रिजल्ट खुला। चमत्कार! वे जीत गये। जिले का बच्चा-बच्चा खुश दिखा उन्हें। क्योंकि उनके कहे बिना ही कचहरी से निकले जुलूस में खूब आतिशबाजी हुई, बैंड बजे, मनों गुलाल ने आसमान में धूम मचा दी।

तब यह बंगला, एम्बेसेडर कार, और भरपूर स्टाफ दिया था, शासन ने। कलेक्टर ने उनसे आग्रह किया तो वे एक रात अपने गाँव की ट्रॉली में गृहस्थी लादकर बँगले में ले आये थे।

उन दिनों यह बँगला खूब बड़ा लगता था उन्हें। बड़ा और अत्यन्त भव्य। ऐसा भव्य कि इसकी भव्यता के नीचे वे स्वयं को दबा हुआ महसूस करते रहे थे कई दिन तक। उन सबका यही हाल था, पत्नी का भी और बच्चों का भी, सब परेशान थे, ऐसे मर्यादा से कसे रहन-सहन वाले इलाके में आकर। सबसे ज्यादा परेशान तो कुत्ता मोती था, जो अब सिविल लाईन में आकर कुछ ज्यादा ही उदास हो गया था। किसी को काट ना ले, इस कारण बँगले में उसे एक पट्टे से बाँधकर रखा जाने लगा था। इस उदासी का यह असर हुआ कि मोती धीरे-धीरे भौंकना ही भूल गया।

फिर उन्हें धीरे-धीरे सब कुछ अच्छा लगने लगा था। रोज सुबह उनका निजी सचिव उनसे हुकुम लेने आ जाता, वे सफेद उजले बगबगे धोती-कुर्ता और ऊँची नोकदार टोपी में सजकर बैठक में बैठ जाते तमाम अफसर-अहलकार उनके आगे पीछे चक्कर लगाते। जिला पंचायत की सभा में वे सदर की कुर्सी पर बैठकर बैठक की गतिविधियों को बाल सुलभ कुतूहल से देखते। जिले के हर सरकारी कार्य में वे खास मेहमान होते थे। अनजाने और जाने-पहचाने हजारों लोग उन्हें आदर देने लगे थे। जब बाजार में निकलते या किसी शादी-ब्याह में पहुँचते तो हजारों हाथ उनके प्रति नमस्कार के लिए उठते। वे खुद को कुछ खास मानने लगे। उनसे निकटता प्रदर्शित करने के वास्ते अधिकांश लोग उन्हें सम्पत प्रसाद नहीं बल्कि बब्बा कहकर बुलाने लगे थे, ऐसे वक्त वे तन जाते भीतर ही भीतर।

अपनी सरकारी कार का खूब उपयोग आरम्भ कर दिया उन्होंने।

वे जिले में खूब दौरे करते, हर गाँव में भरपूर मान पाते खुद की लोकप्रियता पर विश्वास सा हो चला। मन का एक कोना, चुपचाप ही दूसरों से तुलना करता।

चपरासी आहिस्ता से भीतर दाखिल हुआ था और झुककर पूछ रहा था, "गर्म मँगोड़े ले आएँ बब्बा!"

"नहीं, कुछ नहीं चाहिए! चाय और तम्बाकू हो गये न।" चपरासी को

तनिक संजीदा होते उन्होंने मना किया और बाहर जाने का संकेत भी। सिटपिटाता चपरासी फुर्ती से बाहर था।

एक दिन अकस्मात रामरूप उनके दफ्तर में टपक बैठा और बड़े लपक के गले मिला था, सम्पतप्रसाद भौंचक्के थे और रामरूप सहज। अब तक की गलतियाँ और लापरवाही एक क्षण में स्वीकार कर लीं रामरूप ने। सम्पत भी ऐसे कड़क न थे, और फिर जनम-जिन्दगानी से उस परिवार से अपनापा था, सो सारे भेद और गिले-शिकवे खत्म हो गये तत्काल।

अगले दिन से वह रोज बँगले पर आने लगा और जिन्दगी भर से रामरूप को अपना मालिक मानने वाले अपने मन को फिर से रामरूप की इच्छाओं का गुलाम होते महसूस किया उन्होंने। अनजाने में ही सम्पतप्रसाद की एक-एक क्रिया पर रामरूप का नियन्त्रण होता चला गया। यहाँ तक कि उनके बँगले के दो कमरों में रामरूप का निजी दफ्तर आकर जम गया, जहाँ वह नियमित रूप से सुबह-शाम बैठने भी लगा। उनकी गृहस्थी बाकी के दो कमरों में सिमट गयी। बँगले की चहारदीवारी के बड़े गेट पर छोटा-सा एक बोर्ड लटक गया था—बिना अनुमति प्रवेश वर्जित है।

इस सूचना-पटल ने अपने लोगों से दूर कर लिया था उन्हें। गाँव के पुराने भाई-बन्धु, बचपन के हितू और सखा अब बँगले में घुसने का साहस नहीं कर पाते थे। सम्पत एक तरह से रामरूप की कैद में हो गये थे। यह कैद बिना वजह गले पड़ गयी थी उनके। और इस कैद का ही परिणाम था कि उनके दस्तखतों से जिले भर में हजारों हैंडपम्प लगे, सैकड़ों सड़कें बनीं, पचासों पाठशालाएँ खुलीं और मास्टर से लेकर डॉक्टरों तक की अनगिन जगहें भरी गयी, लेकिन वे अपनी मर्जी का एक काम भी न कर सके। निज अपने गाँव में कोई एक बड़ी चीज न दे सके। अपने एक भी रिश्तेदार और गाँववाले को किसी छोटे मोटे पद पर बहाल न कर सके। जबकि ऐन उनके सामने बैठकर रामरूम का निजसचिव यानी पीए आसानी से सीधा सौदा तय कर लेता था—गाँव में सड़क बनवाने को जिला पंचायत के फंड से रुपया चाहिए? ...दो हजार लगेंगे! पुलिया के एक हजार, शिक्षाकर्मी पद पर बहाली के बीस हजार और डॉक्टर के लिए पचास हजार रुपये ही रेट तय है। सबका एडवांस भुगतान चाहिए रामरूप के पीए को। सम्पतप्रसाद सूनी आँखों से देखते रहते, कुछ न कहते।

शुरू में लाल बत्ती की गाड़ी, बड़ा आलीशान बँगला, ऊँचे अहलदारों की तरफ से रोज की जा रही जी-हजूरी में ऐसे खोये रहे कि और कहीं ध्यान ही नहीं रहा उनका, बाद में सबसे पहले गाँव वालों ने दबे-ढँके स्वरों में उन्हें रोका, कि आपके नाम पर बहुत सारा रुपया बटोरा जा रहा है। फिर इलाके के दीगर लोगों ने इशारा किया और अन्त में बड़े बेटे नवल और उसकी माँ ने खुलकर टोकना शुरू किया तो उन्हें कुछ-कुछ समझ में आया।

अकेले में उन्होंने यही सोचा कि इन तीन बरस की प्रधानी में क्या पाया उन्होंने? कुछ भी तो नहीं! बल्कि जो पाया वो रामरूप ने ही पाया, घर भर गया उनका।

उस दिन तो वे डर से भीतर तक सिहर उठे, जिस दिन टीवी की एक चैनल ने पड़ोस के जिले का व्यापक दौरा करके यह भंडाफोड़ किया कि उस जिले में कार्यरत जिला प्रधान के कार्यकाल में जिले भर में जो ताल-तलैये बनें, स्कूल खुले, सड़कें बनीं, गरीबों के लिए इन्दिरा कुटीर बना, वे सबकी सब बनने के छह महीने में ही धराशायी हो गये। ...वे अवाक रह गये, उन सबके ठेके रामरूप ने तय किये थे— अपने एक खास रिश्तेदार के नाम। सम्पत को काटो तो खून नहीं, खुद उनके जिले में यही हाल है, सारे ठेके रामरूप के रिश्तेदार के नाम हैं, कहीं यहाँ भी...सोचते उन्होंने टेलीविजन पर निगाह गड़ा दीं। भंडाफोड़ वाली समाचार कथा का दूसरा हिस्सा था, एक दूसरे जिले में दिल्ली के निर्माण मजदूरों की कन्स्ट्रक्शन कम्पनी 'कामगार कन्स्ट्रक्शन' द्वारा बनाये गये वे भवन जो सम्पत के जिले की तुलना में कम लागत में ज्यादा मजबूती से बनाये गये थे, और एक बहुराष्ट्रीय कम्पनी ने जिनकी उमर सौ साल आँकी थी।

अपने भोलेपन के कारण छले गये वे। उन्होंने रामरूप से कहा तो हँसी उड़ाने के अन्दाज में रामरूप बोला, "तुम पोंगा के पोंगा रहे सम्पत, अरे भले आदमी आगे तुम्हें सिर्फ वार्ड मेम्बरी का चुनाव थोड़ी लड़ना है, तुम तो एमेले का चुनाव लड़ोगे, उसमें लाखों खर्च करना पड़ेगा तुम्हें, कहाँ से लाओगे इतना रुपया। इसलिए ध्यान रखो कि जैसे भी हो खूब पैसा बनाओ।"

एमेले के चुनाव की बात करके उनके मन की दुखती रग को छू लिया रामरूप ने। सो बब्बा चुप हो गये। उन्हें उस समय का क्या पता था कि बब्बा के एमेले बनने की महत्वाकांक्षा से खुद रामरूप सबसे ज्यादा नाराज है, और कमाते तो वे तब जब रामरूप मौका देता, उन्हें मौका ही कहाँ मिलने दे रहा था वह।

घर में एक दिन नवल ने फिर टोका तो बब्बा ने उन्हें बरज दिया कि राजनीति में ज्यादा दखलन्दाजी मती करो। हम ज्यादा जानते हैं कि काम अच्छे हैं और कि काम बुरो। एक रात नवल की माँ ने भी उन्हें रामरूप के बढ़ते जा रहे दखल बाबत उन्हें चेताया, "तुम लाख कहो कि जिला पंचायत की गलत-सलत काम में तुम साफ-सुथरे हो, लेकिन मानेगा कौन तुम्हारी। सब मानते हैं कि रामरूप के हर काम में तुम्हारा भी हिस्सा है।"

उस बखत सम्पतप्रसाद ने उन्हें भी मना कर दिया, लेकिन जब पत्नी की बात पर ठंडे मन से विचार किया तो लगा कि सच कहती है वो! अनायास ही उन्होंने पत्नी के बारे में सोचा कि कहने को ये औरत बिना पढ़ी-लिखी ऐसी जनी मानस है, जिसके बारे में रामायण में शबरी के बहाने से लिखा गया है— "अधम से अधम अति नारी, तिन मह मैं मतिमन्द गवारी" लेकिन उन्होंने अनुभव

किया है कि यह दुनियादारी की बातें खूब समझती है। कल किसी ने पूछा कि रामरूप के काम में तुम बराबर के साझेदार नहीं हो तो जाँच काहे नहीं कराते? ...क्या जवाब देते फिरेंगे वे दूसरों को!

ठीक उसी क्षण से रामरूप के प्रति गहरी वितृष्णा हो आयी थी उन्हें।

रामरूप ने अपने दुश्मनों को जिन षड्यन्त्रों और झूठे प्रकरणों में फँसाया था, एक-एक करके बब्बा को सब याद आने लगे थे, लक्षमण बागला, रामचरण माते, चौधरी चन्द्रभानसिंह जाने कितने कद्दावर नेता, जो आज कहीं के न बचे। मन के किसी कोने में खुद के विरुद्ध भी ऐसे किसी षड्यन्त्र का हल्का-सा भय पैदा हुआ तो कुछ देर के लिए वे डर गये। जाने शाम तक कैसे उनमें आत्मविश्वास उभरा था कि वे अगली सुबह से बेधड़क होकर अपनी मर्जी से काम करने लगे थे।

लेकिन ऐसा एक सप्ताह तक ही तो चल पाया था। रामरूप ने पलटकर उन पर ऐसे वार किये कि वे सन्न रह गये थे। जिला पंचायत अध्यक्ष के सरकारी बँगले में एक प्रायवेट ठेकेदार के रहने का मुद्दा उठाकर उसने बब्बा के बड़े बेटे नवल को घर से बेदखल कराने का षड्यन्त्र रच डाला था। सरकारी एम्बेसेडर के निजी उपयोग के सैकड़ों प्रसंगों की सूची और उन ठेकों का विवरण जो उनके कार्यकाल में रामरूप के रिश्तेदार ने लिए तैयार करके रामरूप ने कलेक्टर को सौंप दी थी—जिनका जवाब देना बड़ा कठिन लगा था, सम्पत को।

ऐसे में सम्पत ने तमाम विकल्पों पर विचार किया था—पार्टी के दूसरे गुटों में जा मिलने से लेकर दलितों की पार्टी में चले जाने तक की कल्पना की थी। पर हर विकल्प अधूरा-सा लग रहा था उन्हें। अन्त में वे इसी रास्ते पर वापस लौटे थे कि रामरूप से ही सुलह-सफाई कर ली जावे, तनाव और विरोध सदा से हानिप्रद रहा है।

एक बार वे फिर रामरूप के शरणागत हो गये थे लेकिन अबकी बार उनके साथ युद्धबन्दियों-सा सलूक हुआ था। रामरूप तो चुप ही बैठा रहा था उस दिन, उसके चेले-चमचे ही विष उगलते रहे थे। ऐसी-ऐसी शर्तें लाद दी गयी थी उन पर, कि जीना भी दूभर हो जाए, एमेले के लिए टिकट माँगना तो दूर की बात पार्टी के किसी भी अधिकारी से मिलने की मनाही कर दी गयी उनसे। उनकी ऐम्बेसेडर, उनका ड्राईवर, पीए अब रामरूप की कोठी पर रहने लगा था—वे सिर्फ रबर स्टाम्प बनकर रह गये थे।

हर रात वे आज की तरह जागते हुए काटते थे। आत्मविश्लेषण करते हुए वे स्वयं से पूछने का यत्न करते रहते थे कि एक बार फिर से वे क्यों रामरूप के गुलाम हो गए? खुद ही जवाब देते-शायद इस राज्यमन्त्री स्तर के पद के लिए या उन सुख-सुविधाओं और ताम-झामों के लिए; रामरूप की नमक-हलाली के लिए या खुद में अनायास उमड़ आये सत्ता प्रेम के लिए!...जिससे ताजिन्दगी वे और उनकी

पीढ़ी के दीगर लोग दूर-दूर रहे। हर रात जागते हुए प्राय: वे उन परिणामों पर भी गौर करते जो वे रामरूप की नाराजगी की वजह से भोग सकते थे।

खुद पर बड़ा ताज्जुब होता था उन्हें। उनका जन्म से जुड़ा दबंग रवैया जाने कहाँ चला गया था। ठसकेदार आवाज जाने कहाँ बिला गयी थी।

''सचमुच आज की राजनीति उन जैसों के लिए कतई उपयुक्त नहीं बची है,'' यह जुमला हर बार उनके दिल और दिमाग पर छा जाता था।

महीना भर पहले प्रदेश भर में चर्चा उठी थी कि हर जिला पंचायत को दस-दस करोड़ रुपया दिया जा रहा है—जिला पंचायत के सभा कक्ष, कर्यालय भवन, जीप, जनपदों के कार्यालय और वाहनों के अलावा इन्दिरा आवास योजना जैसी दर्जनों योजनाओं के लिए यह रुपया दिया जाना था। इस काम का जल्दी से जल्दी टेंडर निकालकर काम शुरू होना था। शासन ने ऐसा बन्दोबस्त किया था कि पूरा दस करोड़ किसी एक ठेकेदार को सौंपा जाए जिससे जिले भर के सारे काम जल्दी से जल्दी हो सकें।

फिर क्या था, देश भर में हड़कम्प मच गया। जाने कहाँ-कहाँ के किस-किस नस्ल के ठेकेदार अपनी एसी गाड़ियों में बैठकर बब्बा के बँगले पर दुआ-सलाम करने आने लगे, उधर रामरूप भी सो न रहा था, उसने जाने कब श्री कंस्ट्रक्शन प्रा. लि. नाम की कम्पनी बना ली थी, जिसके निदेशकों में बब्बा के बेटे नवल का नाम भी शामिल था। एक दिन पता चला कि रामरूप की भी गिद्ध-नजर इसी दस करोड़ रुपये पर है तो उनका माथा ठनका था। घर पर नवल भी रामरूप के पक्ष में बोला था। वे समझ गये कि निदेशक मंडल में शामिल होने की वजह से उरचन-खुरचन भी मिली तो चार-छह लाख रुपये से ज्यादा ले पड़ेगा नवल। खुद के बेटे की कम्पनी को ठेका देने के कारण कितनी बदनामी होगी उनकी।

उन्होंने मन ही मन तय किया था कि चाहे दूसरी कोई कम्पनी ठेका ले ले पर वे श्री कंस्ट्रक्शन को ठेका नहीं लेने देंगे।

एक हफ्ता पहले शासन से दस करोड़ रुपये की स्वीकृति आ गयी है और तभी से टेंडर आने जारी हैं। नवल चाहता है इस काम का 'श्री कंस्ट्रक्शन कम्पनी' को ठेका मिल जाए। पर वे न माने और उन्होंने एक बड़े अखबार में विज्ञप्ति छपा दी है। दस करोड़ का टेंडर कल खुल चुका है। वे सुखद अहसास से भरे थे कि सबसे कम कीमत का टेंडर दिल्ली की कामगार कंस्ट्रक्शन का था। सम्पत मानते हैं कि यह रुपया उनके बाप का नहीं है, जो नाग-सा बैठकर वे उसकी रखवाली करें। न ही सरकारी पैसे का गबन रोकने को कोई ठेका उनके पास है, जो इसकी रखवाली के लिए लट्ठ लिए घूमते रहें। पर सवाल है आटे में नमक और नमक में आटे का। आज जिले में किसी भी विभाग का ठेका क्यों न हो,

रामरूप का उसमें हिस्सा लाजिमी होगा। सड़क बनाना हो चाहे पुल, खदान का ठेका हो चाहे शराब का, हर जगह रामरूप का आदमी चिपका है, और नमक में आटा मिलाया जा रहा है। शायद यही होती है नयी राजनीति! उन्होंने अनुभव किया, पूरे प्रदेश में आजकल यही फैशन तो चल पड़ा है।

मन ही मन हिसाब लगाया सम्पत ने, आज तीस मार्च है, कल ही रुपया ट्रांसफर कर देना पड़ेगा। नहीं तो पूरा रुपया वापस हो जाएगा। इकतीस मार्च तो सदैव से वित्तीय वर्ष का अन्तिम भुगतान दिन होता है। बीते हुए कल रामरूप उनके पास आया था और सम्पत की बेरुखी देखकर बड़ा नाराज हुआ था। वह उन्हें सीधे स्वर में धमका गया है कि अगर यह दस करोड़ रुपये का ठेका उसकी कम्पनी को न मिला, तो सम्पत के खिलाफ अविश्वास प्रस्ताव पक्का। इधर टेंडर छिनेगा उधर रामरूप आठ दिन के भीतर सम्पत को गद्दी से उतार फेंकेगा। अविश्वास प्रस्ताव पर दस में से आठ लोगों के दस्तखत कराके तैयार करा रखे हैं रामरूप ने।

सहसा उन्हें विचार आया, "अगर बर्खास्त कर दिये गये, तो कितनी बेइज्जती होगी उनकी!"

"क्या सचमुच इसे बेइज्जती कहेंगे...?" मन ही मन स्वयं से प्रश्न किया उन्होंने, और कल शाम से ही वे इस प्रश्न से लड़ रहे हैं। पूरी रात बीत चली है। इस रात में अपना सारा अतीत खँगाल डाला है उन्होंने। कहीं कोई खोट, कोई ऐब नहीं मिला है, फिर भी उनकी सीट खतरे में है, यह देखकर वे बड़े विस्मित हैं। लोकतन्त्र की कुरूप हो चुकी इस शक्ल से डर-सा लगने लगा है उन्हें।

मुख्यमन्त्री से इस समस्या का निदान पूछा था। तो उन्होंने टके सा उत्तर दे दिया था—"विधायक को मिलाकर चलो।"

वे चौंके, क्या हो गया है हमारे लोकतन्त्र को? कितना लुभावना और ताकतवर बना दिया है इस सबने विधायक पद को! दूसरे जनप्रतिनिधि बेकार हैं, सिर्फ विधायक है जनता का सच्चा नुमाइन्दा?...मुख्यमन्त्री का, विधायक को मिलाकर चलने का मशविरा है ये, या आदेश। झल्ला भी उठे-हर बात में विधायक!...आखिर वे विधायक के गुलाम हैं क्या? देश के लिए अपना जीवन होम कर दिया उन्होंने। स्वतन्त्रता संग्राम सेनानी हैं वे, फिर भी उनका कोई मूल्य नहीं? ...सच तो यह है कि अपना मूल्य ही कहाँ समझ पाये वे जिन्दगी भर बेकार के उसूलों से बँधे रहे।

सोफा पर बैठे-बैठे उन्होंने पहलू बदला-नवल सच कहता है, उसूलों के लिए फालतू जिन्दगी गँवा दी उन्होंने।

पीए ने दरवाजा खटकाया और निगाह नीची किये भीतर आया, तो उसे देख उन्हें अहसास हुआ कि चपरासी ने उनके तीखे तेवर के बारे में कुछ बता दिया है शायद, तभी अबकी बार यह आदमी ऐसी शराफत दिखा रहा है। अपनी

हँसी होंठों ही होंठों में दबाकर उन्होंने उसकी तरफ प्रश्नवाचक निगाहों से देखा। वह सचमुच सहमा हुआ था,'' बब्बा, सारी मीटिंग निपट गयी है। कलेक्टर साहब इस बखत राजधानी के अफसरों को जापानी दल के साथ हुई मीटिंग की जानकारी दे रहे हैं, बस्स इसके बाद आप...''

''ठीक है, वे फुरसत में हो जाएँ तो बुला लेना मुझे!''

सोफे की पुश्त से सिर टिकाते ही उन्हें उसूलों को लेकर उठाये गये नवल के सवालों ने फिर से घेर लिया था।

कल की रात कत्ल की रात थी।

उनका मन बड़ा विचलित था।

उनकी आँखों से नींद कोसों दूर थी। दिन में खूब रोशन और हवादार दिखता बँगले का खूब ऊँचा और बड़ा-सा कमरा अँधेरे में खूब डरावना और खाली-सा लग रहा था। एक अजीब-सी उदासी और घुटन सारे माहौल में व्याप्त थी। वे साँझ से ही तख्त पर पड़े-पड़े अलट-पलट रहे थे।

तब रात के बारह बज चुके थे—उन्होंने करवट ली और सामने की दीवार को निरपेक्ष भाव से टुकुर-टुकुर ताकने लगे थे।

दीवार पर ठीक सामने ही पारदर्शी पन्नी से मढ़ा हुआ, एक बड़ा-सा फोटो टँगा था। फोटो में वे प्रदेश के मुख्यमन्त्री की बगल में खड़े दिख रहे थे। मुख्यमन्त्री अपना बायाँ हाथ उनके कन्धे पर रखे थे, और दायें हाथ को ऊँचा उठाकर हवा में लहराते हुए जनता का अभिवादन करते प्रतीत होते थे।

फोटो पर नजर गयी तो उन क्षणों को याद करके वे अब भी पुलकित हो उठे। मुख्यमन्त्री की गुलाबी, गदबदी और मजबूत हथेली अपने कन्धे पर रखी महसूस की उन्होंने।

याद आया था—बहुत पहले की बात है यह। तब वे नये-नये चुने गये थे। जिले के पंच-सरपंच सम्मेलन में मुख्यमन्त्री खुद हेलीकॉप्टर (जिसे वे उड़नखटोला कहते हैं) में बैठकर आये थे। पंचायती-राज के प्रतीक के रूप में सम्पतप्रसाद को अपने पास खड़ा करके मुख्यमन्त्री ने जनता से कहा था—''असली जनतन्त्र अब आया है ये देखो, आपके बीच के सम्पतप्रसाद को हमने राज्यमन्त्री का दर्जा दिया है। ये आपके जिला पंचायत अध्यक्ष हैं। आपकी जिला सरकार के मुखिया! इन्हें यहाँ इतना ऊँचा खड़ा देखके आज स्वर्ग में बैठे, बाबा साहब और गाँधीजी को कितनी खुशी हो रही होगी।''

तब सम्पतप्रसाद ने सोचा था कि स्वर्ग में बैठकर यह दृश्य देख रहे गान्ही जी और बाबा साहब की आँखें सचमुच आज जुड़ा गयी होंगी। एक गरीब दलित किसान का खेतिहर बेटा मुख्यमन्त्री के ढिंग खड़ा है, यह कोई छोटी बात थोड़ी है।

मगर मुख्यमन्त्री को इतने दिन देखने के बाद उन्हें आज लगता है कि उस दिन मुख्यमन्त्री ने किसी और की नहीं, स्वयं अपनी तारीफ की थी। उनके भाषण का छिपा हुआ आशय था—लो देख लो मुझे, मैं ही हूँ, इस जनतन्त्री गंगा का भगीरथ। मैं ही तार सकता हूँ तुम्हें। मेरी ही बदौलत तमाम पिछड़े ओर दलित लोग अब सत्ता में सीधे-सीधे भागीदार हो रहे हैं। अब तो घर का चूल्हा फूँकती महिलाओं के लिए भी दलितों की तरह हमने कुछ जगहें छोड़ दी हैं। महिलाएँ चाहें तो घर की चार-दीवारी लाँघकर खुद राज कर सकती हैं। बाद में जाना सम्पतप्रसाद ने कि ऐसा करना मुख्यमन्त्री की दया नहीं थी, संविधान का पालन करने की मजबूरी थी और इस मजबूरी को भी वे अपनी दया का दान सिद्ध कर रहे थे।

चित्र में मुख्यमन्त्री मजाक-सा उड़ाते लग रहे थे सम्पत और सुराजियों के पुराने वर्ग का, उनकी निरक्षरता का, ...भोले व्यक्तित्व का भी, ...बल्कि सच तो यह है कि पुराने सिद्धान्तवादियों और पुराने अठन्निया मैम्बरों की झूठी गर्व भावना का भी। इन नये नेताओं को पुराने लोग अप्रासंगिक ही तो लगने लगे हैं अब।

गाँव-गँवई के लोगों की तरह बिना इस्तरी किये हुए खद्दर का मोटा कुर्ता पाजामा पहनने वाले मुख्यमन्त्री अपनी धज में कुछ अलग ही दिखते हैं। आम आदमी की बोली-बानी में भाषण देकर जनता को लुभाने का बड़ा हुनर है उनके पास। मुस्कराते हैं तो फूल झड़ते हैं, हँसते हैं तो धूप खिल उठती है। लेकिन इसी हँसी और मुस्कान में वे सबको उड़ा देते हैं। पहले ऐसे न थे। पर अब बड़े घाघ हो गये हैं। अपने राजनीतिक गुरु को भी पटका दे दिया है उन्होंने, लोकनीति और पिछड़ावर्ग-दलित चेतना का नया झुनझुना जनता के हाथ में देके।

सम्पत अनुभव करते हैं कि प्रदेश के सर्वेसर्वा होने की वजह से मुख्यमन्त्री आज के सारे नेताओं के आदर्श बन चुके हैं। सहसा उन्होंने सोचा कि इन नयों की तुलना में वे कहाँ खड़े हैं? जवाब मिला, पंक्ति के आखिरी छोर पर हैं; बल्कि पंक्ति से बाहर ही निकल चुके हैं वे तो। काश! वे खुद को जमाने के मुताबिक बदल पाते, तो आज ये स्थिति नहीं आती कि...

याद आते ही उनके सीने की आग बढ़ उठी। लेटना मुहाल हो गया। वे उठे और पाँव में चप्पल डालकर दरवाजे की ओर लपके।

प्रायः भद्र किस्म की चुप्पी में डूबे रहने वाले सिविल लाइन के इस क्षेत्र में उस वक्त पैना और धारदार सन्नाटा व्याप्त था। आसमान में काले घटाटोप बादल छाये हुए थे। कृष्ण पक्ष की काली अँधियारी रात को इन बादलों ने और घनी अँधेरी बना दिया था। वातावरण में उमस सी थी। वे कुछ देर तक बरामदे में खड़े रहे फिर लॉन में उतर आये। सामने ही उनका प्यारा कुत्ता मोती था—जंजीर से बँधा, रिरियाता-सा। उन्होंने गौर से देखा मोती बहुत कमजोर-सा दिखने लगा

है इन दिनों। उसके लिए जल्दी ही कुछ करने का प्रण-सा करते वे लॉन को रौंदकर बँगले की बाउंड्रीवाल में ठीक सामने बने चौड़े जालीदार दरवाजे की ओर सरपट बढ़ लिये, जैसे कहीं जाने की जल्दी हो।

गेट में लगी सिटकनी को खोलने के लिए उनने ज्यों ही हाथ लगाया, हल्की सी 'खट्' की ध्वनि ने सन्नाटे को भेद दिया। बँगले के पीछे से एक कड़क स्वर गूँजा, ''हुकुम सदर!''

सम्पतराम ने हमशा की तरह 'हू कम्स देयर' के बिगड़े स्वरूप 'हुकुम सदर' पर कोई प्रतिक्रिया व्यक्त नहीं की बल्कि धीमे से खाँसते हुए सन्तरी को अपने होने का संकेत दिया और जोर से बोले, ''कोऊ नहीं है लल्ला। परे रहे तुम तों।''

गेट में ताला लगा था, इसलिए दरवाजे के दायीं ओर बने सीढ़ीदार रास्ते पर चढ़ कर सम्पतप्रसाद चहारदीवारी के बाहर निकल आये और दस कदम दूर जाकर खड़े हो गये; फिर अजीब सी नजरों से अपने बँगले को ताकने लगे। बाउंड्रीवाल में बना दरवाजा, जालीदार किवाड़ और दोनों ओर बने सफेद खम्भों के ऊपर लाल रंग में लिखा चमकता खुद का नाम खूब स्पष्ट और उजागर दिखा उन्हें—

सम्पत प्रसाद
जिला पंचायत अध्यक्ष
22(दर्जा राज्य मन्त्री)

वे मोह में डूबे-से अपने नाम की इबारत को कुछ देर तक एकटक देखते रहे, फिर आगे बढ़े; और बड़े लाड़ से अपने नाम पर हाथ फेरने लगे।...क्या पता कल क्या होगा? उनके मस्तिष्क में सन्देह कौंधा। कल शायद...उनके नाम के नीचे ये पद और विभूषण नहीं लिखे जाएँगे। बल्कि यूँ कहें कि पद और विभूषणों के ऊपर शायद उनका नाम नहीं होगा। उन्होंने किसी तरह खुद को सँभाला। अपने होंठों को पूरी ताकत से कस लिया और वहाँ से हट आये। आहिस्ता-आहिस्ता चलते हुए वापस लॉन में आये, बैठक का दरवाजा खोला और फिर से उसी बिस्तर पर जा लेटे, जहाँ से अभी-अभी उठकर भागे थे।

वे चित लेट गये, और छत को ताकने लगे। खुद को धिक्कारा...आदमी को ऐसा सीधा नहीं होना चाहिए कि दूसरे लोग उसे बुद्धू ही समझने लगें।

बाहर भोर हो चली थी।

पंछी चहचहाने लगे थे। उजास फूट रही थी।

यकायक वे उठे और बरामदे में चले आये। उन्हें देखकर मोती बड़े लाड़ से भौंका, भौं-भौं-भौं!

वे झुककर मोती के पास बैठ गये, उसका गला सहलाया और धीरे से उसका पट्टा खोल दिया।

बड़ी अविश्वसनीय-सी निगाहों से मोती ने उन्हें देखा। अपने कान फटकारे। एक जोरदार अँगड़ाई ली। बब्बा की अनुभवी नजरों ने ताड़ लिया कि उसकी आँखों में एक अजीब-सा अहसास था।

वे मुस्कराये। उठकर कुछ दूर खड़े हो गये। मोती ने एक और अँगड़ाई ली फिर फुर्ती से एक लम्बी छलाँग लगायी और क्षण भर में चहारदीवारी पार करके सीधे सड़क पर जा पहुँचा। बब्बा की कुतूहल में डूबी निगाहें उसका पीछा कर रहीं थीं।

मोती ने एक क्षण मुड़कर बँगले को उदासीन भाव से ताका और दूसरे ही क्षण निर्मोही-सा होकर वह गाँव की दिशा में दौड़ता चला गया।

इस कैदी को मुक्त करके बब्बा अपने मन को बड़ा खुला और हल्का-सा महसूस कर रहे थे। वे अपनी प्रातः क्रिया में व्यस्त हो गये।

निजी सचिव आया तो उन्होंने एक जरूरी पत्र की इबारत बोली, चौंकते सचिव ने नोट किया और बँगले पर लगे कम्प्यूटर के प्रिंटर से दस मिनट बाद ही वह पत्र छापकर वह उन्हें दे गया था। जाते समय बड़ा उदास था वह।

तब दो बज रहे थे, जब कलेक्टर ने उन्हें अपने चेम्बर में बुलाया।

कलेक्टर को पहले एक लिफाफा दिया उन्होंने। वह लिफाफा खोलकर पढ़ते कलेक्टर के मुँह से निकला, "वा, तो कल दे दिया आपने दस करोड़ का चेक़ उस कम्पनी के लिए!"

"हाँ, उस कम्पनी की चर्चा आपने भी सुनी होगी टेलीविजन पर।"

"अच्छा किया आपने" कहते कलेक्टर को उन्होंने दूसरा पत्र सौंपा।

पत्र पढ़ के कलेक्टर चौंके—यह क्या?

हाथ के इशारे से सम्पत ने बरज दिया उन्हें और विस्मित-सा खड़ा छोड़कर चैम्बर से बाहर निकल आये।

उन्हें पैदल चलते देख ड्राइवर दौड़ा आया "बब्बा, पैदल कहाँ चल दिये आप? हम गाड़ी ला रहे हैं।"

"न लला, हम पैदल जैहें। हमने इस्तीफा दे दिया है अबई हाल। खुशी रहो तुम।" एक क्षण रुककर सम्पत ने ड्राइवर पर प्यार भरी नजर डाली और उसे भौंचक्का खड़ा छोड़कर चल पड़े।

सड़क पर चलते हुए उन्होंने महसूस किया कि वे तो ज़मीन पर चलना भी भूल चले हैं। जबकि उन जैसे ज़मीन पर काम करने वाले आदमी के लिए तो ज़मीन से जुड़ा रहना उतना ही जरूरी है, जितना जिन्दा रहने के लिए हवा से जुड़ा रहता। ज़मीन ही तो उन जैसों की असली माँ है। सब की जड़ें ज़मीन में ही तो होती हैं। यह याद करते ही उनमें उछाह भर उठा। वे खरामा-खरामा चल पड़े।

अब ज़मीन पर पड़ता हर कदम उन्हें ताकत देता महसूस हो रहा था।

मुहिम

सिर पर टीकाटीक दोपहरी, लेकिन पुलिस वालों की तरफ से कोई संकेत नहीं, कि भोजन-पानी की कोई व्यवस्था जल्दी ही करने वाले हों। भूख के मारे दोनों का बुरा हाल, घर होते तो अब तक दो बार खा चुके होते, लेकिन यहाँ तो भिनसारे से कलेऊ तक नहीं मिला।

''यार लल्ला, जे लोग साँचउ बड़े जालिम दीस रहे हैं, दौ बजि गये, दिन लौटि परौ, औरिन्ने अब तक रोटी-पानी कीऊ नयीं पूछी। बेहड़ा में घिसट-घिसट के पाँव में छाले अलग परि गये।'' गिरराज ने फुसफुसाते हुए लल्ला से कहा।

''हाँ, इनते तो वे बागिउ ठीक हते टेम टेबल से खायवे-पीवो को तो ध्यान रखत हते।'' खुद लल्ला को भी इस वकत भूख सता रही थी।

ठीक पीछे चल रहे बड़े दरोगा रघुवंशी ने गिरराज के काँधे पर अपना डंडा रखा, ''ये क्या खुसर-पुसर लगा रखी है! चुपचाप चलो।...और तुम लोग वो जगह क्यों नहीं दिखा रहे हो, जहाँ डाकू लोग छिपे रहते हैं!''

''वो ही तो ढूँढ़ रहे हैं दरोगा जी। अब बरसात को पानी हर साल बेहड़ को नक्शा बदल देतु, सो असली जगह पहचानवे में दिक्कित हो रयी ये।'' सहमते हुए गिरराज ने खीसें निपोर दीं। पल-पल में मिजाज बदलने वाले इस दरोगा का असली स्वभाव वे तीन दिन में कतई नहीं समझ पाये थे।

इस वक्त वे लोग एक पहाड़ी की सीधी चढ़ाई पर चढ़ रहे थे। सबसे आगे वे दोनों थे, पीछे थे दो पुलिस डॉग और उनके पीछे चल रहे थे साजो-सामान से लदे पन्द्रह-बीस पुलिसिये। और इस पूरे समूह को कवरेज देते हुए अपनी बन्दूकें ताने मस्तैद होकर चारों ओर ताकते एस. ए. एफ. के पचास जवानों की एक सशस्त्र टुकड़ी साथ थी।

चारों ओर खतरा था। हर झाड़ी और हर ढूह में दुश्मन छिपा हो सकता था। पता नहीं कहाँ से सनसनाती हुई गोली आये और कोई ढेर हो बैठे।

लेकिन सब लोग सुरक्षित पहुँच ही गये आखिरकार।

ऊपर जाकर पहाड़ी कुछ समतल हो गयी थी—वहाँ करीब पच्चीस-तीस हाथ चौड़ा एक छोटे छत-जैसा मैदान बन गया था। सामने ही एक झोला पड़ा था और उस झोले में कोई चीज ठूँस-ठूँस के भरी दीख रही थी दूर से ही। चारों ओर गहरा सन्नाटा था।

रघुवंशी यकायक चीखा, ''अपन लोग ठीक दिशा में आगे बढ़ रहे हैं। कल रात वे लोग यहीं थे। देखो यहाँ पहाड़ी पर कितने सारे निशान हैं। ये टोकरी भर सिगरेट के ठूँठ, वो अधजली लकड़ियाँ, और वो देखो कोई चटनी-फटनी भी पीसी थी उनने, पत्थर पर हरा-हरा कुछ चिपका है, उस झोले से भी कुछ सुराग मिलेगा हमें, है न सिन्हा।''

''यस सर! ऐ हेतम जरा तुम देखो क्या है उस झोले में!'' एसएएफ के डिप्टी कमांडेंट सिन्हा ने हामी भरते हुए हैडकांस्टेबल हेतमसिंह को हुकुम दिया।

''तनिक सँभाल के देखिए लला, बागिन्न ने कोउ बम-फम न धरदओ होय।'' बुजुर्ग सिपाही इमरतलाल ने हेतम को आगाह किया तो आगे बढ़ता हेतम यकायक पीटे हटा,'' मैं न देख रहो दरोगा जी, इन सारेन्ह ने दिखाओ।'' उसने गिरराज और लल्ला को निशाना बनाया।

''चल रे मोटा लाला, तू देख! बता कि क्या रख गये हैं तुम्हारे दोस्त इस झोले में!'' रघुवंशी ने गिरराज को आदेश झाड़ा।

''निस्फिकर रहो दरोगा जी, इसमें बम-फम कछू नहीं है। झोला में तो पुराने उन्ना चीथड़ा ठुँसे होंगे।'' कहते हुए गिरराज ने वह झोला उठाया और हाथ ऊँचा करके उलट दिया।

...और, सचमुच उस झोले में से ढेर-सारे फटे-पुराने कपड़े टपकने लगे, रेला सा बँध गया और अन्त में एक जोड़ी जूते भी धम से नीचे गिरे।

''धत्तेरे की! खोदा पहाड़ निकली चुहिया। देखो सिन्हा हमें इत्ती कवायद के बाद, मिला भी तो ये फालतू सामान।'' कहता रघुवंशी झुँझला रहा था और गिरराज एवम् लल्ला आँखों ही आँखों में मुस्करा रहे थे।

फिर वे जूते कुत्तों को सुँघाये गये और दल उनके पीछे चल पड़ा।

याद आया...ठीक ऐसे ही बागियों के संग घिसटते रहते थे वे लोग।

गिरराज तो रघुवंशी साहब से कहना ही चाहता था, ''काहे को ये बेकार की कवायद कर रहे हो रघुवंशी साहब! अब बाग़ी कहाँ धरे होंगे इधर! वे तो जा छुपे होंगे किसी शुभचिन्तक की कोठी में ...या आराम फरमा रहे होंगे घोसियों के किसी गाँव में!'' लेकिन उसकी बात सुनता कौन? सो हमेशा की तरह चुप बने चलते रहे, वे दोनों।

पहाड़ी की तलहटी में पहुँचकर कुत्ते रुक गये थे। दस कदम पर एक छोटी-सी पतली नदी का पानी चमक रहा था—बहने का भ्रम-सा पैदा करता हुआ।

पुलिस डॉग अपनी थूथनी उठाये चारों ओर कुछ सूँघने का उपक्रम करते हुए सदा की तरह भ्रम में फँस गये थे। रघुवंशी अब निरुपाय-सा खड़ा था। कुछ देर पहले औचक ही बँध गयी आशा अब निराशा में तब्दील हो गयी थी।

छोटा दरोगा जाने किसको गालियाँ देने लगा था—"हरामी साले, कुत्ते की औलाद चोट्टे हैं पूरे!"

गिरराज को याद आया, डकैत भी प्रायः ऐसे ही गालियाँ बकते थे, बिना कारण और बिना लक्ष्य के ही।

अकेली गालियाँ ही नहीं, शुरुआती पूछताछ का तरीका भी एक जैसा अनुभव किया है उनने।

पुलिस कप्तान का आग्रह मानकर इस टीम में शामिल होने वे पहली दफा जब रघुवंशी के सामने आये थे, तो दरोगा छूटते ही बोला था गिरराज से, "क्या नाम है रे तेरा?"

"साब मेरो नाम गिरराज है!"

"अबे सीधे काहे नहीं बता रहा कि कौन बिरादरी है तू?"

"गिरराज ने दाँत चियार दिये और बोला था, "मैं कायस्थ हूँ दरोगा जी!"

"और ये दूसरा हुड़कचुल्लू कौन जात है?"

"ये पंडित है!"

"हुँ!!!" लम्बा हुँकारा गुँजाते हुए रघुवंशी ने सिर हिलाया था, तो गिरराज इस उलटबाँसी को बूझने लगा था कि इन खाकी वरदी वालों को बिरादरी से क्या मतलब? वरदी का मतलब ही ये माना जाता है कि पहनने वालों की व्यक्तिगत पहचान समाप्त हो जाए, सब एक से दिखें। लेकिन यहाँ तो प्रवेश करते ही जाति पूछी जा रही है। उसे लगा, इन सबकी वरदी का रंग भले ही एक हो गया हो, लेकिन इन सबके मन का रंग अभी भी अलग-अलग है।

याद है कि डकैतों ने भी ऐसे ही पूछताछ शुरू की थी उनसे, "अब जल्दी करो सिंग लोग। अपयीं-अपयीं बिरादरी बताओ सबते पहले।"

तब बस की भयभीत सवारियाँ अपना नाम न बताके जातियाँ बताने लगी थीं। बस में आदमी नहीं थे, सिर्फ जातियाँ थीं!

गिरराज ने अनुभव किया था कि अचानक प्रकट हुए बागियों के भय से कुछ देर पहले थर-थर काँपते हुए वे लोग निकट रिश्तेदार और एक परिवार की तरह लग रहे थे लेकिन बाग़ी ने जाति पूछी तो क्षण भर में कितने बँटे हुए और अलग-अलग से लगने लगे थे।

अनूठी और अचम्भे की बात ये थी कि बाग़ी की जाति का पता लग जाने पर उन सबका जाति बताने का अन्दाज बिलकुल बदल गया था।

उस वक्त बस का माहौल देखकर एकाएक उसे याद आया था कि जहाँ बरसों पहले, बाम्हन-ठाकुर जैसी बिरादरी बताते वक्त हर आदमी अपनी छाती तान लेता था, वहीं उस दिन उलटा था, बस में जितने भी बड़ी जाति के लोग थे सबसे पहले वे ही भयभीत हो उठे थे। हरेक को लग रहा था कि इधर उसने जाति बतायी, उधर बाग़ी दन्न से उसके सीने में गोली उतार देगा। तब क्षण के उस छोटे-से हिस्से में ही गिरराज को अपनी दुधमुँही बच्ची, भोली पत्नी और बूढ़े बाप-महतारी के चेहरे दीख उठे थे। अगर अचानक वह यहाँ मर गया तो उन सबका क्या होगा!

पुलिस के जवान थक के चूर हो चुके थे, सो साफ-सुथरी ज़मीन देख एक-एक कर नीचे बैठने लगे। गिरराज और लल्ला तो बैठते ही पसर गये धरती पर! तीन बजने को थे, वे दोनों अपनी आँतों में उठती एक अजीब-सी ऐंठन से परेशान हो चले थे। बदन में खून की जगह थकान दौड़ती महसूस हो रही थी। लग रहा था कि सो गये तो महीना भर तक नहीं जग पाएँगे।

गिरराज ने चिरौरी की, "साब, भूख लग रई है।"

"चिन्ता मत करो, आधा घंटा धीरज धरो। बस ये सामने की पहाड़ी पार करना है, उधर घाटी के गाँव में अपन को खाना मिलेगा।" नक्शा फैला के बैठे बड़े दरोगा रघुवंशी ने फुसलाया फिर!

"आधा घंटा! यानी कि तीस मिनट!! और फिर घड़ी देखके कौन चलेगा, आधा घंटे का पौन घंटा भी हो सकता है। लगता है आज तो कंडा डल जाएँगे।" सोचते लल्ला को फिर से रोना आ गया था।

उन लोगों को उदास होते देख रघुवंशी मुस्कराया। नक्शा समेटते हुए होंठ टेढ़े कर उसने गिरराज पर व्यंग्य का चाबुक फटकारा, "तुम दोनों तो ऐसे नखरे करते हो यार, जैसे किसी की बरात में आये हो...पहले नब्बे दिन बाग़ियों की पकड़ में रह के ऐसे भी भटके होगे न! उन हरामियों को टैम-टेबिल से कहाँ से खाना मिल पाता होगा!...हाँ ये तो बताओ कि कौन-कौन गाँव से खाना पहुँचता था उन्हें?" बोलते-बोलते उसका चेहरा पुलिस अफसर के क्रूर चेहरे में तब्दील हो आया।

...तो गिरराज ने तफसील से बताया कि बाग़ी तो सुबह-सुबह कचोंदा के लड्डू सटकार लेते थे, ...कचोंदा माने घी मिले आटे में शक्कर सान के बनाये गये लड्डू! बाग़ी अभ्यस्त थे लेकिन उन लोगों को वे लड्डू पहले बड़े बुरे लगे, फिर धीरे-धीरे जुबान पर चढ़ गये तो महीनों तक वे कचोंदा खाते रहे।

दस मिनट तक विश्राम रहा, फिर एकाएक बड़ा दरोगा रघुवंशी उठ खड़ा हुआ, और हमेशा की तरह उसके पीछे-पीछे उनकी पूरी टीम दक्खिनी बबूल

से लदी उस पहाड़ी पर चढ़ने लगी, जिसके पीछे गिरराज और लल्ला को अपने पेट में दौड़ रहे चूहों से निपटने का जुगाड़ दिख रहा था।

पहाड़ी की गोद में बसा था सहरिया आदिवासियों का गाँव जनपुरा। स्वभाव से गौ और शरीर से हृष्ट-पुष्ट इस गाँव के सहरिया लोग पुलिस के दोस्त थे। रघुवंशी ने बताया था कि बीहड़ में दोस्त और दुश्मन भी जाति-बिरादरी देख के बनाये जाते हैं। पुलिस का दोस्त वही हो सकता है—जिसकी जाति का कोई डाकू बीहड़ में न घूम रहा हो। फिलहाल इस जाति का कोई बाग़ी घाटी में नहीं था, इस कारण पुलिस वालों को इस गाँव से कोई खतरा न था।

पुलिस टीम जब जनपुरा पहुँची, पूरा गाँव खाना बनाने में जुटा था। वे लोग बैठ गये। कुछ देर बाद पटेल ने आकर बताया कि खाना तैयार है। गिरराज ने कनखियों से देखा, अरहर की पतली दाल और टिकर तैयार हो चुके थे।

गाँव के सरकारी स्कूल के दो कमरों में पुलिस टीम ने अपने डेरे जमाये। कुछ देर बाद स्कूल की टाटपट्टियाँ बिछीं और टीम भोजन के लिए बैठ गयी।

भोजन के बाद रघुवंशी ने वायरलेस वाले सिपाही से हेडफोन लेकर कंट्रोल रूम से सम्पर्क किया। वहाँ से निर्देश था कि आज रात जनपुरा के इर्द-गिर्द डाकुओं का मूवमेन्ट होने का अन्देशा है। सो पूरी रात सतर्क रहो। रघुवंशी बुदबुदाया—"मतलब आज की रात, जनपुरा में ही हाल्ट होगा।"

हाल्ट की खबर सुनकर पुलिस सिपाहियों ने अपना बेल्ट ढीला किया। कन्धे पर टँगे पिट्ठू उतारे जाने लगे, सारी बन्दूकें कोत-मास्टर के पास जमा होने लगीं।

सर्दियों में तो, शाम के पाँच बजे से ही रात उतरने लगती है। अँधेरा हुआ तो लोगों ने अपने बिस्तरे लगाने शुरू किये। कुछ लोग अपने सामान में से अगरबत्ती निकालकर संझा-आरती करने लगे थे—ओम जय जगदीश हरे!

यादें गिरराज का पीछा नहीं छोड़तीं। उसे याद आया कि डाकू लोग भी हर साँझ बिना नागा, देवी मैया की आरती जरूर करते थे।

आरती के बाद गिरराज और लल्ला ने अपने थैले टटोले और दो कम्बल निकाल लिये। सोने के लिए उनने कमरे का दूसरा कोना चुना, और वे धीरे से उधर ही खिसक लिये। यकायक बड़े दरोगा रघुवंशी ने उन्हें टोका, "तुम दोनों को अलग-थलग नहीं लेटना भाई! आप लोग बीच में आकर लेटिए! आप लोगों का तो खास ख्याल करना है हमें।"

बीच में लेटे सिपाही एक तरफ को सरक गये, तो उन दोनों ने बीच में अपना बिस्तरा लगाया।

अँधेरे से लड़ती लालटेन के मन्द उजाले में आँखें मूँदे लेटा गिरराज अपने भूतकाल में उतर गया।

वोट गिरने में दो दिन बाकी थे। पटवारी होने के नाते गिरराज के माथे पर अनगिनत जिम्मेदारियाँ लदी थीं। हल्का में कल आ रहे चुनाव कर्मचारियों की पूरी व्यवस्था सँभालनी थी, सो दिन ढले अपने गाँव से पैदल चल के बस के लिए रवाना हो गया था वह।

मोटर स्टैंड पर उसे अपने बालसखा लल्ला पंडित दिखे।

गिरराज और लल्ला पंडित घुसे और एक ही सीट पर बैठ गये। लल्ला पण्डित इस तरह बार-बार होने वाले चुनावों की वजह से गाँवों में दिनोंदिन बिगड़ रहे सौहार्द के माहौल पर अपनी भोली चिन्ता जताने लगे। गिरराज उनसे सहमत था।

ठसाठस भरी बस ने मुड़कट्टा की खतरनाक ढलान से उतरना शुरू किया था कि झटका-सा लगा, लोग आगे को झुक आये, कोई-कोई तो टकरा ही गया। ड्रायवर ने तेजी से ब्रेक लगा दिये थे। अगली कतार में बैठे लोग शीशे के पार झाँकने लगे।

...रोड पर किसी ने भारी-भारी पत्थर इस तरह जमा दिये थे कि उन्हें बचा कर निकलना मुश्किल था, झुँझलाता कंडक्टर फुर्ती से नीचे उतरा। मदद के लिए उसने आवाज देकर चार-पाँच सवारियाँ भी नीचे बुला लीं।

मगर वे लोग पत्थरों के पास पहुँचे ही थे कि यकायक बड़ी-बड़ी जटाएँ लहराते, दो बन्दूकधारी झाड़ियों के पीछे से प्रकट हो उन पत्थरों के पास आकर खड़े हो गये। कंडक्टर समेत नीचे खड़े सब लोगों को अचानक साँप सूँघ गया, माजरा ये है!

गिरराज ने खिड़की से झाँका, पुलिस की वरदी जैसे खाकी रंग के कपड़े डाले वे लोग गन्दे-चीकट और ऐसे धूल-धूसरित दिख रहे थे मानो किसी ने उन्हें धूल से नहला दिया हो। उनके मुँह से अजस्र गालियाँ फूट रही थीं। उनमें से एक की आवाज आयी, "रुक जा मादर...पथरा मत हटइए।"

गिरराज चुप था। डरता हुआ लल्ला फुसफुसाया, "बाग़ी आय गये!"

भय से उन दोनों का दिल बैठने लगा। भीतर-ही-भीतर डर का एक पतला डरावना सर्प अपनी रीढ़ से सरसराते हुए महसूस कर उठे वे।...

और तभी बस में बैठी सवारियों के बीच अब तक चुपचाप कम्बल लपेटे बैठा एक आदमी अचानक कम्बल फेंककर उठ खड़ा हुआ जिसके हाथ में एक दुनाली दिख रही थी। वह बाग़ियों का ही साथी था, जो पहले से बस की निगरानी कर रहा था। एक-एक सवारी को घूरता हुआ वह बस में पीछे की ओर खिसकने लगा। उसे देखकर सवारियों की तो जैसे घिग्घी बँध गयी।

नीचे खड़े डाकू ने कंडक्टर की गिरेबान पकड़ी और दाँये हाथ का एक झन्नाटेदार रहपट उसके गाल पर जड़ दिया था, दूसरे ने उसकी कमर पर एक लात जमाते हुए कहा, "भैन्चो हरामी, चुप रहिए! नहीं तो..."

मौत सर पर थी। वह टूट गया, रुआँसा सा बोला, ''ठीक है ठाकुरसाब! जैसी आप कहो।''

''अबे ठाकुर होगो तेरो बाप!'' बदतमीजी भरे लहजे में उस अधेड़ उम्र के डाकू ने कंडक्टर को लताड़ा, ''हम ठाकुर नाने, हम हैं किरपाराम घोसी! समझो कछू! हमाओ नाम सुनके अच्छे-अच्छेन्न को मूत छूट जातु ऐ। अब जल्दी कर। डिलाइवर से कह, कै मोटर गोला से उतार के हार में ले चले।''

कृपाराम का नाम सुनकर सब लोग काँप उठे थे। गिरराज को लगा कि बस अब हुआ खेल खतम! अपनी जिन्दगानी शायद यहीं तक लिखी थी ऊपर वाले ने।

कंडक्टर और सवारियों ने पत्थर हटाये और सब फिर से बस में चढ़ आये। ड्राइवर ने उसे स्टार्ट किया और बाग़ी के इशारे पर एकदम काट के सड़क से नीचे उतारा और उस पगडंडी पर आगे बढ़ा दिया, जो जंगल में घुसती दिख रही थी।

औंधी-नीची होती बस दो किलोमीटर के करीब बीहड़ में धँस गयी, तो बाग़ी ने रुकने का इशारा किया। इधर बस रुकी उधर तेज स्वर में कृपाराम चिल्लाया, ''नीचे उतरो सिंग लोगऽऽऽ।''

बस के लोग इतने डर चुके थे कि उनको बस के नीचे साक्षात मौत खड़ी नजर आ रही थी, हिम्मत बाँध के सबसे आगे कंडक्टर बस के नीचे उतरा, बाद में साहस करके दूसरे पुरुष भी। बस में केवल औरतें और बच्चे बैठे रह गये। बाहर एक भयावह सन्नाटा था। कृपाराम जल्दी-जल्दी निर्देश दे रहा था, ''जल्दी करो तुम लोग! तलाशी लेउ सबकी! आनाकानी करे ताको बेहिचक गोली मार देउ। देर नई लगने चइए।''

कृपाराम के उस साथी ने अपने गले में लपेटा हुआ चादर फटकार के बस के दरवाजे के पास बिछा दिया और खुद भी सवारियों की तलाशी लेने बस में चढ़ गया। बस में से गाली-गुफ्तार की आवाजें आने लगीं। एक महिला तलाशी नहीं दे रही थी, बाग़ी ने गले में पड़ी जंजीर अँगुली में फँसाके खींची, तो महिला ने उसका हाथ झटकार दिया। कुपित बाग़ी ने उस औरत को एक थप्पड़ जड़ दिया। फिर क्या था महिला उस पर बिल्ली की तरह झपट पड़ी।...तो डाकू ने उसको बेदर्दी से मारना शुरू कर दिया।

बस की पुरुष सवारियाँ एक-एक कर नीचे उतरने लगी थीं। दरवाजे की बगल में बिछी चादर पर वे लोग रुपया-पैसा, जेवर वगैरह रखते जा रहे थे। पिटती महिला की मदद किसी ने नहीं की, सबको अपने प्राणों की पड़ी थी।

गिरराज चौंका, डाकू बस के दरवाजे से नीचे उतर रहा था, तलाशी न देने वाली औरत उसकी जकड़न में थी—रोने और गुस्सा होने के मिले-जुले स्वर में चीखती हुई।

गिरराज ने देखा कि बीसेक साल की उस युवती ने ढेर सारे जेवर पहन रखे हैं, सिन्दूरी रंग की बनारसी साड़ी में उसका गोरा और स्वस्थ बदन खूब फब रहा

था, लेकिन इस वक्त वह अपने रौद्र रूप में थी। वह डाकू को झटकारती और नोंचती हुई, जाने क्या-क्या बड़बड़ा रही थी। उसके पीछे चलता पन्द्रह-सोलह साल का किशोर लड़का भी था जो बार-बार डाकू के पाँव पड़ता हुआ गिड़गिड़ा रहा था।

उसे बस से नीचे घसीटता वह डाकू चिल्लाया, "मुखिया जि लुगाई ज्यादा जोश दिखा रई ये।"

"बाँध के डार दो सारी खों चाहे संगे ले चलो। दो दिना में सिग जोश ठंडो है जागो।" कृपाराम मूँछों में मुस्कराया।

युवती के साथ वाला किशोर लड़का अब कृपाराम के पाँव छू रहा था, "मुखिया माफ करो मेरी बहिन नासमझ है, हम माफी माँग रहे हैं।"

सहसा युवती के हाथ-पाँव फूल गये। कृपाराम अडिग था, "तैं का माफी माँग रहा सारे अब तो फैसला है गओ। चल हट उते, नई तो तैं भी पकरो जायगो!!"

लोग अपनी जाति-बिरादरी और गाँव का नाम बताने लगे। गिरराज ने गौर किया कि सवारी जब अपनी जाति बताती तो घोसी, गड़रिया, कोरी, कड़ेरा, नरवरिया और रैकवार सुनकर कृपाराम चुप रह जाता था। लेकिन बामन-ठाकुर या कोई दूसरी जाति का आदमी पाता तो वह एक ही वाक्य बोलता था, "तू उतै बैठि मादर...!"

कुल मिलाके छै आदमी छाँटे गये, जिनमें गिरराज और उसके बालसखा लल्ला पंडित के अलावा वह युवती भी फँस गयी थी।

बाग़ी ऊबड़-खाबड़ रास्ते के अभ्यस्त थे, सो बन्दूक के वजन के बावजूद वे सरपट चल रहे थे, लेकिन सामान लादे चल रहे पाँचों आदमी जबरन घिसटती युवती से कदम कदम पर फिसल रहे थे। हर फिसलन पर पीछे चल रहे डाकुओं में से कोई न कोई उन्हें एक हूदा मार देता था। पहाड़ी के ऊपर पहुँचने पर पता चला कि एक बाग़ी वहाँ कुछ पोटलियाँ रखे खड़ा हुआ है। वे पोटलियाँ बड़ी फुर्ती से शेष बागियों ने अपने माथे पर रख लीं। एक पोटली ज्यादा थी, वह पोटली किसी बाग़ी ने गिरराज के माथे पर अतिरिक्त भार बनाके लाद दी।

युवती की कलाई पकड़कर घसीट रहे डाकू के बदन से एक अजीब-सी बदबू आ रही है—दही की सड़ाँध जैसी, ऐसी बदबू कि पेट का सारा खाया-पिया बाहर आने को उछलने लगा।

गिरराज के बगल में सामान लादे चल रहा बड़ी मूँछों वाला एक अधेड़ व्यक्ति अचानक लड़खड़ाकर गिर पड़ा।

उसका गिरना था कि एक तगड़ा-सा बाग़ी कटखने कुत्ते सा टूट पड़ा। बन्दूक के बट से वह उस मूँछों वाले आदमी के सीने पर इस निर्ममता से ठूँसे मारता चला गया कि वह बेचारा सीधा भी खड़ा नहीं हो पाया, ज़मीन पर गिर पड़ा और भोंकार मारके रो उठा था।

उसकी ऐसी कुगति देख के बाकी लोगों का तो खून ही सूख गया। सब के सब नीची आँखें किये मन ही मन प्रार्थना कर रहे थे कि वे बचे रहें। यह मारपीट का सिलसिला संक्रमित होकर उन तक न आ पहुँचे!

लेकिन उनकी प्रार्थनाएँ व्यर्थ गयीं। चारों बागियों ने आपस में जाने क्या संकेत किया कि फिर तो मशीनगन-सी चली, चारों बाग़ी एकदम से बाकी चारों लोगों पर टूट पड़े। चाँटे, लातें, घूँसे और बन्दूक के बटों से उन्हें बेहाल कर दिया।

लड़की का चेहरा भय से सफेद हो गया। उसे एक अज्ञात-सी आशंका खाने लगी थी कि जब आरम्भ में ये हाल है तो आगे क्या होगा!

कृपाराम का इशारा मिला तो वे लोग झटपट ही चल पड़े।

रास्ता चलते ही बीच में कृपाराम ने रोटी वाली पोटली खोली और उसमें से चार-चार पूड़ी निकालकर सबको पकड़ा दी थी। भय और थकान के कारण, उन सबके मुँह का थूक तक सूख गया था और सूखे मुँह से आसानी से पूड़ी का कौर भी उनके गले के नीचे नहीं उतर रहा था, पर शायद भय के ही कारण चलते-चलते उन सबने किसी तरह रूखी पूड़ी निगली और बागियों के ही तरीके से एक नदी में ढोर की तरह झुक के मुँह लगा के पानी पिया था, फिर नाक की सीध में चलती धर दी थी। दर्द के मारे उनका बड़ा बुरा हाल था। लेकिन छहों लोग भीतर ही भीतर इतने भयभीत थे कि दर्द की सिसकारी दूर रही, वे मुँह से डकार, खाँसी और अपान वायु तक नहीं छोड़ रहे थे। बस लल्ला पंडित की धीमी सी सीताराम-सीताराम की ध्वनि और उस युवती के धीमे-धीमे रोने की आवाज गूँज रही थी।

आसमान में भोर का भुकभुका-सा उभर आया था। पाँव के नीचे की मिट्टी खरखराने लगी थी और इसी से गिरराज ने गुनताड़ा लगाया कि वे इस वक्त राजस्थान की सीमा में घुस आये होंगे। शायद, उधर पुलिस मध्यप्रदेश में ही उन्हें खोज रही होगी।

दूर पेड़ों का एक झुरमट दीख रहा था, उसी झुरमुट की तरफ चलने का इशारा पाकर अपहृतों ने अपने डग लम्बे कर दिये। मन में आशा बँधी कि शायद अब बैठने की मुहलत मिल जाए।

वह झुरमुट तब पचासेक कदम दूर रह गया था, कि वे सब रुक गये। कृपाराम के इशारे पर उसका एक साथी मोर की सी आवाज में कोंक उठा—"मेयो मेयो मेयो।"

प्रतिउत्तर में उस झुरमुट में से भी मोर कोंक उठी थी।

वे आगे बढ़े तो पता लगा कि पेड़ों का वह झुंड एक खिरक में छाये छतनार वृक्षों का समूह है। गिरराज को जानकारी है कि राजस्थान में इन्हें खिरकारी कहते हैं—इधर ऐसी खिरकारियों का प्रचलन है, जो बस्ती से दूर जंगलों और भरकों

में खूब बड़ा अहाता घेरकर बनायी जाती हैं और जिनमें अपनी भेड़-बकरियों के संग रहकर इधर के मारवाड़ी चरवाहे अपने जानवरों की देखभाल करते हैं।

खिड़कारी में से दो छायाएँ प्रकट हुईं जिनमें से एक के हाथ में लालटेन थी। शायद उनने कृपाराम गिरोह को पहचान लिया था सो आवाज गूँजी—"जै कारसदेव!"

"जै कारसदेव!"

कृपाराम का जवाब पाकर निश्चिन्त हुए खिरकवासी की पुनः आवाज गूँजी—"चले आओ मुखिया! सब ठीक है।"

कृपाराम के इशारे पर उसका एक साथी आगे बढ़ा। खिरक में पहुँचकर पहले उसने खिरक में खड़े दोनों लोगों के चेहरे पर पैनी निगाह फेंकी फिर भीतर की टोह लेने उनके साथ खिरकारी में चला गया। पल भर बाद वे लोग बाहर आ गये और जब उस बाग़ी ने कृपाराम को चले आने का इशारा किया तो कृपाराम के नेतृत्व में वे लोग आगे बढ़ गये।

चार फुट ऊँची बाउंड्रीवाल से घिरे उस खिरक में आगे की तरफ दो झोंपड़ियाँ बनी थीं। पीछे के लगभग सौ फुट चौड़े और दो सौ फुट लम्बे अहाते में असंख्य भेड़ें दिख रही थीं।

वहाँ मौजूद दोनों जन मारवाड़ी चरवाहे दीख रहे थे। और उनमें से एक पचपन-साठ साल का अधेड़ उम्र का व्यक्ति था, जबकि दूसरा आदमी पच्चीस-तीस बरस का जवान व्यक्ति था। वे लोग मुखिया के गिरोह के निकट सम्बन्धी दिख रहे थे, क्योंकि वे दोनों कृपाराम से गले लग के मिले। उन सबको नीचे बैठने का इशारा करके अधेड़ मारवाड़ी बोला, "बड़े दिन में हमारी सुध लयी मुखिया! कछू वारदात कर आये का?"

"हम तो चुपि बैठे बरसात काढ़ रहे थे, पै मोड़ी चो पुलस वालों को थोड़ी चैन मिलतु है। हरामियों ने उँगरिया कर राखी थी। हमे हाजिर कराइवे के काजें सिगरे रिश्तेदारों को डरा धमका रहे थे सो हमने एलानिया बस लूटि लई औ पाँच पांडवन के संगे जा द्रोपदी पकरि ल्याये।"

अधेड़ मारवाड़ी ने पहली दफा पकड़ के लोगों को भीतर तक वेध लेती गहरी नजर से देखा तो गिरराज ने भी अपने साथियों पर नजर डाली। भय से सहमे खड़े लगभग सभी साथियों के बदन पर फटे-चिथे से कपड़े टँगे थे। लड़की की हालत पतझड़ के पेड़ सी हो गयी थी, न कोई गहना बचा था न रौनक।...पल्लू सिर पर नहीं था, साड़ी कीचड़ से लिथड़ रही थी। चप्पलें टूट गयी थीं, पाँव काँटों से लहूलुहान। उसे देख गिरराज को रोना आ गया, उसके सूजे हुए गाल और आँखों के मोटे पड़ गये पपोटे देखकर।... चलते-चलते वह रात भर रोती ही रही थी, शायद! उसके बाल लाश के बालों की तरह बिखर गये थे।... उसका दिल बिफर उठा।

कृपाराम ने उन सबको डाँटते हुए आदेश दिया, ''का अब तक चोंपे से ठाड़े हो? धूर से लदे लदे घिनाय नहीं रहे! धूर झारि के बैठि जाओ सिग।''

सहमी-सी पकड़ें ज़मीन पर बैठने लगीं।

''कछू रोटी पानी को इन्तजाम है?'' कृपाराम ने यकायक बूढ़े मारवाड़ी से पूछा तो उसने दाँत काढ़ दिये, ''नहीं मुखिया, अबई हाल पुरी बनावेंगे।''

''तुम सारे रहे नौ खावे तेरह की भूख वाले। निकारो श्याम बाबू बर्तन भाड़ें।'' कृपाराम ने पहली बार अपने एक साथी का नाम लिया।

...और एक दस्यु ज़मीन पर बैठकर पोटलियाँ खोलने लगा।

''ऐ री लड़की चल उठ और रसोई सँभाल!'' उस युवती को हुकम सुनाता कृपाराम दारू की खाली बोतल में पानी भरके खिरकारी की दायीं तरफ दिखती खाई की तरफ चला गया था।

बेबस युवती मरी-मरी-सी उठी और पोटली में रखे आटा सामान को सँभाल कर रसोई की मिसल लगाने लगी थी। गिरराज का मन न माना तो वह उठा और लड़की की मदद करने लगा।

उस युवती के आँसू या तो खत्म हो गये थे या फिर उसने अपनी नियति स्वीकार कर ली थी, उस वक्त वह कसाईखाने ले जायी जा रही गैया की तरह सूनी आँखों से कभी बागियों को देखती तो कभी अपने साथियों पर नजर मार लेती थी। गिरराज कल से ही उसकी कुगति देख रहा था, ...उसके प्रति विवश करुणा उभर आयी थी गिरराज के मन में। बागियों को आपस में बातचीत में मगन देख उसने युवती से पूछा, ''कौन गाम की हो लली?''

''धीरपुरा की!'' बहुत धीमे से लड़की की आवाज निकली।

''का नाम है त्याओ?''

''केतकी!''

''कौन बिरादरी?''

''जैनी बनिया...'' कहते-कहते केतकी लगभग सिसकने लगी थी तो गिरराज ने अपने होंठों पर उँगली रखकर उसे चुप रहने का संकेत दिया था।

केतकी ने होंठ कसकर अपनी रुलाई रोकी और स्त्री सुलभ दक्षता से आटा सानने लगी। ...सिर्फ चार महीने पहले ही ब्याह हुआ था उसका। यूँ तो पति बिजनेस मैनेजमेंट में मास्टर डिग्री लिये था, लेकिन था बिलकुल सीधा और भोला। ब्याह के बाद केतकी से उसका पहला मिलन हुआ था तो लड़कियों की तरह शरमा रहा था बेचारा। केतकी ने अनजाने ही उसकी बाँह पर हाथ फेरा तो लगा था मानो मोटे से मखमल पर हाथ फेर रही हो, ...और एक अजीब से उन्माद से भर उठी थी वह।...याद

आया तो उसके चेहरे पर फिर से वही ललाई दौड़ गयी। वह भूल गयी कि कहाँ है, और किस तरह लायी गयी है यहाँ!

गिरराज ने यहाँ-वहाँ पड़ी छै-सात ईंटें उठाकर चूल्हा बनाया और पतली सूखी लकड़ियों को उस चूल्हे में जमाकर आग जलाने लगा था।

केतकी अपने पति की यादों में डूबी हुई रसोई रचने में जुटी थी। बेध्यानी में उसका पल्लू ज़मीन पर गिर गया था और सिन्दूरी ब्लाउज का चौड़ा गला दिखने लगा था। धुँधुआते चूल्हे को फूँकते हुए वह बड़ी परेशान नजर आ रही थी और अपने बायें हाथ से बार-बार कभी अपनी आँखें पोंछती तो कभी माथे पर बिखर आयी बालों की लट पीछे करती थी। सहसा उसे लगा कि किसी की चुभती नजरें उसे बेध रही हैं, उसने चौंक कर देखा कृपाराम ने जिस डाकू को श्यामबाबू के नाम से पुकारा था वह केतकी को ही घूरे जा रहा था।

श्यामबाबू ने हाथ की अंजलि में घी का एक लोंदा ले रखा था, और अपनी लम्बी जीभ निकालकर थोड़ा-थोड़ा-सा चाटते हुए अजीब तरीके से लपर-लपर खा रहा था। होंठों की दोनों कोरों से घी की पतली सी धार बह उठी थी जो उसकी शर्ट को भिगोने लगी थी, लेकिन श्यामबाबू को इसकी कोई परवाह न थी।

अचानक केतकी सजग हो गयी और उसने नीचे गिरा पल्लू उठाकर माथे पर रख लिया।

''श्यामबाबू और अजै, तुम दोऊ आजि की कमायी गिन लेऊ। तनिक पतो तो लगै कि आजि वा बस से का मिल पायो?'' कृपाराम ने अपने दो साथियों को हुकुम दिया और स्वयं नंगी ज़मीनें पर ही पाँव फैला के चित्त लेट गया। पोटली खोल के श्यामबाबू और अजय ने सारा सामान निकाला। फिर नोट एक तरफ कर लिये और दीगर सामान दूसरी तरफ, फिर तीसरी तरफ जेवर का ढेर लगा लिया।

गिरराज खाना बनाने के बीच उधर भी नजर मार लेता था, उसने अनुभव किया कि श्याम बाबू और अजय ज्यादा पढ़े-लिखे नहीं है, वे बीस से ज्यादा गिनती नहीं जानते थे। हर चीज एक बिसी-दो बिसी करके गिनते थे। इस कारण ठीक से गिनती नहीं कर पा रहे थे। उनने कई बार प्रयत्न कर देखा, लेकिन रुपये नहीं गिन पाये, तो झल्लाकर उन्होंने सारे रुपये ज्यों के त्यों पटक दिये और दूसरा सामान देखने लगे।

''मुखिया, रुपया तो पकड़ में से कोऊ गिनि लेवेगो, जो पाँच कम एक बिसी चाँदी की पायल, दस चैनें, और जे आठि हाथ घड़ी है।''

कृपाराम ने फतवा जारी कर दिया, ''तुम दोई उठ जाओ, सारो मोटा लाला गिनेगो रुपया पइसा।''

सौ, पचास, दस और पाँच-पाँच के नोंटों की अलग-अलग गड्डी बनाके गिरराज और लल्ला ने गिनती शुरू कर दी। ...और जब तक सब्जी बनी, तब तक नोट गिने जा चुके थे। गिरराज बोला—"मुखिया, जे नोट तो पन्द्रह हजार चार सौ अस्सी हैं, माने साड़े पन्द्रह हजार रुपया।"

कृपाराम आज की लूटी गयी राशि से सन्तुष्ट नजर आया, जबकि श्यामबाबू की भवें तनी थीं, "दादा तिहारी मुखियागिरी में सबसे झंझट एकई है, कै तुम लुगाइयों को उनकी मरजी पे जेवर उतारवे के लाने छोड़ देतु! हम खुद लुगाइयन से गहने-गुरिया छुड़ाते तो आज पाँच सेर चाँदी मिलती कम से कम। और सारी लुगाइएँ सोने तो बिलकुल छिपाय गयीं, ले लेते तो कम से कम किलो भर सोनो मिलतो!"

कृपाराम हँसा, "तैं बड़ों लालची है श्यामबाबू! अरे पगला जे पकड़ तो देख! जे है असली माल। दस लाख से ऊपर की गारन्टी है।"

कृपाराम की बात पूरी होते-होते सारे के सारे बाग़ी खौफनाक ढंग से हँस पड़े थे। जबकि छहों अपहृत व्यक्ति भीतर ही भीतर काँप उठे थे—बागियों की नजर में उनमें से हरेक की कीमत डेढ़ लाख है!

श्यामबाबू ने सबसे पहले केतकी को भोजन चखाया, उसी ने तो आज खाना बनाया था, और बीहड़ की जिन्दगी की यह अनिवार्य शर्त थी। फिर जो डकैतों ने भकोसना शुरू किया तो गिरराज ने दाँतों तले अँगुली दबा ली, वे दानवों की तरह चबर-चबर करके पूड़ी पर पूड़ी निगलते जा रहे थे। उसने अन्दाज लगाया कि एक-एक बाग़ी ने पच्चीस-पच्चीस पूड़ी तो जरूर सटकायी होंगी।

रात भर के थके थे सब तो अपहृतों के खाने के बाद भीतर झोंपड़ी में ही सोने की तैयारी हुई। अगल-बगल में बाग़ी सोये, और बीच में अपहृत व्यक्ति लेटे... जबकि केतकी एक कोने में जाकर घुटनों में सिर देकर बैठ गयी थी।

बाग़ी तो कुछ ही देर में चरखा की तरह घरर-घरर के स्वर में अपनी नाक बजाने लगे, लेकिन अपहृत लोगों की आँखों में भला नींद कहाँ से आती! हरेक के चित्त में अपने घर में व्याप्त शोक के दर्शन हो रहे थे।

गिरराज को भी बन्द आँखों के आगे अपने घर के दृश्य दिखाई देने लगे, जहाँ उसके बिना घर के लोग बुरी तरह दुखी और व्याकुल हो उठे होंगे।

पता नहीं कैसे पता लगा होगा, उसके अपहरण का!

...शायद पुलिस ने खबर भेजी होगी, या फिर किसी जान-पहचान वाले ने आकर घर कहा होगा।

शेष दिन सोते-सोते ही कटा। केतकी को नींद नहीं आयी, उसे अपने घर

की याद आ रही थी, ...पिता ने सुना होगा तो व्याकुल हो उठे होंगे, और अम्मा! अम्मा तो बौरा ही गयी होगी। जवान बेटी को हत्यारे डकैत उठा ले जाएँ, इससे बुरी बात किसी माँ के लिए और क्या होगी? छोटा भैया बस के पास ही बिलखता रह गया था, जब डकैत उसको घसीटते हुए वहाँ से चले थे। सबसे ज्यादा उसी की हालत खराब होगी, कैसे उत्साह से आया था वह केतकी की विदा कराने! और उसी के सामने डाकू...

मैदानों में रात जरा देर से आती है जबकि साँझ लम्बी होती है। सब जागे तो कृपाराम ने अगरबत्ती-माचिस निकाली और देवी मैया की आरती करने लगा। बाकी बाग़ी उसके पास खिसक आये।

आरती के बाद बाग़ी झोंपड़ी से बाहर निकले और ज़मीन पर आमने-सामने पालथी मारके बैठने लगे तो अपहृतों का ध्यान उन पर केन्द्रित हो गया।

कृपाराम ने श्यामबाबू को उलाहना दिया, श्यामबाबू दारू नयी प्याओगे?...चलो बोतल निकारे! हार गये हम कल से दौर-दौर के।

श्यामबाबू ने पोटली में से शराब की एक बड़ी-सी बोतल निकाली तो मारवाड़ी युवक झोंपड़ी में से स्टील के पाँच-छह गिलास उठा लाया। अधेड़ मारवाड़ी ने जाने कहाँ से प्याज की पाँच-छह गाँठें निकालीं और एक-एक करके अपने मुक्के से प्याज तोड़ने लगा।

आधा घंटे में वे सब नशे में झूम उठे थे और इस बखत पुलिस को गालियाँ बक रहे थे।

अचानक कृपाराम उठा और सीधा केतकी के पास आकर खड़ा हो गया, "चल री लोंडिया, तनिक तफरी करा ल्यांये तोखों!"

अचानक आये इस संकट से भयग्रस्त केतकी विस्फारित नेत्रों से उसे ताक रही थी जबकि गिरराज का दिल किसी अनहोनी की अशंका से धड़क उठा था।

कृपाराम की बात अनसुनी कर केतकी नीचा सिर किये बैठी रही तो बाग़ी का धैर्य चुक गया। उसने केतकी की बाँह पकड़ी और उसे जबरन उठाकर खड़ा करने का प्रयास करने लगा। केतकी फिर से बिसूर उठी थी और लाश की मानिन्द शिथिल हो कृपाराम के हाथों में लटक गयी थी।

कुपित कृपाराम ने अपने सबल हाथों से उसको कमर से पकड़कर उठाया और कन्धे पर लाद लिया। केतकी अब अपने हाथ-पाँव फेंकती हुई तेज स्वर में बिलख उठी थी, तो यह दृश्य देख रहे सारे बाग़ी मजा लेते हुए ऊँची आवाज में कहकहे लगाने लगे थे।

सौ एक कदम पर पेड़ों का झुरमुट था, कृपाराम केतकी को लादे उस झुरमुट में घुसा तो गिरराज को अपना दिल एक तीखे नश्तर से चिरता हुआ महसूस हुआ।

मिनट भर बाद ही केतकी के रोने-चीखने और कृपाराम के डाँटने की आवाज आने लगी थीं।

सुबह होते ही खिरकारी छोड़कर वे लोग फुर्ती से चल पड़े।

चलते-चलते दोपहर हो गयी। अपहृतों के चेहरे पर भूख और थकान के चिह्न दिखने लगे थे, लेकिन बागियों के चेहरे पर कोई शिकन न थी।

लल्ला ने हिचकते-डरते श्यामबाबू से पूछा, "दाऊ, नहायवे की नयी हो रई?"

"तैं बड़ो पंडित है। जा इलाके में पीवे के लाने तो पानी तलक नाय मिल रहो, नहायवे कहाँ ते मिलेगो? चुपचाप चलो चल, नयी तो धुआँ निकाद्दंगों पीछे ते!"

लल्ला पंडित खुद को इस तरह बिना बात बेइज्जत होता देख मन ही मन शायद बुरा लगा तो वह सिसक उठा था। कृपाराम ने चलते-चलते बन्दूक का बट जरा धीमे हाथ से लल्ला की पीठ में कोंचा और डाँटकर बोला, "सारे लुगाइयन जैसो कहा रोय रहो है? ज्यादा नखरे मत दिखा, अब सीधो चलो चलि!"

घंटे भर बाद बाग़ी अजय ने भूख का इजहार किया तो चौथे बाग़ी ने भी उसका समर्थन किया था, "मुखिया, अब कहूँ छाव देखिके कछू खायवे की हो जाय!"

गिरराज की निगाह मुखिया पर थी, कि अपने साथियों को यह किस अन्दाज से डाँटता है। लेकिन उसे ताज्जुब हुआ कि कृपाराम मुस्कराते हुए रुक गया था। पास में एक खंडहर दिख रहा था, उसने इधर इशारा किया, तो सब उसी तरफ बढ़े थे।

गिरराज ने श्याम बाबू का संकेत पाया तो सिर पर लदी पोटलियों में से एक खोली। किसम-किसम के रंग, डिजाइन और साइज की ढेर सारी पूरियाँ उस पोटली में भींचकर रखी हुई दिखीं उसे। कृपाराम ने दस-बारह पूरी उठायी और श्यामबाबू को दे दीं। फिर एक-एक कर उसने सबको पूरी बाँटी।

खंडहर के पास एक छोटे मुँह का कुआँ था। खाना हो चुका तो श्यामबाबू ने एक थैले में से लोटा-डोर निकाली थी। गिरराज ने आगे बढ़कर डोर-लोटा अपने हाथ में ले लिया और डोर खोलके लोटा कुएँ में उतार दिया और लम्बे-लम्बे हाथ पन्हार (फैला) कर डोर खींचने लगा। गिरराज की इस तरह आगे बढ़कर काम करने की आदत से कृपाराम बड़ा खुश हुआ, बोला, "तेयो नाम का बतायो रे लाला तैंने?"

"मुखिया मैं गिरराज हों!"

"गिरराज तैं कल से ऊपरी काम करेगा और सेवा-टहल को काम सारे जे ठाकुर करेंगे। जो सारो बमना जा लुगाई के संग बैठ के रोटी बनाएगो।"

"जैसी तिहाई इच्छा होय मुखिया" बोलते हुए गिरराज पुलकित था।

"तुम सब सुना, हम हुकम मानवे वारे को ठीक रखतु हैं। हमारे मन बड़े करें हैं हम कसाई हैं पूरे।"

श्यामबाबू ने कृपाराम की बात को आगे बढ़ाया, "कसाई का, हम तो राक्षस हैं राक्षस। जे बड़े-बड़े बाल, महिनन नो बिना नहाय-धोय के रहिबो, रात दिन देवी भवानी की पूजा और जा बन्दूक भवानी को सदा को संग।"

लम्बू ठाकुर ने देखा कि बाग़ी लोग आज खुल के बात कर रहे हैं, तो हाथ जोड़ के बोला, "मुखिया, हमाये घर खबरि भेजि दो न, कै कित्ते रुपये भिजवाने हैं?"

"सबर करि प्यारे, हमे पतो है कै तू सबिसे ज्यादा पैसे वारो है। पहले तो हम पुलस से बचके कछू दिन काउ गाँव में काड़ि लें फिर तुम्हाये घर से पैसा मँगाएँगे।" कृपाराम डरावनी हँसी हँसके बोला था।

वे लोग खा-पी कर वहीं लेट गये। लेकिन साँझ का भुकभुका फैला तो बड़ी फुर्ती से तुरन्त ही उठे और वहाँ से चल पड़े। दो घंटा लगातार चलने के बाद वे लोग एक पहाड़ी के शिखर पर थे।

पोटली में रखा तह किया हुआ एक पुराना-सा तिरपाल निकाल कर बिछाया गया, फिर पहले तो सब अपहृतों को एक साँकल से आपस में बाँधा गया फिर एक एक बाग़ी दोनों तरफ, और पकड़े गये लोगों को बीच में लिटाया, लेकिन केतकी अड़ गयी कि वह आदमियों के बीच नहीं सोएगी। कृपाराम ने उसे घुटनों में सिर दिये बैठा रहने दिया और श्यामबाबू बाग़ी को पहरे पर लगा दिया।

आधी रात तक अपहृतों को नींद नहीं आयी। जबकि कल की तरह बाग़ी तुरन्त ही खर्राटे भरने लगे थे।

नारी स्वर की हल्की-सी सिसकी की आवाज मिली तो गिरराज ने पट्ट से आँख खोल दी, देखा कि श्यामबाबू मौका देख कृपाराम को सोता पाकर केतकी के पास जा पहुँचा है, एक हाथ से उसने केतकी के बाल पकड़ रखे हैं जबकि दूसरे हाथ से उसने केतकी का मुँह दबा रखा है, अपना घुटना केतकी की पीठ में अड़ाकर वह उसे खड़ा करने का प्रयास कर रहा है। जब केतकी खड़ी नहीं हो सकी तो दानव-से विशालकाय श्यामबाबू ने उसे खिलौने की तरह उठाया और पहाड़ी से नीचे को उतर गया। गिरराज की निगाहें उसी पर जमीं थी, वह जरा भी हिलता तो साँकल बज उठती सो पाँव को ज्यों का त्यों छोड़ कर वह तनिक सा उटंग हो आया। उसने अपनी सम्पूर्ण चेतना आँखों और कानों पर केन्द्रित कर ली। पहाड़ी की चोटी से तनिक-सा नीचे जाकर श्यामबाबू ने केतकी को ज़मीन पर पटक दिया था और खुद अधनंगा सा हो चुका था, उसने केतकी की साड़ी खींचना शुरू किया तो केतकी फिर चीख उठी। गिरराज का खून खौल गया, काले-बदसूरत चेचकरू चेहरे पर वाला श्यामबाबू

केतकी को इस तरह दबोचे हुए था मानों किसी खूँखार बनैले सिंह के चंगुल में नन्ही-सी हिरणी फँस गयी हो। ...और सन्नाटे के महौल में केतकी की सिसकियाँ गूँज उठीं।

सुबह दातुन कुल्ला करके अजयराम ने गेहूँ के कच्चे आटे में शक्कर और घी मिलाकर लड्डू बनाये। लल्ला ने पूछा तो श्यामबाबू ने बताया कि ये कचोंदा के लड्डू। बागियों ने पाँच-पाँच, सात-सात लड्डू फटकारे, फिर पकड़ के लोगों को खाने का हुकुम दिया। गिरराज और लल्ला को तो भला कच्चा आटा कहाँ से सुहाता? सो उन्होंने कचोंदा खाने से मना कर दिया, ठाकुर भी नटने लगे।

उनकी देखा-देखी बाकी दोनों ने इन्कार किया तो श्यामबाबू और अजयराम बिगड़ पड़े। उन दोनों ने छहों लोगों को दो-दो लड्डू खाने को विवश किया। बाकी बचे कचोंदा को बागियों ने ही सटकाया और हाथ झाड़कर बैठ गये। अपहृतों ने पोटलियाँ बाँधी और सिर पर लादकर खड़े हो गये।

वे लोग पहाड़ी से उतरे। सामने की पगडंडी से दूधवालों की चार-पाँच साइकिलें आती दिखी। बाग़ी उन्हें देखकर रुके, तो दूधियों की तो हालत ही खराब हो गयी। डरते काँपते वे दूर ही रुक गये थे। श्यामबाबू ने आवाज देकर उन्हें आश्वस्त किया और हुकुम दिया कि पास में आएँ और अपने केन में से दूध पिला दें, इतने में ही उनकी मुक्ति हो जाएगी।

गिरराज ने देखा कि दूध का केन खुलते ही चारों बाग़ी अकालग्रस्त भूखे से टूट पड़े। कल से वे देख रहे थे कि दूध-घी के लिए बाग़ी लोग सदा ही भूखे रहते हैं। वे सब दूध पीकर अघा गये।

सुरपुरा घोसियों का गाँव था। गाँव में उनके आने की पहले से ही सूचना थी शायद, क्योंकि जब वे पहुँचे तो सबके लिए खाना बन रहा था। गाँव के स्कूल के अहाते में इकट्ठे हुए बैठे कई गाँवों के लोग उनका इन्तजार कर रहे थे। कृपाराम के पहुँचने पर वे लोग बड़े खुश हुए और उन्होंने पूरे गिरोह से भुजा भरके भेंट क्वारें कीं।

आराम से बैठे तो कृपाराम ने उन सबसे घर-परिवार और नाते-रिश्तेदारों की कुशल क्षेम पूछी। लग रहा था कि सुरपुरा के लोग बड़ी गहराई से जुड़े थे कृपाराम से। गाँव के पटेल ने जब कृपाराम से उसके हालचाल पूछे तो दर्प से उसका चेहरा झलक उठा।

गर्व से उसने बताया कि बिरादरी भाइयों की मदद की ही बदौलत वह आज जिन्दा और राजी-खुशी है, इस राजी-खुशी का इससे बड़ा प्रमाण क्या होगा कि उसने इस बार मेन रोड पर भरी बस लूटी है। ...वह बड़ौआ जाति के छह लोगों को पकड़ कर लाया है, जिनमें एक जैन समाज की औरत भी है, यह जानकर

उपस्थित जन समुदाय में भारी हर्ष व्याप्त हो गया, कई लोग तो उठ-उठकर पकड़ के लोगों को देखने आने लगे जैसे वे कोई अजूबा हों।

श्यामबाबू ने हेकड़ी दिखायी, ''बिरादरी भाइयो, बड़ी लड़ाई के बाद अपना जमाना आया है, हम अब बड़ौआ जाति के साथ वो सब करेंगे, जो बरसों से उन्होंने हमारे साथ किया। आगे देखना हम क्या-क्या करते हैं!''

सभा में तालियाँ बजीं। उपस्थित लोगों के चेहरे पर कृपाराम गिरोह के लिए सराहना भाव था। समाज का गौरव था उनके लिए कृपाराम।

वे लोग जब बिस्तरों पर पहुँचे, रात के तीन बज चुके थे। केतकी के चेहरे पर छायी कातरता और ज्यादा गहरा गयी थी। उस रात कालीचरण बैठा था पहरे पर, ...और उस रात भी नाजुक और कमसिन केतकी की दुर्गति हुई। पहली, दूसरी रात की तरह उस रात भी उसका बदन रौंदा गया, नोंचा गया बल्कि कई जगह दाँतों से काटा भी गया। हर रात की तरह गिरराज ने कनखियों से उस नरपशु की भोंड़ी और अश्लील हरकतें देख कर मन ही मन थू-थू की।

भोर हुई और पंछी चहचहाने लगे, तो पुलिस दारोगा रघुवंशी ने आवाज देकर सबको जगाया। गिरराज जो अभी-अभी सोया था मजबूरी में उठकर बैठ गया। पुलिस बल के लोग जब कसरत कर रहे थे, तब पुलिस टुकड़ी के वास्ते चाय का बन्दोबस्त करने गिरराज जनपुरा के पटेल के यहाँ बैठा था।

एडी कंट्रोल रूम का निर्देश था कि अभी दो-दिन तक जनपुरा में ही हाल्ट करो, फिर नयी सिचुएशन बतायी जाएगी। यह सन्देश सुनकर टुकड़ी के सब लोग खुश हुए, कम से कम अब दो दिन तक खानाबदोशों जैसी जिन्दगी से मुक्त रहेंगे वे।

दिन में रघुवंशी ने अपना नक्शा फैलाया और गिरराज को बुलाकर नक्शे में वे स्थान चिन्हित करने को कहा, जहाँ डाकू छिपे हो सकते हैं। गिरराज ने चार दिन पहले जब डाकुओं का साथ छोड़ा था, मारवाड़ी की खिरक में थे, वे इतने दमदार हैं कि इन चार दिनों में तो डेढ़ सौ किलोमीटर तक निकल सकते हैं। वह शशोपंज में था कि कौन-सी जगह बता दे।

अटकल पच्चू उसने पुराना मढ़, ठाकुर बाबा वाला बरगद और पुराने पुल में डाकुओं के छिपे होने की शंका व्यक्त की। रघुवंशी ने वे नक्शे में लाल स्याही से प्वाइंटेड कर लीं।

शाम को गाँव के पटेल ने गम्मत का आयोजन कर लिया। गाने-बजाने में रुचि रखने वाले-आठ दस लोगों का समूह ढोलक-हारमोनियम लेकर आ गया था फिर सूने पड़े स्कूल के कैम्पस में लोकगीतों का ऐसा मादक स्वर गूँजना आरम्भ हुआ कि

सब लोग मस्त हो गये। अपनी मन की मस्ती हर आदमी अलग तरह से प्रकट करने लगा। तमाम पुलिसिए अपनी बन्दूक हाथ में लिये-लिये ही ठुमके लगाने लगे।

अपने बिस्तर पर लेटे गिरराज को याद आया कि डकैत भी लोकगीतों, खासकर आल्हखंड के शौकीन थे... लेकिन उस दिन उन्हें फिल्मी गानों का शौक चर्राया था। अपना कैसेट प्लेयर निकालकर श्यामबाबू ने ऊँची आवाज में गाना बजाना चालू कर दिया था, तो मारवाड़ी की खिरकारी के सूने माहौल में मेरी "बेरी के बेर मत तोड़ो, नहीं तो काँटा..." वाला फिल्मी गीत गूँज उठा था।

जाने क्यों जश्न के मूड में थे उस दिन बागी, सो पूरी चार बोतल शराब मँगाई थी और सब के सब सुबह से ही पीने लगे थे। खिरक वाले दोनों मारवाड़ियों को मुफ्त की मिली सो वे भी गिलास पर गिलास गटकते जा रहे थे।

धीरे-धीरे दारू ने अपना रंग दिखाया तो वे सब बहकने लगे। तेज स्वर में चलते संगीत ने उनकी मस्ती और ज्यादा बढ़ा दी। चारों बोतलें निपटें, तब तक वे सब नशे के शिखर पर थे। संगीत का शोर और गीत की धुन लगातार गति पकड़ रही थी।

श्याम बाबू की मस्ती बढ़ी तो वह फिल्मी गीत की धुन पर खड़े-खड़े ही थिरकने लगा। उसे थिरकते देख अजयराम को भी मस्ती चढ़ी तो बन्दूक का बट एक हाथ में और नाल दूसरे हाथ में पकड़ कर हाथ ऊँचे कर वह दोनों पाँव पर थिरकता बीच जगह में आ खड़ा हुआ। फिर तो होड़ लग गयी, चारों डाकू संगीत से एकलय होकर नाचने लगे। उधर दोनों मारवाड़ी तो इतने गाफिल थे कि वे अपनी जगह बैठे रहके आँख मूँदे-मूँदे ही दाँत काढ़कर हँसते हुए अपने कन्धे मटकाकर अजीब-अजीब मुद्राएँ बना रहे थे।

कालीचरण डांस करते-करते रुका और तीर की सी तेजी से अपहृत लोगों की तरफ लपका। पुरुषों की ओट में अपने मटमैले बालों का जूड़ा बाँधती, मर्दाना कपड़े पहने बैठी केतकी के पास आकर वह बोला, "आ जा रानी डांस कर ले!"

केतकी की आँखों में गहरा शून्य पसरा था, उसने एक बार कालीचरण को फिर गिरराज को देखा। गिरराज ने संकेत किया कि इनकी बात नहीं मानोगी तो और ज्यादा जलील करेंगे ये, इसलिए उठ जाओ चुपचाप।

कालीचरण ने केतकी को नाचते डाकुओं के बीच में ले जाकर खड़ा तो कर दिया, लेकिन केतकी को तो डांस ही करना नहीं आता था, वह किस तरह नाच पाती सो स्थिर खड़ी रही। यह देख श्यामबाबू चीखा—नचती काहे नई है री लौंडिया?

बेबस निगाहों से केतकी ने उसकी ओर ताका और स्थिर ही खड़ी रही। फिर क्या था, श्यामबाबू का गुस्सा सातवें आसमान पर जा पहुँचा। उसने एक

जोरदार रहपट केतकी के गाल पर जड़ दिया, जिसकी वजह से केतकी भहराकर ज़मीन पर गिर पड़ी। शुरू से ही गिरराज देख रहा था कि केतकी न खाना खाती है, न पानी पीती है, रात-दिन जाने क्या सोचती रहती है, और उसका बदन लगातार कमजोर होकर पीला पड़ता जा रहा है, वह श्यामबाबू जैसे आदमी की भारी भरकम थप्पड़ खाकर भला कैसे स्थिर रह सकती थी।

कृपाराम को यूँ तो ज्यादा गुस्सा नहीं आता था, लेकिन दारू उस वक्त उसके मगज पर चढ़ चुकी थी सो उसने मटकते-मटकते ही केतकी का हाथ पकड़ा और उसे उठाकर खड़ा कर दिया फिर उसके हाथ अपने हाथों में लेकर उसे नचाने का यत्न करने लगा। लेकिन केतकी तो अब भी एक लाश की मानिन्द खड़ी थी। श्यामबाबू को फिर गुस्सा आ गया, ''बहुत दिमाग सड़ गये हैं इस हरामजादी के! चलो जा द्रौपदी को चीर हरण कर डारो।...फार डार कालीचरण, जा के सिग कपड़ा, फिर देखें जा नचत कै नहीं!''

केतकी स्तब्ध थी। उसे काटो तो खून नहीं।,

नाचना बन्द कर उसने केतकी की कमीज़ का गिरेबान पकड़ा और खींचने लगा, केतकी अपना गिरेबान छुड़ाते हुए हाथ-पाँव फेंकने लगी, लेकिन अजय ने आकर उसे पीछे से पकड़ लिया तो वह शिथिल हो गयी। उसे शिथिल देख अजय ने छोड़ दिया। अट्टहास करते कालीचरण ने चिर्रर से उसकी कमीज का अगला हिस्सा नोंच डाला था जिससे केतकी गले से नीचे तक नग्न होती चली गयी थी और उसके गोरे बदन की झलक पा नशे में झूमते डाकू उन्माद में भर के उत्तेजक ढंग से चीत्कार कर उठे थे। गिरराज और साथियों की लाज के मारे नजरें ही झुक गयीं।

पता नहीं केतकी को कैसे मौका मिला तो उसने उसी दशा में बागियों के बीच से जगह बनाकर तेज गति से दौड़ लगा दी,...डाकू जब तक सँभले, वह खिरक की दीवार लाँघ चुकी थी। उसने पेड़ों के झुरमुट की तरफ जाती पगडंडी पकड़ ली थी।

वे छहों लोग चेते और चीतों के झुंड की सी फुर्ती से वे सब केतकी के पीछे लपक लिये। झुरमुट में गुम होने से पहले ही उन नरपशुओं ने केतकी को पकड़ लिया था और छहों उस पर झुक गये थे। लातों और घूँसों से पिटती केतकी की लम्बी चीखें जिबह होते बकरे की तरह माहौल में गूँजने लगी थीं तो गिरराज का मन फड़फड़ा उठा था।

मूँछ वाले ठाकुर ने सहसा गिरराज को चेताया, ''ये ई मौका है लाला, अब भाग निकलो।''

स्तब्ध गिरराज ने पाया कि पकड़े गये चारों लोग दबे पाँव दौड़ पड़े हैं, तब वह भी अपने दिल पर भारी बोझ लिये अपनी जान बचाने की गरज से असमंजस की हालत में दौड़ता चला गया।

मगर केतकी का वह दर्दनाक स्वर उसके कानों में देर तक गूँजता रहा... और आज भी वे कराहें उसका पीछा कर रही हैं।

लौटकर गिरराज और लल्ला अपने गाँव आये तो चारों ओर हल्ला हो गया था। पुलिस कप्तान ने उन दोनों को अगले ही दिन अपने पास बुला भेजा था। वे चाहते थे कि दोनों जन पुलिस की मदद करें, कृपाराम घोसी की तलाश में बीहड़ों में उतारी जा रही सोलह टीमों में से किसी एक में गाइड बनकर वे सम्मिलित हो जाएँ।

उन निर्मम डाकुओं को कड़ी से कड़ी सजा देना चाहते थे वे और यह मौका अनायास हाथ आ गया था सो बिना सोचे वे तत्काल इस टीम नम्बर सोलह में सम्मिलित हो गये थे, और केतकी के प्रति किये गये अपराध के प्रायश्चित के वास्ते ही खिरक के आसपास के इलाके में अपनी टीम के साथ सर्च कर रहे हैं।

रात एक बजा था जब वायरलेस सेट पर बीप आने लगी।

दारोगा रघुवंशी समेत सब लोगों की नींद टूट गयी। रघुवंशी ने हेड-फोन उठा कर कंट्रोल रूम में सम्पर्क किया। पता चला कि टीम नम्बर पन्द्रह ने खिरक से आधा किलोमीटर दूर बने पुराने मठ के खंडहरों में कृपाराम घोसी गिरोह को घेर रखा है और मुठभेड़ जारी है। रघुवंशी समेत आस पास की सब टीमों को हुक्म था कि वे बिना देर किये मुठभेड़ वाली जगह पहुँचें।

रघुवंशी बौखला गया, हम ताकते रह गये और टीम नम्बर पन्द्रह ने टारगेट को घेर तक लिया। वह चीखा, ''सब लोग तैयार हो जाओ, जल्दी!''

गिरराज को औचक ही आशा बँधी कि अब केतकी छूट जाएगी।

किन्तु वे लोग जब पुराने मठ पर पहुँचे वहाँ सन्नाटा पसरा था। वे सब असमंजस में रह गये। रघुवंशी ने वायरलेस पर टीम नम्बर पन्द्रह के इंजार्ज से बात की तो पता लगा कि मठ के तीन ओर जंगल हैं और चौथी तरफ है गहरी नदी। उनकी टीम ने सौ मीटर दूर से मठ को तीन ओर से घेर रखा है और अभी आधा घंटा पहले गोलीबारी बन्द हुई है भीतर खंडहरों से, डाकुओं के पास या तो कारतूस खत्म हो गये हैं या फिर वे सब के सब मारे गये हैं। रघुवंशी ने और देर करने के बजाय सीधे अटैक के लिए मठ को घेरते हुए आगे बढ़ने का आदेशात्मक प्रस्ताव रखा।

रोशनी फैलाने वाले कारतूस चलाकर उसके उजाले में टीम नम्बर पन्द्रह और सोलह के जवान लेट कर कोहनियों और घुटनों के बल क्रॉलिंग करते हुए आगे बढ़ने लगे।

दूर से पुराना मठ निर्जन दिख रहा था फिर भी यदा-कदा गोली चलाकर पुलिस बल अपनी उपस्थिति जताने के साथ-साथ असलियत का जायजा ले रहा था।

अब वे मठ के बिलकुल करीब थे—बस दस मीटर दूर।

काफी देर तक वे इन्तजार करते हुए लेटे रहे, रघुवंशी ने एक हथगोला लिया और भीतर मठ में उछाल दिया। एक जोरदार धमाका हुआ तो खंडहर की दीवारों का मलबा उछलकर जवानों तक आकर गिरा। लेकिन भीतर से कोई प्रतिक्रिया नहीं थी। वे लोग बड़े इन्तजार के बाद सतर्क होकर उठे और ट्रिगर पर उँगलियाँ थामे अपनी गन सामने किये एक-एक करके आहिस्ता से मठ में दाखिल होकर चप्पे-चप्पे पर छा गये और इंच-इंच जगह की तलाशी लेने लगे। अखीर में अन्दर पहुँचे गिरराज ने पाया कि छतहीन मठ की दीवारें लगभग गिर चुकी हैं वहाँ सिर्फ एक बड़े से हाल के अवशेष सामने हैं, और मठ पूरी तरह सूना पड़ा है। गिरराज को लगा कि कृपाराम केतकी को लेकर फिर भाग निकला, अचानक उसे अपने अवचेतन मन में बसी सहायता के लिए पुकारती केतकी की बेबस चीखें फिर सुनायी देने लगीं, वह घबरा उठा।

एकाएक रघुवंशी चीखा, ''वहाँ देखो सब, पेड़ के नीचे! उधर कोई पड़ा है शायद!''

एक साथ कई टॉर्च की रोशनी उधर फिंकी तो सचमुच पेड़ के नीचे खाकी वरदी पहने एक मानव देह लेटी हुई दिखी।

वे सतर्क होकर सधे कदमों से आगे बढ़े, मगर उस मानव देह में कोई हरकत शेष नहीं थी।

दुस्साहसी रघुवंशी दायें हाथ में पिस्तौल ताने उसके बिलकुल निकट पहुँच गया तो गिरराज का कलेजा काँप उठा। पीछे से बाकी सब हिचकते से आगे बढ़े। धूल से सने बड़े बाल छितराये उल्टे लेटे उस मानव शरीर की पूरी पीठ खून से लथपथ थी, जिससे उसकी कमीज और पैंट लाल हो चुकी थी। लग रहा था कि प्राण बाकी नहीं है उस देह में।

रघुवंशी ने बूट के जोर से उस देह को सीधा किया।...

गिरराज गश खा गया—वह केतकी थी।

डाकू फिर हाथ से निकल गये थे, रघुवंशी ने चैन की साँस ली—अभी पाँच लाख का ईनाम हाथ से निकला नहीं है।

किन्तु अचेत गिरराज के लिए तो मुहिम खत्म हो चुकी थी।

❑ ❑ ❑

णाणं पयासयं

वीर निर्वाण 2470

ईसवी सन् 1944

भारतीय ज्ञानपीठ